HEIKE GERDES

Soja nun auch nicht

TÖDLICHER TOFU Der Jungbauer Noah Poppinga züchtet auf dem Hof seiner Großmutter alte, fast vergessene Pflanzensorten und wird schnell zum Star der regionalen Ökoszene. Mit dem veganen Koch Dennis an seiner Seite veranstaltet er erfolgreich Slow-Food-Events, während ihn die junge Influencerin Clara auf ihrem Lifestyle-Kanal promotet und ihn die weltweit arbeitende Aktivistengruppe »No Soy« als Gallionsfigur aufbauen will. Doch er hat auch Feinde: die Nachbarn, die bucklige Verwandtschaft, der Außendienstler des Agrarkonzerns. Sie alle halten aus verschiedenen Gründen nichts von seinem Anbaukonzept. Als auf den Hof Anschläge verübt werden, schalten sich die Kommissare Lükka Tammling und Roman Sturm ein. Zwischen Tofu und Grünkohl suchen sie nach Antworten – nicht zuletzt auf die Frage: Sind Veganer die besseren Menschen?

Heike Gerdes, geboren 1964, lebt in Ostfriesland. Nach einem Redaktionsvolontariat und jahrelangem Redakteursdasein bei verschiedenen Tageszeitungen in Niedersachsen arbeitete sie als freie Mitarbeiterin bei Zeitungen, Zeitschriften und einem Internetmagazin. Sie ist Mitglied im SYNDIKAT. Seit November 2011 ist Heike Gerdes Inhaberin der Krimibuchhandlung »Tatort Taraxacum« in Leer, mit der sie schon zweimal den Deutschen Buchhandlungspreis gewonnen hat.

HEIKE GERDES

Soja nun auch nicht

Kriminalroman

GMEINER

Immer informiert

Spannung pur – mit unserem Newsletter informieren wir Sie regelmäßig über Wissenswertes aus unserer Bücherwelt.

Gefällt mir!

Facebook: @Gmeiner.Verlag
Instagram: @gmeinerverlag
Twitter: @GmeinerVerlag

MIX
Papier aus verantwortungsvollen Quellen
FSC® C083411
FSC www.fsc.org

Besuchen Sie uns im Internet:
www.gmeiner-verlag.de

Im Ehnried 5, 88605 Meßkirch
Telefon 07575/2095-0
info@gmeiner-verlag.de

1. Auflage 2020

Herstellung: Julia Franze
Umschlaggestaltung: U.O.R.G. Lutz Eberle, Stuttgart
unter Verwendung eines Fotos von: © VICUSCHKA / stock.adobe.com
und © womue / stock.adobe.com
Druck: CPI books GmbH, Leck
Printed in Germany
ISBN 978-3-8392-2754-1

Personen und Handlung sind frei erfunden.
Ähnlichkeiten mit lebenden oder toten Personen
sind rein zufällig und nicht beabsichtigt.

PROLOG

So viel Leid.
So viel Tod.
Und wofür das alles?
Satt und zufrieden sitzen sie da,
reiben sich die vollen Bäuche.
Die Krokodilstränen sind getrocknet.
Morgen werden sie wieder
mit Grabesstimme sagen,
wie schlimm das doch alles ist.
Werden mit Leichenbittermiene
düster nicken.
Und dann, nach einer bedeutungsschwangeren Pause,
die Hand halb zum Gruß heben.
Muss ja weitergehen.
Und einkaufen muss man auch noch.
Nütztscha nix.
Da sachste wat.
Hou.
Bis annermal.

1.

Seine Fingerspitzen reichten nicht bis in die obere Ecke. Noah Poppinga verlagerte sein Gewicht auf das linke Bein, streckte sich in der Hüfte und machte sich lang. Mit der rechten Hand hielt er sich am hölzernen Rahmen fest, die linke mit dem Wischer erreichte jetzt den letzten Winkel der hohen Glasscheibe.

Beinahe jedenfalls.

Das musste reichen, diese Ecke sah doch sowieso keiner. Ein schmaler Bach rann am Wischerstiel herab und eine braungrüne Pfütze platschte auf seinen Fußrücken. Saharasand mit einer deutlichen ostfriesischen Algennote. Da sollte noch einer sagen, Ostfriesland sei am Arsch der Welt. Angeblich konnte man ihn von hier aus gut sehen und das Endje van de Welt beim Fischerdorf Ditzum lag auch nur wenige Kilometer entfernt. Aber für Wüstensand aus Nordafrika war der Weg nicht zu weit.

Na ja, vielleicht kam das Zeug auch von der nächsten Kieskuhle oder den ausgedörrten Feldern herübergeweht. Auf Oma Thedas Fenstern hatte es so oder so nichts zu suchen. Fand jedenfalls Oma Theda. Und weil ihr der Hof gehörte, hatte sie das Kommando, Altenteil hin oder her.

Poppinga streckte den Rücken durch. Ein großer Schritt rückwärts brachte ihn von dem weiß lackierten Fensterbrett in der tiefen Nische zurück auf den hölzernen Küchenstuhl. Dieses Fenster hatte er schon mal unfallfrei sauber bekommen, ohne unten vor dem Gulfhaus auf dem unebenen bemoosten Pflaster aufzuschlagen. Wie bei den meisten alten ostfriesischen Häusern gingen die Fensterflügel nach außen auf, damit der Sturm die Fenster nicht aufdrückte. Clever, denn einen Tag ohne Wind gab es in Ostfriesland eigentlich nie. Aber Fenster oberhalb des Erdgeschosses zu putzen, war dadurch eine halsbrecherische Aufgabe. Kein Wunder, dass Stürze bei der Hausarbeit ganz weit oben auf der Liste der Todesursachen standen.

Poppinga atmete tief durch, griff nach dem Eimer und stieg vom Stuhl. Es schwappte, es platschte, und die hellgrauen Holzdielen waren grünbraun gesprenkelt.

In einer Hand den Eimer mit der trüben Algenbrühe, in der anderen den Stuhl, am Gürtel die Sprühflasche mit dem Glasreiniger, wollte Poppinga weiterziehen.

Theda Poppinga konnte mit Ende siebzig und ihrer lädierten Hüfte zwar nicht mehr auf Stühlen und Fensterbrettern rumturnen, Hören und Sehen waren aber noch kein Problem.

Die Bäuerin saß am Küchentisch, vor sich auf einem rot karierten Geschirrtuch einen Haufen reifer Bohnen, in der Hand das kleine Küchenmesser. Noah Poppinga wusste aus leidvoller Erfahrung, wie scharf die Klinge war, die nach jahrzehntelangem Gebrauch einer dünnen Mondsichel glich. Mit geübten Bewegungen schnitt sie die Enden der Hülsen ab, öffnete die Schoten und ließ die Bohnenkerne in eine angestoßene weiße Emailschüssel kullern. Jetzt stockte der vertraute, einschläfernde Rhythmus.

»Schön wegwischen, die Brühe, hör, mien Tüüt!«

Eher symbolisch als gründlich feudelte Poppinga folgsam die Dielen und stellte den Eimer aufs nächste Fensterbrett. Durch die hohen Scheiben des jahrhundertealten Bauernhauses fielen die Strahlen der Vormittagssonne auf weiß, rosa und orange leuchtende Blüten.

Misstrauisch beäugte Poppinga den Bewuchs auf Oma Thedas Fensterbank. Abräumen wäre sicher besser gewesen. Aber nicht unbedingt einfacher. Vorsichtig platzierte er seinen riesigen Fuß auf dem Fensterbrett, die kräftige nackte Wade unter dem weiten Hosenbein seiner knielangen Shorts auf Abstand zu den Pflanzen. Andere Omas hätschelten Orchideen. Denen brachte man statt Blumensträußen oder Pralinen eine Phalaenopsis aus dem Baumarkt mit. Die bekam dann jede Woche ein Schnapsglas voll Wasser und störte ansonsten nicht weiter.

Oma Thedas Schätzchen hingegen drohten mit zwei Zentimeter langen Stacheln an langen, verschlungenen Tentakeln. Andere verlockten mit flauschigen weißen Haaren zum Streicheln. Alle aber waren extrem wehrhaft und setzten ihre Waffen mit erstaunlicher Reichweite ein. Die Kakteen vom Fensterbrett umzulagern, war eine Aufgabe, die Poppinga nur im äußersten Notfall und dann mit langer Hose, Sicherheitsschuhen und Arbeitshandschuhen auf sich nahm. Dafür war es an diesem Sommertag eindeutig zu warm und Fensterputzen kein echter Notfall, auch wenn Oma Theda das anders sah. Also vorsichtig neben die Stachelbiester treten und behutsam nur dort putzen, wo man gefahrlos drankam.

»Wenn du gleich fertig bist, hilf mir man eben Bohnen pulen für den Hofladen«, befahl Theda Poppinga aus dem Off. Zum Glück sah sie von ihrem Platz aus nicht, dass ihr Enkel sich bei diesem Fenster für die Sparvariante entschieden hatte und nur oberhalb der Blumentöpfe halbherzig sprühte und wischte. Und natürlich auch nur so weit, wie er kam, ohne sich mit den Kakteen anzulegen.

Ach ja, der Hofladen. Nett gedacht, mit frischen Eiern, Obst und Gemüse direkt vom Erzeuger. Glückliche Hühner und so. Das hatte Poppinga sich in den leuchtendsten Farben ausgemalt, als er vor drei Jahren zur Oma auf den Hof gezogen war. Aber für zufällig vorbeifahrende Touristen lag der Hof zu weit abseits und die Fahrradurlauber hatten die Satteltaschen voll und wenig Lust, mit ungekühlten Eiern durch die Gegend zu radeln. Stammkunden wiederum konnte man sich nur heranzüchten, wenn man zuverlässige Öffnungszeiten hatte. Wer öfter als einmal vor verschlossener Tür stand, nahm den Weg hier raus über die Ems nicht wieder auf sich. War ja auch nicht wirklich nachhaltig, kilometerweit mit dem Auto durch die Pampa zu gurken, um Tomaten frisch zu kaufen.

Bisschen größer, bisschen heller und mit besseren Öffnungszeiten, das wär's, dachte Poppinga. Platz hatten sie inzwischen mehr als genug auf dem Poppinga-Hof. Nach dem letzten Dürresommer hatte das Futter nicht für alle Tiere gereicht, zum Zukaufen langte die Kohle hinten und vorne nicht. Der Schlachter war deshalb Dauergast auf dem Hof gewesen und hatte die letzte Kuh schon vor Monaten abgeholt.

Noah seufzte. Er sollte den leeren Stall auf Vordermann bringen und den Laden ganz neu aufziehen. Nur wann? Und von welchem Geld? Da biss die Katze sich in den Schwanz.

Na gut. Bohnen hielten sich getrocknet eine ganze Weile, Erbsen und Getreide wurden auch nicht so schnell schlecht. Fürs Frischgemüse hatte er zum Glück den einen oder anderen Abnehmer, den er direkt belieferte, vor allem seit sein Kumpel Dennis das Restaurant in Leer eröffnet hatte. Ihre gemeinsamen »Classic Food Dinner« waren inzwischen fast immer ausverkauft.

»Keen Tied, Oma. Aber heute Abend setzen wir uns zusammen hin und fädeln Bohnen zum Trocknen auf«, versprach er. »Updrögt Bohnen sind der letzte Schrei.«

»Holl up mit dumm Tüüg!« Oma Theda fühlte sich offenbar verschaukelt. »Wer isst denn heute noch ollerwelschen Eintopf mit monatelang auf dem Dachboden getrockneten Bohnen, gestampften Kartoffeln und Räucherspeck?«

»Du würdest dich wundern, Oma. Traditionell und regional ist angesagt. Pass auf, wir kommen noch richtig groß raus. Aber erst mal brauchen wir was zum Verkaufen. Die Kartoffeln müssen angehäufelt werden, die Beete hacken sich nicht von allein und den Salat muss ich ernten, ehe es zu heiß wird.«

»Vanavend hebb ik keen Tied för di«, verkündete Theda Poppinga energisch. Offenbar wollte sie ihm klarmachen, dass sie ihre Zeit nicht gestohlen hatte, nur weil sie auf Rente war. Von wegen immer zu Hause rumpusseln und ansonsten warten, dass jemand Zeit für sie hatte! Oma Theda war gerne auf Achse.

Dann eben nicht. Noah beschloss, die Hausarbeit für heute zu beenden. Vom Fensterbrett aus warf er einen letzten liebevollen Blick auf sein Salatbeet. Was er da unten sah, brachte ihn aus dem Gleichgewicht. »Das darf doch wohl nicht wahr sein!«, rief er fassungslos. Seine nackte Wade streifte den nächsten Kaktus. Noah Poppinga fiepte ziemlich unmännlich und stolperte, wild mit den Armen rudernd, von der Fensterbank. Auf einem Bein hüpfte er mit schmerzverzerrtem Gesicht zum nächsten Stuhl, um sich die Kaktusstacheln aus dem Unterschenkel zu pulen. Diese verdammte blöde Ziege!

2.

»Diese verdammte blöde Ziege!« Clara Sturm knallte das Glas so wütend auf den Couchtisch, dass ihr Bruder um die staubfreie Glasplatte fürchtete.

»Nun mal sachte«, beschwichtigte Roman Sturm sie. Die aufgebrachte Frau wirkte mit ihren zerzausten schwarzen Haaren und den roten Wutflecken auf der hellbraunen Haut von Gesicht und Dekolleté nicht wie eine gefeierte Schauspielerin, als die sie sich so gerne sah.

Na gut, war sie auch nicht, streng genommen. Mal hier ein Casting, dort ein paar Statistenrollen. Seit Neuestem versuchte sie sich an einem eigenen YouTube-Kanal, aber die große Entdeckung ließ noch auf sich warten.

Und jetzt war sie auch noch ihre Wohnung in der Altstadt von Leer los, wie es aussah.

»Ich sei schlecht fürs Niveau der ganzen Straße!«, schnaubte Clara. »Das musst du dir mal reinziehen! Von wegen: nun mal sachte!« Ihre Augen sprühten Funken, ihr Mund Speicheltröpfchen.

Roman schlenderte hinüber in die offene Küche, kam mit drei Gläsern und einem Stück Küchenrolle auf einem Tablett zurück. Er stellte die Gläser ab und wischte betont beiläufig den Glastisch ab. Beruflich hatte er mit ganz anderen Körperflüssigkeiten zu tun, auch wenn die schlimmste Drecksarbeit meistens die Kollegen vom Kriminaldauerdienst im ersten Angriff erledigten. Aber Dienst war Dienst und Spucke war Spucke. Blut am Tatort war eine Sache, Speichel auf dem eigenen Wohnzimmertisch eine komplett andere.

»Ich hole eben was zu trinken.« Das zerknüllte Papier in der Hand, drehte er sich wieder Richtung Küche.

Seine Schwester schien das kurz aus dem Konzept zu bringen, dafür krähte Djure umso schneller: »Ich will Cola!«

»Gibt's nicht«, erwiderte sein Onkel automatisch. Das fehlte noch, diesem Quälgeist Aufputschmittel einzuflößen. Im Vorbeigehen nahm er dem Fünfjährigen das Modell der Enterprise D aus der Hand und stellte es schön weit oben ins Regal, nachdem er sein kostbares Raumschiff unauffällig abgewischt hatte.

Nicht unauffällig genug offenbar. Clara war schon wieder angefressen. »Was putzt du hier eigentlich ständig hinter uns her, machst du jetzt einen auf Monk, oder was?«

Djure war weniger nachtragend. Er hatte bereits ein gutes Dutzend von Romans DVDs aus dem Regal gezogen und auf dem dunkelblauen Teppich verteilt. Roman wurde abwechselnd kalt und heiß bei diesem Anblick. Zum Glück standen in Kinderhöhe nicht die wirklich seltenen Scheiben. Deswegen ließ Roman seinen Neffen in den Filmen grabbeln und holte eine Wasserflasche aus dem Kühlschrank.

»Was ist das denn?« Claras Empörung richtete sich von ihrer Vermieterin, über die sie seit mindestens einer halben Stunde schimpfte, auf ihren Bruder. Der war sich keiner Schuld bewusst. Er runzelte die Stirn. Obwohl, Plastikflasche, stimmte schon. Aber immerhin Markenwasser. Was war daran verkehrt? Roman ertappte sich dabei, wie er mit den Fingerknöcheln unter seiner Nase entlangwischte. Die Fingerrücken waren sofort feucht von Schweiß. Warum schaffte seine Schwester es immer noch, ihn wie einen kleinen Jungen in Verlegenheit zu bringen? Schließlich hatte er nicht heimlich ihre Schokoriegel oder Haarspangen geklaut, sondern ihr nur Mineralwasser angeboten.

»Wieso kaufst du denn dieses üble Zeug?« Clara deutete auf das Vittel-Etikett, ihr Finger vibrierte leicht. »Das weiß doch jeder, dass Nestlé einer ganzen Stadt das Wasser abgräbt, um Profit zu machen! Das kannst du doch nicht noch unterstützen!«

Puh, ja, schon mal gehört. Der Konzern, der sich mithilfe von irgendwelchen kurzsichtigen oder womöglich korrupten Politikern die Wasserrechte einer französischen Kleinstadt gesichert hatte und täglich zwei Millionen Flaschen Edelwasser vor allem für den Export nach Deutschland abfüllte. Woraufhin die Dorfbewohner mit Tankwagen in die Nachbargemeinden fahren mussten, um Wasser für ihre Obstplantagen und Tiere zu holen.

»Demnächst muss sogar eine Pipeline gebaut werden, damit die Trinkwasserversorgung gesichert wird«, legte Clara nach. »Der Grundwasserspiegel ist gesunken und die Brunnen und Quellen gehören dem größten Lebensmittelkonzern der Welt statt der Menschen, die über den Wasservorräten leben.«

Als Umweltaktivistin kannte Roman Sturm seine Schwester bisher nicht. Immer mal was Neues, klar, meist aber Medien, Mode, Make-up. Jetzt verfolgte sie ihn also auf sein Lieblingsgebiet »Gerechtigkeit« und führte ihn dort auch noch vor. Wie peinlich war das denn, bitte?

Als das Smartphone in seiner Hosentasche losbrüllte, war Roman geradezu erleichtert über die Ablenkung. Mit einer gemurmelten Entschuldigung zog er das flache Gerät hervor und wischte mit dem Zeigefinger über das Glas, um den Anruf entgegenzunehmen. Das grüne Hörersymbol war unter dem gesprungenen Display kaum zu erkennen, aber noch funktionierte das Ding. Er hielt es altmodisch ans Ohr. Leute, die das Telefon vors Gesicht hielten, als wollten sie in eine Stulle beißen, fand er absurd.

»Ja, Sturm?« Er lauschte, hob abwehrend die Hand, als Djure etwas sagen wollte. »Wo? In Ordnung. Warte auf mich, ich fahre mit dir zusammen raus.«

3.

»Ein Urlauber hat auf der Wache einen toten Seehund gemeldet, sagte Janssen. Aber den Kollegen von der Streife kam die Form merkwürdig vor, darum haben sie uns gleich alarmiert.« Lükka Tammling stand neben Roman Sturm im Deichvorland und starrte hinab auf die Schlickbank. Der Übergang zwischen Land und Wasser war hier buchstäblich fließend. Aus der Luft erschien die Landschaft wie grüne Wiesen, die von verzweigten Flüssen geädert waren. Tatsächlich spülte die starke Strömung von Ebbe und Flut hier im steten Wechsel am Emsufer Priele mit brackigem Wasser, fraß immer aufs Neue tiefe, tückische Kolke und begrub die früher lieblichen Flussauen unter meterdickem leblos fauligem Schlamm.

In den Kronen der hohen alten Bäume zankten die Dohlen, der Wind trug das Tuckern des grün-gelben Deutz-Traktors herüber, an dem sie gerade vorbeigekommen waren.

Ein Haufen graubraun verklebter Federn stank ein paar Meter abseits neben einem Binsenbüschel vor sich hin. Ob Gans oder Möwe, konnte Roman nicht erkennen. Und dort drüben, unerreichbar weit entfernt zwischen dem tiefen braun strudelnden Emsfahrwasser und dem Ufer, sah er flussaufwärts einen länglichen Buckel im Schlick, der auf den ersten Blick tatsächlich einem Seehund glich. Größe und Form passten durchaus, die

Farbe war einheitlich schlammgrau und hob sich kaum von der Umgebung ab.

Roman zog ein Fernglas aus der Seitentasche seiner Cargohose und richtete es auf den Matschhügel.

»Was hast du eigentlich nicht in deinen Taschen?«, wollte Lükka wissen. Die Frage musste rhetorisch sein, denn sie kannte Roman lange genug, um sich weder über seine Hosentaschen noch über den Kofferraum seines Wagens zu wundern. Kriminaloberkommissar Sturm war nun mal gerne vorbereitet. Und wenn er dafür ein vollgerümpeltes Auto mit Schlafsack, Wasserflasche, Klappspaten, Gummistiefeln und Packgurten durch Ostfriesland kutschieren oder eben mit ausgebeulten Hosentaschen herumlaufen musste, war das ein geringer Preis, fand Roman.

Deshalb schenkte er sich die Antwort und konzentrierte sich auf die längliche Silhouette. Man konnte das angeschwemmte Ding für einen Seehund halten. Die kulleräugigen Raubtiere, die jeden Urlauber entzückten, wurden bis zu einem Meter achtzig lang und konnten durchaus zwei Zentner wiegen. Natürlich lebten sie eigentlich Dutzende Kilometer entfernt an der Nordsee und jagten im Wattenmeer Granat und Plattfisch, aber immer wieder schwammen welche die Flüsse herauf und sorgten für Schlagzeilen, weil sie in Häfen und Schleusenbecken planschten oder sich in Vorgärten die Sonne auf den Pelz scheinen ließen.

Roman hatte aber bis heute noch keinen Seehund mit Jeans und Sneakers gesehen. Deswegen seufzte er, reichte seiner Kollegin das Fernglas und zog stattdessen das Handy hervor, um bei der Wache anzurufen.

Dass sie einen Rettungswagen brauchten, war unwahrscheinlich. Jedenfalls, solange keiner von ihnen über ein im Schlamm vergrabenes Fahrrad stürzte oder sich die Waden an Stacheldraht aufriss. Wer immer da unten lag, war ein Fall für den Bestatter und für die Rechtsmedizin in Oldenburg.

Aber dafür mussten sie ihn zunächst einmal aus dem Zwischenreich des halbfesten Schlick-Wasser-Gemischs befreien und ans trockene Ufer schaffen. Nur wie? Roman bestellte außer den Kollegen von der Wasserschutzpolizei gleich noch Feuerwehr und THW an den Fundort. Großes Aufgebot, klar, und womöglich gab es hinterher Druck wegen der Kosten. Bei einer Rettungsaktion stellte den Aufwand natürlich so leicht keiner in Frage, aber hier ging es letzten Endes nur um eine Bergung.

Andererseits hatte der Tote vermutlich Angehörige, die informiert werden mussten. Er hatte zudem ein anständiges Begräbnis verdient, und falls er gewaltsam ums Leben gekommen war, mussten die Todesumstände aufgeklärt und ein Täter gefunden werden.

Druck würde also wahrscheinlich nicht von oben kommen. Höchstens von ganz unten, aus den Tiefen der Netzwerke, die noch immer »sozial« genannt wurden …

Roman Sturm hörte ein Pfeifen und gnubbelte mit dem Fingerknöchel in seinem Gehörgang, bis er endlich merkte: kein Tinnitus. Er war schon wieder innerlich am Schwafeln und Lükka Tammling versuchte, seine Aufmerksamkeit auf sich zu ziehen.

»Ja, was denn?«

»Wie wir ihn da rauskriegen, habe ich gefragt.«

»Die WSP kommt mit dem Boot und das Technische Hilfswerk ist auch unterwegs.«

»Hm.« Lükka Tammling schnaubte und schüttelte den braunen Lockenkopf. »Guck mal auf die Uhr, Roman. Niedrigwasser ist vorbei, die Flut läuft wieder auf. Spätestens in einer halben Stunde ist die Leiche überspült und wird abgetrieben. So schnell ist das Boot nicht da.«

»Dann müssen wir sie sichern, damit sie nicht vertrieben wird und der Wasserschutz sie an Bord nehmen kann«, meinte Roman wenig begeistert. Das Ufer war steil und der Schlick glitschig wie Seife. Trotzdem machte der Oberkommissar sich zögernd auf den Rückweg zu seinem Auto, um das Abschleppseil und Packgurte aus dem Kofferraum zu holen.

*

»Wat is dat för'n Gedrüüs hier? Hest dat Schild neet seihn?« Vor Roman auf dem schmalen Feldweg hatte sich ein ungeschlachter Riese in Arbeitskombi und schweißfleckigem T-Shirt aufgebaut. Ein Stück entfernt stand der Trecker, jetzt leer. Roman war mit seinen Einsachtzig beileibe kein Zwerg und auf seine Muskeln bildete er sich etwas ein, aber er musste den Kopf in den Nacken legen, um seinem Gegenüber ins rote Gesicht zu sehen. Der Bauer musterte Roman von oben bis unten mit finsterem Blick und entschied, dass dieser braunhäutige Winnetou mit den schulterlangen schwarzen Haaren vermutlich kein Platt verstand. »Das ist ein Privatweg hier«, knurrte er. »Kein Durchgang, capito? Ist gefährlich.« Er wies mit einem riesigen Daumen zum Ufer.

Es brauchte ein bisschen Redekunst, den blonden Hünen zu überzeugen, dass er keinen Schwarzangler gestellt hatte. Aber schließlich glaubte er Roman und seinem Dienstausweis, dass dieser Bursche vor ihm tatsächlich ein Kriminaloberkommissar im Einsatz war.

»Leiche im Schlick, soso. Kurz vor der Flut. Und du willst da mit einem Seil rein?« Er lachte mitleidig und wandte sich Lükka zu, die inzwischen dazugekommen war. »De Fent is mall, oder?«

So, ein verrückter Bursche war er also. Roman schnaubte verärgert, musste dem Bauern aber innerlich recht geben. Der Schlick war nicht nur seifig und stank. Vor allem war er tückisch und tödlich, weil diese halbflüssige Masse sich schneller und gründlicher als Treibsand um Beine und Körper schloss und jeder Leichtsinnige in diesem Liquid Mud unweigerlich versank.

»Tööv man eben, mien Jung, ich hab eine bessere Idee«, verkündete der Bauer, stapfte zum Traktor zurück und startete den Motor. Statt hinab zum Flussufer, wie Roman es erwartet hatte, knatterte der Deutz landeinwärts davon und war nach wenigen Augenblicken hinter dem Deich verschwunden. Und worauf sollten sie jetzt warten?

Die Frage wurde beantwortet, als der Bauer nach ein paar Minuten zurückgetuckert kam, mit einem bulligen Pick-up diesmal, auf dessen offener Ladefläche ein großer Holzkasten stand. Er ließ Lükka und Roman einsteigen und fuhr mit ihnen zurück zum abschüssigen Emsufer. Roman bildete sich ein, die Wasserfläche wäre schon breiter als vorhin, die Flut lief tatsächlich bereits auf und die Zeit wurde knapp.

Gemeinsam wuchteten die drei das hölzerne Gestell vom Wagen. Es war eine Art Schlitten ohne Kufen, dafür mit einer breiten Grundfläche. Oben drauf ragte ein Bügel wie ein Kinderwagengriff empor. Roman kannte solche Gefährte aus dem Museum. Früher waren die Emsfischer damit bei Ebbe hinaus zu ihren Reusen und Stellnetzen gefahren und hatten ihren Fang an Land geschafft. Heutzutage wurden Schlickschlitten nur noch für matschige Wettkämpfe mit Hunderten johlenden Zuschauern genutzt.

»Ich hab den Schlickschlitten schon fürs Kreierrennen auf dem Dollart flottgemacht«, erklärte der Blonde. »Ihr habt echt bannig Dusel.« Er schickte sich an, den Schlitten über die Kante auf die Schlickfläche zu schieben. Roman reichte ihm das Seil, das er aus seinem eigenen Auto geholt hatte, aber der Hüne sah ihn verblüfft an. »Was soll ich wohl damit?«

»Na ja. Die … äh … den … äh … Verunglückten bergen …«

»Nee, nee. Nicht mein Zirkus, nicht meine Affen.« Der Riese schüttelte den Kopf so nachdrücklich, dass sein fusseliger roter Bart wehte. »Das mach du man hübsch selber, Sheriff. Wasserleichen sind nicht so meins.«

Roman Sturm schluckte trocken, dann atmete er tief durch, band sich das Abschleppseil um den Bauch und reichte dem Bauern das andere Ende. Der nickte und befestigte das gespleißte Auge des Taus am Haken der Seilwinde, die auf der Ladefläche seines Wagens montiert war.

»Watt mutt, dat mutt.« Roman leerte seine Hosentaschen, legte sein Smartphone, den Autoschlüssel und alle anderen empfindlichen Gegenstände in Lükkas Hände. Anschließend richtete er den Bug des Kreiers flussaufwärts auf den länglichen Schlammhügel aus, unter dem der Tote lag. Er griff mit beiden Händen den Haltebügel und kniete sich mit dem rechten Bein auf die harte Holzbank des Schlittens. Es kam ihm vor, als kniete er auf einem alten ungepolsterten Küchenstuhl und hielte sich an der Lehne fest. Er holte tief Luft und stieß den linken Fuß kraftvoll auf den Flussgrund.

Sein Fuß versank sofort bis zum Knöchel im Schlick, sonst passierte nichts. Der Schlitten ruckte keinen Zentimeter nach vorne, sackte aber dank seines flachen Bodens und der großen Auflagefläche wenigstens nicht auch noch ein.

Mit Anstrengung zog Roman den Fuß aus der schmatzenden Schlammpackung. Der Matsch klebte zwischen seiner nackten Fußsohle und dem Fußbett seiner Sandale. Beim zweiten Versuch dosierte Roman die Kraft besser und endlich kam Bewegung in den Kreier, auch wenn Romans Fuß im schmierigen Schuh haltlos vor- und zurückrutschte. Beim vierten Stoß hatte er den Bogen endlich raus und brachte den Holzkasten tatsächlich zum Gleiten. Roman blickte hoch, um die zurückgelegte Entfernung abzuschätzen, konnte aber Lükka und den Bauern nicht mehr entdecken, er sah nur den tiefblauen wolkenlosen Sommerhimmel über sich. Das Schlickufer war hier mehrere Meter hoch und er hätte genauso gut auf dem Grund einer Puddingschüssel knien können wie hier im Flussbett.

Also unbeirrt vorwärtsrutschen, die Bewegungen möglichst gleichmäßig wie beim Tretrollerfahren, und vierkant auf die schlickbedeckte Wasserleiche zuhalten. Der Kreier glitt jetzt zügig auf einem Wasserfilm vorwärts, den Roman von oben gar nicht wahrgenommen hatte.

Und da war die Leiche schon, grau und glitschig. Aus der Nähe glich sie keinem Seehund mehr, nicht nur wegen der Kleidung. Jedenfalls keinem aus einem Bilderbuch für Kinder. Jeans und Turnschuhe des angespülten Menschen waren schlammgetränkt, ein geknöpftes Hemd mit kurzen Ärmeln war hochgerutscht und entblößte die unförmig aufgetriebene Körpermitte. Über den Zustand des Gesichtes mochte Roman sich im Augenblick keine Gedanken machen, der Anblick der schrumpelig verquollenen Hand neben der Schlittenkante war mehr als genug für Albträume.

Augen auf bei der Berufswahl, dachte er grimmig und nestelte vom festen Boden des Kreiers aus den mitgebrachten Packgurt mühsam unter dem Oberkörper des Toten hindurch. Dann rangierte er den Bug des Schlickschlittens hinter den Kopf der Leiche und legte den Arm des Toten auf dessen Brustkorb. Mit beiden Händen griff er unter den Achselhöhlen hindurch und packte mit Schaudern von oben den Unterarm des Toten. Nur widerwillig gab der Schlick seine Beute frei. Mit letzter Kraft zog der Polizist die Leiche auf die Ladefläche des Holzkastens, auf der die Emsfischer einst ihren Fang an Land geschafft hatten, und fixierte den Gurt am Haltebügel. Zum Glück war die Verwesung trotz der Sommerhitze nicht so weit fortgeschritten, dass der Leichnam größeren Schaden erlitt. Trotzdem würden die Rechtsmediziner bestimmt einiges an postmortalen Verletzungen dokumentieren müssen. Aber immerhin hatte Roman das Ziel erreicht, den Toten zu sichern, ehe die Flut zurückkam.

Ein Rauschen ließ ihn herumfahren. Gelähmt vor Entsetzen starrte Roman Sturm flussabwärts und sah eine tosende, schäumende braune Wasserwalze mit glitzernder Gischtkrone auf sich zurollen. Als die Gezeitenwelle über ihm zusammenschlug, riss es ihn von den Füßen. Sein Kopf stieß schmerzhaft gegen den Haltebügel des Kreiers, den er umklammerte wie die letzte Brücke zwischen Leben und Tod.

4.

Als hätte Arwen Undómiel mit elbischer Magie die Fluten des Bruinen beschworen, um mit Frodo Baggins vor den Nazgûl zu flüchten, füllte sich das Flussbett der Ems in Windeseile mit schäumendem Wasser. Innerhalb weniger Augenblicke toste die Gezeitenwelle von der Nordsee durch den Dollart heran, überspülte den schlickigen

Grund der Ems, wühlte die fein zermahlenen Sedimente auf und brodelte flussaufwärts in Richtung Papenburg, gnadenlos alles mit sich reißend.

Lükka Tammling schrie entsetzt auf, als ihr Kollege vor ihren Augen vom Strudel erfasst und gegen den Griff des Schlickschlittens geschleudert wurde. Dann war von ihm nichts mehr zu sehen. Der Kreier mit seiner unförmigen grausigen Last tanzte auf den Wogen wie ein Rindenboot, wurde Richtung Flussmitte gezogen und trat eine unruhige Reise an wie bei einem bizarren Wikingerbegräbnis.

Auch wenn es sinnlos war und Wahnsinn, wollte Lükka hinabrennen zum Wasser, in die todbringenden Fluten tauchen und den Freund zu retten versuchen.

Eine starke Hand packte sie am Oberarm. Sie wehrte sich vergeblich gegen den Griff, rutschte auf der schlickbedeckten Uferböschung aus und sank aufschluchzend zu Boden.

Der Bauer zog sie mit sich und sie lehnte sich schwer atmend an den Kotflügel des Pick-ups.

Das Drahtseil der Winde auf der Ladefläche des Autos schlängelte sich träge Richtung Fluss wie eine flüchtende Anakonda. Der Bauer drückte auf einem kleinen Kästchen herum und das Seil spannte sich. Langsam und gleichmäßig wickelte sich der Draht auf den rotierenden Zylinder und jetzt durchbrach eine braune Gestalt die Wasseroberfläche, schlenkernd und strudelnd.

Wurden die Gliedmaßen von der Strömung bewegt? Lükka war keineswegs sicher, aber sie klammerte sich an die Hoffnung, dass Roman Sturm lebte, bei Bewusstsein war und versuchte, sich an die Oberfläche zu kämpfen.

Das stark motorisierte Schlauchboot nahm sie erst wahr, als es unmittelbar neben dem am anderen Ende der Leine treibenden Mann gestoppt hatte und ein Wasserschutzbeamter ihn mit geübten Griffen über den Gummiwulst des Bootes zog.

5.

Dass man bei solcher Sommerhitze dermaßen frieren konnte, war schier unglaublich. Aber Romans Zähne schlugen unkontrollierbar aufeinander. Mit beiden Händen umklammerte er den weiß-grünen Porzellanbecher. Er versuchte, den heißen Tee zu schlürfen und sich dabei auf nichts anderes zu konzentrieren als die stilisierte Pflanze auf der Tasse. Roman bemühte sich, die Blätter zu zählen oder wenigstens die Pflanze zu identifizieren, verbrühte sich den Mund an der dampfenden braunen Flüssigkeit und stellte den Becher wieder auf den Tisch.

Um seine Schultern lag eine flauschige, leicht staubig riechende Decke, darunter trug er einen gestreiften Frotteebademantel. Seine Haut dampfte von dem heißen Bad, das er gerade genommen hatte. Die Kälte, die ihn zittern ließ, kam von innen. So nahe wie heute hatte er sich dem Tod vorher noch nie gefühlt, obgleich er schon viele kritische Situationen überstanden hatte.

Wo war oben, wo war unten? Wie weit war es zu Licht und Luft? Wie lange würde der Atem in den Lungenflügeln reichen? Und was zog ihn unwiderstehlich davon wie die Fangarme eines Riesenkraken? Nach unten in die Tiefe? Nach oben zum Leben?

Erst als er hustend, keuchend und salzig-schlammiges Wasser erbrechend auf dem Boden des Schlauchbootes kauerte, gestützt von den Armen eines WSP-Kollegen, war ihm klargeworden, dass er noch sein Abschleppseil um den Leib geschlungen hatte und diese orangefarbene Plastikkordel ihn wie eine Nabelschnur mit dem Stahlseil und der Winde an Land verband.

Am Ufer kotzte er sich schier die Seele aus dem Leib, während das Schlauchboot schon wieder auf dem Rückweg zum größeren Dienstboot war, dessen Besatzung inzwischen den Kreier mit der daran gebundenen Wasserleiche mit Peekhaken zu packen gekriegt hatte.

Lükka hatte ihn natürlich gleich ins Krankenhaus bringen lassen wollen, aber Roman hatte vorhin keinen Rettungswagen angefordert, und so hätten sie wer weiß wie lange darauf warten müssen. Deswegen hatte er das Angebot des Bauern gerne angenommen, erst einmal im Pick-up mit zu seinem nahegelegenen Hof zu fahren, die durchweichte Kleidung loszuwerden und sich aufzuwärmen. Zum Arzt konnte er danach immer noch, fand Roman.

Lükka Tammling war unterdessen mit seinem Auto in die Stadt zurückgefahren, um den ersten Bericht über die Bergungsaktion in den Computer zu tippen. Außerdem wollte sie den Transport der Leiche zur Rechtsmedizin nach Oldenburg veranlassen und bei der Staatsanwaltschaft die Obduktion beantragen.

Roman konnte also im Augenblick ohnehin nichts weiter tun, als sich zu trocknen und aufzuwärmen.

Allmählich ließ der Schüttelfrost nach. Roman kuschelte sich etwas bequemer unter die Decke und entspannte die hochgezogenen Schultern.

Die Tür öffnete sich und der blonde Hüne betrat die Küche, einen dicken Stoffbeutel in der Hand. Er trug statt der Arbeitshose jetzt dunkelblaue Bermudashorts und ein sauberes helles Polohemd und wirkte deutlich jünger als vorhin. Roman schätzte ihn auf Anfang oder Mitte dreißig.

»Na, all up Stee?«, fragte er. Etwas unbeholfen reichte er Roman die Tasche. »Hier, hat die Kollegin für dich dagelassen. Ist man gut so, meine Klamotten würden dir wohl nicht passen.«

Bestimmt nicht, dachte Roman. Der Bauer war einen Kopf größer als er selbst und deutlich breiter. Er legte die Tasche neben sich aufs Sofa.

»Ich habe mich noch gar nicht bedankt.« Roman kratzte sich verlegen am Kopf. Autsch, an seiner Stirn hatte sich nach dem Sturz auf den Schlittenbügel eine fette Beule gebildet. Auch sonst fühlte er sich wie verprügelt.

Der Bauer winkte ab. »Du hast dir das Abschleppseil selbst umgebunden, das war clever. Ich hab nur die Winsch bedient. – Der Tee ist nicht so dein Geschmack?«

Er zeigte auf den fast unberührten Pott. »Kannst gerne was Stärkeres haben.«

»Nee, danke. War noch zu heiß. Schmeckt ein bisschen anders als sonst. Ist das keine Ostfriesenmischung?«

»Doch, original Standard. Aber Tee schmeckt ja mit jedem Wasser anders. Deswegen nehmen Butenostfriesen immer einen Kanister Wasser mit, wenn sie zu Besuch nach Hause kommen. Und meine Oma brüht sich den Tee sogar mit unserem eigenen Wasser, sie meint, das sei besser als das aus der Leitung.«

Aus Erzählungen kannte Roman das: Wasser aus dem eigenen Brunnen holen oder aus der Regenback. »Hat meine Oma auch behauptet«, erinnerte er sich. »Sie hat Neujahrskuchen gebacken, solange ich denken kann. Aber jedes Jahr hat sie genörgelt, mit Leitungswasser seien die hauchdünnen Waffeln längst nicht so knusprig wie früher und auch viel zu hell.«

»Kann schon sein. Liegt am Eisen. Also, nicht am Waffeleisen. An dem im Wasser. Wahrscheinlich waren die Waffeln einfach rostig.«

Die Männer lachten einträchtig. Roman fühlte sich endlich behaglich. Die Sonne, die durchs Fenster hereinschien, stand zwar schon tief, hatte aber noch Kraft. Die Hitze des Tages hatte er nach seinem Kampf mit der Gezeitenwelle ganz vergessen, doch jetzt spürte er, dass das alte Bauernhaus die Sommerwärme gespeichert hatte. Seine Gedanken flossen ineinander wie Tee und Sahne, seine Lider schlossen sich von selbst und ließen nur ein rötliches Gold hindurch. Romans Kopf sank auf die Lehne des rot gestreiften Ostfriesensofas.

Im nächsten Augenblick, zumindest meinte er das, schreckte Roman Sturm mit einem Ruck hoch, das Herz wild pochend, Schweiß auf der Oberlippe. Hatte ihn ein Albtraum aus dem wohligen Dämmer geweckt oder ein Geräusch?

Ein Motor brummte, wurde leiser. Anscheinend verließ ein Auto den Hofplatz. Roman Sturm richtete sich auf und fuhr herum, dabei wischte er mit der Wolldecke den vollen Teebecher vom Tisch, der auf dem Fußboden zerschellte.

»Oh, is dar een Wicht up Visiet bi di? Ich wusste gar nicht, dass du Besuch hast, Noah«, erklang eine lebhafte Stimme von der Tür her.

Roman stand höflich auf. In seine dunkelbraunen Augen bohrte sich der Blick aus hellen graublauen mit freundlicher Neugier. Eine gepflegte Frau in den späten Siebzigern mit grauen, ordentlich gelegten Locken und im dezent gemusterten hellen Sommerkleid stand in der Küchentür. Ihr Blick wanderte von den langen schwarzen Haaren über den gestreiften Bademantel hinab zu den dicht behaarten kaffeebraunen Beinen und zurück zum kantigen Kinn mit dem dunklen Bartschatten. Während sie verinnerlichte, dass vor ihr kein »Wicht«, also Mädchen, sondern eher ein langhaariger Wichtel stand, wurden die Augen groß und rund, die Stirn legte sich in Querfalten und der Mund spitzte sich zu einem überraschten »O«. Doch sie bewahrte geradezu royale Haltung und murmelte etwas wie: »Kumm man later up bi mi in de Stuuv«, ehe sie eilig die Küchentür hinter sich schloss und ihre Schritte sich auf der Treppe nach oben entfernten.

»Tja.« Der Bauer räusperte sich. »Ich hätte jetzt doch gerne einen Kruiden. Du auch? Dein Tee ist eh futsch.« Er ging um die Scherben des grün-weißen Bechers und die braune Pfütze herum zum Kühlschrank und fischte zwei Gläser und eine Flasche aus dem Eisfach. Dann goss er den tiefgekühlten Kräuterschnaps ein und reichte Roman Sturm eines der beschlagenen Gläschen. »Prost erst mal. Dass ich Noah heiße, weißt du ja jetzt.«

6.

Es blieb nicht bei dem einen Kruiden. Draußen wurde der Tag allmählich blau und in der Küche die beiden Männer. Noah Poppinga erzählte seinem Gast mit einer Begeisterung von seinem Hof und den Erfolgen bei der Nachzucht alter Gemüsesorten, die Roman geradezu rührend fand. Er hatte den blonden Riesen zunächst für einen typischen wortkargen Ostfriesen gehalten. Aber wie bei anderen Ostfriesen kam es auch bei ihm aufs Thema an, um ihn zum Sprechen zu verleiten. Na gut, der Kruiden half vermutlich auch, ihm die Zunge zu lösen.

Viel robuster seien die alten Sorten von Kohl, Tomaten und Kartoffeln als die moderne Massenware, erklärte Poppinga. »Ich brauche auf meinem Hof keine Pestizide zu spritzen. Haben die Alten früher ja auch nicht gemacht, von welchem Geld hätten die das Spritzmittel denn kaufen sollen?« Und besser schmecken würden die auch – das sei keine Frage. »Musst mal mitkommen, wenn wir wieder ein Dinner veranstalten. ›Slow Food‹ nennt man das heute, kommt tierisch gut an.« Er kicherte. »Obwohl, ›tierisch‹ stimmt nicht ganz, bei meinem Kumpel Dennis eher ›pflanzlich gut‹. Ist Vegetarier, der Dennis. Nee, sogar Veganer.« Poppinga zog einen Tabaksbeutel aus der Tasche.

»Kann man die Samen für diese alten Sorten denn so im Laden kaufen?«, wollte Roman wissen. Ackerbau oder Gartenarbeit waren jetzt nicht gerade seine Spezialgebiete. Eigentlich konnte er damit überhaupt nichts anfangen. Aber essen, das interessierte ihn. Nicht nur, weil seine Wohnung gegenüber der Polizeiinspektion direkt über einem griechischen Restaurant lag.

Poppinga hielt ein langes, dünnes Papierblättchen zwischen Daumen und Mittelfinger der linken Hand und stützte es mit dem Ringfinger ab. Dann legte er ein Filtertip ans eine Ende und streute eine gleichmäßige Schicht Tabak in die Papierrinne. »Stört dich doch nicht, oder?«

Roman zuckte die Schultern. Es war Poppingas Wohnung, da konnte der rauchen, soviel er wollte. Lükka Tammling qualmte ihn ohnehin immer voll, das war er gewohnt.

»Im Laden kriegst du die Samen natürlich nicht, was du wohl glaubst. War am Anfang echte Detektivarbeit, das Saatgut zu bekommen«, erläuterte Poppinga. »Ich habe mir den Mund fusselig geredet. Aber mit der Zeit habe ich eine Menge Leute gefunden, die in ihren Gärten noch Bohnen, Kartoffeln und anderes Zeug von früher anbauen. Inzwischen vertrauen sie mir so weit, dass sie mir nach der Ernte vom Saatgut was abgeben, damit die Sorten nicht völlig verschwinden. Darf natürlich keiner wissen.« Er zwinkerte verschwörerisch. »Ist zwar nicht amtlich zugelassen und patentiert. Dafür alles bio.«

Der Bauer krümelte ein paar grünliche trockene Blüten auf den Tabak und begann mit geübten Griffen routiniert eine dünne Wurst zu drehen. »Auch bio«, schmunzelte Poppinga.

Ach ja, das Rheiderland, dachte Roman. Hier auf dem anderen Emsufer war man fast schon in Holland. Aber nicht nur unmittelbar an der Grenze, sondern in ganz Ostfriesland war Hanf für viele Leute eine geschätzte Kulturpflanze und gehörte zum Entspannen dazu wie anderswo ein Feierabendbierchen. Was es nicht legal machte, klar. Aber Dienst war Dienst und Schnaps war Schnaps. Oder Hanf Hanf. Keiner redete groß darüber, aber fast jeder kannte einen, der jemanden kannte, der Gras vertickte.

»Wieso hat deine Oma eigentlich Neujahrskuchen gebacken?« Poppinga hatte die kunstvoll gebaute Tüte in Brand gesteckt und schaute Roman durch die kräuselnde Rauchfahne hindurch an.

»Gehört in Ostfriesland doch dazu. Wir waren alle verrückt nach den Dingern und meine Oma hat ganze Blechdosen voll gebacken und an Familie und Freunde verschenkt.«

Poppinga lachte. »Kenn ich. Je nach Grad der Verwandtschaft oder Freundschaft sind die Dosen größer oder kleiner, stimmt's?«

Roman nickte. »Klar, man konnte immer genau sehen, wo einer auf ihrer Rangliste gerade stand.« Sein Lächeln verblasste. »Ach, jetzt verstehe ich … Wieso meine Oma ostfriesische Traditionen kennt, obwohl ich beim Gen-Lotto so viele Pigmente abgezockt habe, willst du wissen.«

Früher hatte Roman Sturm Fragen nach seinem exotischen Aussehen gehasst. Die tiefschwarzen Haare, die mandelförmigen Augen und die milchkaffeebraune Haut hätte er nur zu gerne gegen einen blassen oder sommersprossigen Teint und einen unauffälligen friesischen Blondschopf getauscht. Dass er bei Mädchen mit seiner Winnetou-Optik gut ankam, versöhnte ihn irgendwann mit seinem Aussehen, machte ihn aber bei Jungen nicht beliebter und hatte zu mancher Prügelei geführt.

Schnee von gestern, mittlerweile juckte es ihn kaum noch. »Oma war Ostfriesin, Opa halt nicht«, sagte er lakonisch. »Der war als US-Soldat in Deutschland stationiert, kam ursprünglich aus Hawaii. Und da hast du farblich eine Menge Auswahl.«

Noah Poppinga war rot geworden und entschuldigte sich für seine Taktlosigkeit, aber Roman winkte ab.

»Deine Oma hat sich tapfer gehalten vorhin«, fiel ihm plötzlich ein. »Was hat sie eigentlich mehr schockiert –

meine Hautfarbe oder dass ich als Kerl im Bademantel bei dir rumsaß?«

»Schwer zu sagen. Ich nehme an, tatsächlich eher der Bademantel. Hatte offenbar auf Damenbesuch gehofft. Sie liegt mir ständig in den Ohren, dass hier im Haus eine Frau fehlt, und sieht jetzt wohl die Chancen auf Nachwuchs schwinden. Am liebsten würde sie mich sowieso bei ›Bauer sucht Frau‹ anmelden. Und sei es auch nur wegen der Arbeit. Wir sind hier nur zu zweit und sie kann nicht mehr so, wie sie will.« Poppinga drückte den Rest des Joints im Aschenbecher aus. »Ich muss morgen früh raus und du siehst auch aus, als solltest du dringend schlafen. Morgen fahr ich dich in die Stadt oder du rufst deine Kollegin an, dass sie dich abholt. Sie hat ja vorhin das Auto mitgenommen.« Er erhob sich aus dem altmodischen Hörnstuhl. »Ich mache dir ein Bett fertig. Keine Widerrede – wir haben genug Gästezimmer und eine komplette Wohnung steht auch noch leer. Wenn wir hier auf dem Hof alles so reichlich hätten wie Platz, dann hätten wir ausgesorgt.«

7.

Im Flur zog es wie üblich, aber trotzdem wurde es wärmer, je höher Roman im Treppenhaus stieg. Meistens liebte er seine Wohnung mit dem großen Südfenster und dem Balkon. Vor allem aber genoss er noch immer den Blick über den Hafen und hinüber zum schicken neuen Stadtteil auf der Nesse-Halbinsel. Dass er vom Wohnzimmer aus über die Flussschleife hinweg beinahe seinen Schreibtisch sehen konnte, nahm er gerne in Kauf, dafür hatte er einen unschlagbar kurzen Arbeitsweg zur Polizeiinspektion am Hafenkopf.

Im Sommer aber traute er sich kaum heim. Vor allem, wenn es so lange so heiß war wie dieses Jahr, herrschte dort oben abends immer eine unerträgliche Backofenhitze.

Aber noch war es Morgen. Noah Poppinga hatte ihn früh geweckt und ihn nach einem schnellen Frühstück in seinem Pick-up mit nach Leer genommen. Auf der Ladefläche standen diesmal statt des Schlickschlittens, den Romans Kollegen mitgenommen hatten, viele grüne Klappkisten voller Gemüse, die für das Restaurant seines Freundes bestimmt waren. Deswegen war es für ihn kein Umweg gewesen, Roman nach Hause zu bringen. Dennis Mulder hatte sein Lokal im Neuen Zollhaus gegenüber dem Bahnhof eingerichtet. Roman war noch nie in dem modernen Komplex gewesen, der anstelle des abgebrannten historischen Gebäudes so schnell errichtet worden war, als hätten die Baupläne schon lange vor dem Brand fertig in der Schublade gelegen. Er redete sich ein, dass ihm einfach die Zeit fehlte. Aber in seinen ehrlichen Momenten gestand er sich ein, dass er noch nicht bereit war, sich den Erinnerungen an das Großfeuer direkt dort zu stellen, wo das riesige alte Zollhaus beinahe unter seinen Füßen und über seinem Kopf eingestürzt war. Irgendwann. Bestimmt.

Jetzt würde er sich aber erst einmal einen richtig guten Kaffee aufbrühen, eine Star-Trek-Folge lang mit einem gemütlichen zweiten Frühstück auf dem Sofa entspannen und dann mit frischen, sauberen Klamotten hinüber zur Arbeit gehen. Seine Reservekleidung aus dem Auto roch etwas abgelagert, die musste in die Waschmaschine. Und Schuhe brauchte er auch. Lükka hatte ihm zwar die Tasche mit Unterhose, T-Shirt und Hose dagelassen, aber natürlich nicht die Gummistiefel. Und seine Trekkingsandalen hatte der Bauer zusammen mit den schlickgetränkten Kleidungsstücken in einem Kübel auf dem Hof eingeweicht. Es war fraglich, ob die jemals wieder sauber wurden. Auf jeden Fall konnten sie nicht so verkrustet in die Waschmaschine. Der feine Matsch aus dem Flussbett kroch in jede Ritze und würde jahrelang in den Innereien der Maschine spuken. Irgendwann musste er die Klamotten abholen, aber die liefen ihm nicht weg.

Roman schloss die Wohnungstür auf und trat in den Flur. Er spürte die kühlen Fliesen unter den nackten Fußsohlen. Beim zweiten Schritt trat er auf etwas Hartes und schrie auf. Wie kam ein verdammter Scheißlegostein in seinen Flur? Fluchend bückte er sich nach dem kantigen Plastikding und humpelte hinüber zur Küche.

Im Durchgang blieb er fassungslos stehen. Seine Kaffeemühle war weiß bepudert. Die Kaffeemaschine daneben stand in einer hellgrauen Pfütze und der ganze Raum war von einem stechenden sauren Geruch verpestet. Aus einer Rührschüssel quoll unter einem Teller ein undefinierbarer grauer Brei hervor, breitete sich auf seiner Arbeitsplatte aus, die eigentlich schwarz glänzen sollte, und tropfte auf den Fußboden.

Wie vom Donner gerührt starrte Roman Sturm auf seine verwüstete Küche. Dann drehte er sich um und brüllte: »Clara! Was ist hier verdammt noch mal passiert?!«

Er bekam keine Antwort und stürmte ins Wohnzimmer. Dort fand er einen halb offenen umgekippten Kinderrucksack und einen Haufen Laken vor, der sich auf dem schwarzen Sofa knüllte. Auf dem blauen Teppichboden und der schmierigen, vollgekrümelten Glasplatte des Couchtisches lagen DVD-Hüllen und seine Comichefte ausgebreitet. Mit langen Schritten ging Roman zurück in den Flur und riss die Schlafzimmertür auf. Zerwühltes Bett – leer. War der Kleine krank geworden? Hatte er etwa die Küche vollgekotzt? »Clara!«, brüllte Roman wieder, einer Panik nahe.

Endlich wurde die Badezimmertür geöffnet. Aus einer fruchtigen, warm dampfenden Duftwolke schälte sich seine Schwester in Spaghettitop und Jazzpants.

»Sag mal, geht's noch? Was brüllst du hier so rum? Erst kommst du die ganze Nacht nicht nach Hause, reagierst nicht auf meine Nachrichten und jetzt machst du hier den Lauten?« Clara Sturm sprühte vor Empörung mindestens so viele Funken wie ihr großer Bruder. Unwillkürlich wich er einen halben Schritt zurück. Ihre Fingernägel waren lang und kräftig und zumindest früher hatte sie gewusst, wie man sie wirksam einsetzte.

»Und dann hast du noch nicht mal was Anständiges zu essen im Haus«, fuhr sie vorwurfsvoll fort. »Nur ein Rest angetrocknetes Industriebrot war noch da. Das habe ich Djure für die Kita geschmiert, damit er überhaupt was hat. Zum Glück habe ich gestern beim Auszug mein Glas mit Sauerteig mitgenommen und Mehl hattest du immerhin im Schrank. Ich backe gleich erst mal ein anständiges Brot. Hoffentlich ist der Teig einigermaßen aufgegangen.«

Roman spürte, dass seine Energie und seine Wut in sich zusammenfielen wie ein Soufflé.

»Oh ja«, sagte er. »Der Teig geht hervorragend. Und du gehst jetzt auch.«

Er griff zum Telefon.

8.

»Lass mal sehen. Ach, so schlimm sieht das doch gar nicht aus.« Prüfend drehte Dennis Mulder den Kohlrabi in den Händen und betrachtete ihn von allen Seiten. »Bisschen klein sind sie ja. Schmecken aber bestimmt gut.« Er zog ein Messer aus der Hosentasche, klappte es auf und schnitt einen keilförmigen Schnitz aus der hellgrünen Knolle. »Guck, der ist überhaupt nicht holzig.« Er schnupperte. »Und ein schönes Aroma hat er auch. Damit kann ich was anfangen.« Mulder steckte den zartgrünen Gemüseschnitz in den Mund, kaute beinahe andächtig und nickte Noah Poppinga bekräftigend zu. »Geschmacklich top. Und zart.«

Poppinga stellte die grüne Kunststoffkiste auf den Stapel der anderen auf dem Pass in der großen hellen Küche, dem blanken Edelstahlschrank, der den Spülbereich vom Kochteil trennte.

»Hey, Birte, bring die Kisten mal bitte ins Kühlhaus!«, rief Mulder nach hinten, wo eine kräftige rothaarige Frau in weißer Kochjacke werkelte.

Noah Poppinga versuchte, sich die Erleichterung nicht anmerken zu lassen. Es war dieses Jahr schwer genug, das Gemüse erntereif zu bekommen, da musste die magere Ausbeute auch was taugen und verkäuflich sein. Dennis Mulder verwendete in seinem Restaurant gerne regional angebautes Gemüse. Aber wenn ihm eine

Lieferung nicht gefiel, ließ er sie knallhart zurückgehen, Freundschaft hin oder her.

»Das Zeug hat aber auch ordentlich Wasser geschluckt«, sagte Poppinga. »Ich musste ständig beregnen.« Gleich ging es an die Bezahlung, da konnte ein bisschen Jammern nicht schaden.

Mulder winkte ab. »Geht dieses Jahr wieder allen so. Aber du hast immerhin dein eigenes Wasser, das spart doch ungemein.«

»Ja, Mann, ich bin wirklich froh, dass die Zisterne rechtzeitig fertig geworden ist und ich einiges an Regen bunkern konnte. Inzwischen preisen sie einem das Sammeln von Regenwasser als *die* Idee für die Zukunft an. Da steigen natürlich auch die Preise für die Anlagen.«

Rundum war der Grundwasserspiegel seit dem letzten Jahr stark abgesunken, gleichzeitig trug die Flut das salzige Meerwasser im tief ausgebaggerten Flussbett immer weiter landeinwärts und das Wasser in den Gräben wurde zunehmend salziger. Das vertrug nicht jede Pflanze. Deswegen hatte Poppinga ein großes Sammelbecken angelegt, in dem er das Regenwasser aus den Dachrinnen bunkerte. Zusammen mit dem alten Brunnen sicherte das jetzt die Versorgung des Hofs. »Pumpen muss ich das aber auch«, rechtfertigte sich Poppinga.

Mulder lachte nachsichtig. »Ich will den Preis doch gar nicht drücken. Aber sag mal, was ist mit dem Salat, den ich bestellt hatte?« Er durchsuchte die anderen Kisten, die Poppinga ihm gebracht hatte.

Der junge Bauer schüttelte zornig den Kopf. »Gibt nur das bisschen, was ich hier im Korb habe.« Er schnaubte. »Ganz aus Versehen«, er malte mit seinen Zeige- und

Mittelfingern Anführungsstriche in die Luft neben seinen roten Ohren, »hat Nachbar Ukena sein Gatter offen gelassen. Und ›rein zufällig‹ ist über Nacht mein Zaun kaputtgegangen. Wie kann es nur angehen … Jedenfalls hat seine verdammte Ziege fast mein ganzes Beet leergefressen.« Er seufzte kellertief. »Und dabei stand der Salat so gut, den habe ich aus den Samen gezogen, die ich letztens in Ditzumerhammrich geschnorrt habe. Alles futsch bis auf die paar Pflanzen im Gewächshaus für die Nachzucht.«

»Immerhin hast du die noch«, tröstete ihn der Koch. »Und dein kostbarer Grünkohl steht doch auf der anderen Seite des Hauses, oder nicht?«

»Gut geschützt«, nickte Poppinga. »Fast so gut wie die Kartoffeln.«

»Na guck. Unsere Herbstbuffets sind doch gesichert. Der schöne alte Kohl, dazu die brave Linda und das Ganze mit einer feinen Pinkel vom Tofutier angerichtet.« Der gedrungene Koch klopfte Poppinga mit seiner großen, fleischigen Hand auf die Schulter, was für ihn wegen des Größenunterschiedes gar nicht so einfach war. »Das wird gut, wart's ab.«

Poppinga war heute nicht so leicht aufzuheitern. Ukena bereitete ihm Kopfzerbrechen, nicht nur wegen seiner Ziegen. Neulich hatte der Nachbar ihm ein Faltblatt mit dem Saatgutverkehrsgesetz in die Hand gedrückt. Das Bundessortenamt sei bestimmt sehr interessiert an Poppingas Nachzuchten, hatte er gesagt und dabei hämisch gegrient. Er wusste offenbar ganz genau, dass Poppinga die Grenze zwischen Hobbynachzucht und gewerblichem Anbau längst überschritten hatte und sich in einer rechtlichen Grauzone herumtrieb.

Poppinga fuhr über die Dörfer, tauschte hier Stauden, sammelte da Saatgut, säte und pflanzte. Alles kein Problem, solange er das nur für den Eigenbedarf tat. Und wie hieß es so schön: Wo kein Kläger war, da war auch kein Richter. Aber seit Poppingas Ernte auf dem Markt und in Mulders Lokal immer beliebter wurde, guckten die Nachbarn genauer hin, was er da trieb. Wer wusste, wie lange die ostfriesische Gelassenheit anhielt, ehe doch mal jemand bei den Behörden petzte?

»Hoffen wir mal, dass das alles so hinhaut.« Poppinga fand selbst, dass er müde und frustriert klang. Für ihn allein war das alles einfach auf die Dauer zu viel. Damit hatte Oma Theda schon recht, auch wenn sie ihm ständig mit seiner überfälligen Brautschau in den Ohren lag und ihm gehörig auf die Nerven ging. Hilfe auf dem Hof und im Laden wäre schon eine feine Sache. Das musste doch irgendwie auch ohne »Bauer sucht Frau« zu schaffen sein. Kosten durfte es natürlich nichts. Und wieder biss sich die Katze in den Steert.

Noah Poppinga steckte das Geld ein, das Dennis Mulder ihm in die Hand drückte, unterschrieb die Quittung und verabschiedete sich von seinem Freund. Als er mit den leeren Klappkisten zurück zu seinem Pick-up kam, sah er, dass sein Telefon blinkend einen verpassten Anruf meldete.

9.

Natürlich hätte er mit seiner Schwester mehr Geduld haben können. Er hätte ihr erklären können, dass er irgendwie einen ziemlich beschissenen Tag hinter sich hatte. Dann hätte Clara ihr Sauerteigbrot backen können und sie hätten gemeinsam ihre Wohnung leergeräumt und ihren und Djures Kram in Romans Wohnung gebracht, damit seine Schwester für sich und ihren entzückenden lebhaften Sohn ganz in Ruhe eine passende Wohnung suchen konnte.

Und dann hätten sie alle zusammen Kumbajah singen und rosa Glitzereinhörner streicheln können.

Ja, vielleicht wäre das gegangen. Aber andererseits: nee. Aber so was von gleich gar nicht. Die Vorstellung, seine Zuflucht vor dem Chaos der Welt und seines Berufs und nicht zuletzt vor dem Chaos im eigenen Kopf auch nur einen Tag länger mit diesen zwei bunten, lauten, lebhaften Chaoten zu teilen, verursachte Roman Sturm Kopfschmerzen und Herzklopfen. Fettige Fingerabdrücke auf den gläsernen Schranktüren in der Küche. Klebrige Schmierränder auf dem blanken Couchtisch. Kratzer auf den kostbaren Sammler-DVDs. Abgebrochene Warp-Gondeln an der USS Enterprise. Die Szenarien, die sich in Romans Kopf abspulten, wurden immer furchteinflößender.

Seine Lösung gefiel ihm deutlich besser. Win-win-Situation nannte man so etwas wohl. Oder in diesem Fall eher Win-win-win. Mindestens.

Auf der einen Seite gab es eine verzweifelte junge Mutter, von der herzlosen Vermieterin geschurigelt und aus dem Haus vertrieben.

Auch wenn Roman selbst nicht mit seiner Schwester zusammenwohnen wollte, fand er die Behauptung der Hausbesitzerin unverschämt, Clara sei eine Schande für die ganze Straße. Vor allem, weil er die Straße kannte, in der morgens auch mal die Frauen im Bademantel qualmend vor den Haustüren tratschten und wo kunstlose Graffiti an den rissigen Hauswänden rankten.

Offenbar hatten Claras alte, abgenutzte Gartenstühle die Hausbesitzerin gestört, auch wenn der Garten von der Straße aus gar nicht zu sehen war. Und dass das Kinderzimmer nicht immer picobello aufgeräumt war, konnte die Vermieterin nur bemerken, weil sie widerrechtlich mit ihrem eigenen Schlüssel in die Wohnung ihrer Mieterin eingedrungen war. Da blieb nur: Rechtsstreit oder ausziehen, das war Roman klar.

Auf der anderen Seite gab es einen überarbeiteten Bauern mit viel zu viel Platz auf dem Hof, einer leerstehenden Wohnung und einer Großmutter, die ihm ständig in den Ohren lag, dass auf dem Poppinga-Hof eine Frau fehlte.

»Hand gegen Koje« war der Deal, auf den sie sich geeinigt hatten, bis auf Weiteres zumindest. Clara konnte mit Sack und Pack und Djure raus aufs Land ziehen. Dort würde sie im Haus und im Hofladen mit anpacken und im Gegenzug praktisch mietfrei wohnen.

Und so gab es auf der dritten Seite einen hochzufriedenen Oberkommissar Roman Sturm, der seine Wohnung wieder für sich allein hatte und beruhigt zur Arbeit gehen konnte.

10.

»Sicher, ich weiß, dass noch Ferienzeit ist.« Lükka Tammling rollte die Augen zur Decke und zählte innerlich bis drei, damit sie ruhig und geduldig weitersprechen konnte. »Aber wir haben hier einen Toten mit ungeklärter Todesursache und unbekannter Identität.« Sie lauschte in den Hörer. »Sie sind der Experte, Herr Doktor Feierabend. Wenn Sie mir ohne Obduktion schriftlich geben können, dass eine natürliche Todesursache vorliegt, erspart mir das viel Schreibkram. – Ach, können Sie nicht? – Ja, mir ist klar, dass das eine ziemliche Sauerei ist mit dem ganzen Schlick.« Sie bemühte sich um einen versöhnlichen Ton. »So schnell wie möglich? – Noch vor Ihrem Urlaub? Das wäre wunderbar. – Natürlich, wenn er nur auf See über Bord gegangen und flussaufwärts geschwemmt worden ist, wäre mir das auch am liebsten. Wir Ostfriesinnen sind nicht so wild auf Morde, wie Sie in Oldenburg glauben. – Genau. Dann lade ich Sie auf ein kühles Ostfriesenbräu ein. – Ja, und ein Fischbrötchen. – Wunderbar. Bis die Tage dann.«

Lükka Tammling legte den Telefonhörer betont behutsam und leise in seine Ablagemulde. »Der ziert sich wieder wie die Zicke am Strick«, sagte sie kopfschüttelnd.

»Du musst es ja wissen«, klang es von der Bürotür herüber.

Lükka stöhnte leise auf. Sie wurde ungern bei Selbstgesprächen ertappt. Und jetzt lehnte ausgerechnet der Kollege vom Rauschgift am Türrahmen und grinste zu ihr herüber. Als sie ihn anschaute, deutete er das als Einladung, mit wiegenden Hüften ins Zimmer zu schlendern und seinen Hintern in der engen Jeans auf ihrer Schreibtischplatte zu platzieren. Warum musste sie ihren Arbeitsplatz nur immer so ordentlich aufräumen? Bei Romans Tisch würde er sich das nicht trauen. Das Risiko, eine Lawine auszulösen, war dort viel zu groß. Andererseits: Warum sollte Dirk Baukloh sich auch auf Romans Tisch setzen? Seinen Charme, den er für unwiderstehlich hielt, versprühte Baukloh so großzügig wie sein penetrantes Rasierwasser, aber ausschließlich an Frauen. Dass Lükka sich seit Jahren völlig immun dagegen zeigte, schien ihn nicht zu entmutigen.

»Vom Zieren verstehst du was«, schob er nach, offenbar für den Fall, dass sie die Anspielung beim ersten Mal nicht verstanden hatte. Der Kollege vom Fachkommissariat 2 fuhr sich mit den gespreizten Fingern in die Haare und schleuderte mit einer kecken Kopfbewegung die kupferfarbenen Locken aus der milchweißen Stirn. Sein breites Zahnpastareklamelächeln hätte ein strahlend weißes und gepflegtes Gebiss verdient. »Ich wollte mal wieder mit dir Kaffee trinken gehen.«

Das »mal wieder« konnte sich nur auf Dixis »Wollen« beziehen, nicht aufs tatsächliche Kaffeetrinken. Lükka hatte bisher alle Einladungen ausgeschlagen und höchstens mal in größerer Kollegenrunde mit Dirk Baukloh zusammengesessen. Und das sollte bitte schön auch so bleiben.

»Dixi, wenn du Informationen zu unserem Toten hast, rück sie raus. Ansonsten lass mich in Ruhe arbeiten.«

Kollegiale Höflichkeit klang anders, aber Lükka hatte heute überhaupt keinen Nerv für Dirk Baukloh.

Der Drogenfahnder rutschte vom Tisch, kurz huschte ein Schatten über sein sommersprossiges Gesicht. Aber er fing sich schnell. »Kaffee gegen Info also. Das ist doch ein Deal.« Er griente wieder. »Ich werde mich umhören, ob bei meinen Kunden jemand vermisst wird. Zu hoch geflogen und in den Fluss gestürzt, so was kann schon mal passieren.« Er deutete mit neben den Schultern angewinkelten Händen ein Flattern an und kurvte davon. In der Tür drehte er sich noch einmal um. »Vielleicht war es auch ganz stumpf ein Wildpinkler, der von der Böschung gerutscht ist. Der Herr Doktor in Oldenburg soll mal prüfen, ob der Hosenstall zu war. Oder bist du selbst bei der Obduktion dabei? Dann achte mal drauf.« Sein meckerndes Lachen brach unvermittelt ab, als er ohne zu gucken durch die Tür trat und auf dem Flur unsanft von Roman Sturm abprallte.

11.

Roman ließ den deutlich kleineren Kollegen von sich abtropfen, nickte ihm einen irritierten Gruß zu und betrat das Büro, das er sich mit Lükka Tammling teilte.

»Moin, Lükka. Was macht denn der Kleinstadt-Casanova in unserer ärmlichen Hütte?« Er schaltete den Wasserkocher ein und löffelte eine großzügige Portion gemahlenen Kaffee in die kleine gläserne Stempelkanne, die sie sich seit einiger Zeit gönnten. »Auch welchen?« Als Lükka nickte, verdoppelte er die Kaffeemenge und griff zwei Becher. Lükkas derzeitige Lieblingstasse mit der Frage, wie oft man bei Notwehr nachladen dürfe, glänzte noch wie neu. Angestoßene und ausgeblichene Tassen ersetzte die Oberkommissarin regelmäßig.

Romans eigener Becher war voller Macken, hatte einen angefressen wirkenden Rand und eine stumpfe Oberfläche. Dafür zeigte das Bild die Brückencrew der USS Enterprise und Roman nahm es als gutes Zeichen, dass der Pott all die Jahre überstanden hatte. Er war nicht abergläubisch, aber Maskottchen sollten angeblich auch Glück bringen, wenn man nicht dran glaubte …

»Der werte Kollege Baukloh empfahl mir den Blick auf einen offenen Hosenstall.« Lükkas ebenmäßig geschwungene rechte Augenbraue verschwand fast in ihrem Haaransatz, während sie sichtlich vergnügt beobachtete, wie Romans Blick sich verfinsterte. »Nicht auf seinen, immerhin«, beruhigte sie ihn. »Er meinte, wenn unsere Leiche den Reißverschluss offen hätte, sei der Unbekannte bestimmt beim Urinieren in den Fluss gefallen. Das sollte ich mir bei der Obduktion näher anschauen.«

Das Wasser kochte und Roman goss es in die Kaffeekanne. »Ganz unrecht hat er nicht.« Er schwenkte die Glaskanne, damit sich das Kaffeepulver gleichmäßig im Wasser verteilte, und beobachtete den braunen Strudel aus Flüssigkeit und Partikeln. Na klasse. Das strudelte wie der Fluid Mud in der Ems. Unsanft stellte er die Kanne auf den Korkuntersetzer und setzte den Deckel mit dem Siebstempel darauf.

Er wandte sich Lükka zu, die schon wieder gelassen am Computer tippte. Der Bürokram, den ihre Arbeit unweigerlich mit sich brachte, störte sie offenbar überhaupt nicht, sondern schien ihr sogar zu gefallen, weil sie damit Struktur in ihre Ermittlungen und in ihre Gedanken brachte. Wenn sie überhaupt jemals Unordnung im Kopf oder um sich herum hatte. Ihr Schreibtisch war wie immer fast leer. Was gebraucht wurde, zauberte sie aus den Schubladen hervor oder zog es aus einem Ordner, der selbstverständlich penibel mit ihrer sauberen Handschrift beschriftet war.

Roman drückte den Stempel der Glaskanne nach unten, um das ausgequollene Kaffeepulver auf dem Kannenboden festzuhalten. Dann goss er Lükkas und seinen Becher voll, versenkte in seiner Tasse zwei Stücke Würfelzucker, schnupperte gewohnheitsmäßig an der Milchtüte und goss so viel Dosenmilch in den Becher, bis der Kaffee die Farbe seiner Haut angenommen hatte. Er reichte seiner Kollegin den »Notwehr«-Pott und ließ den Blick über seinen eigenen Tisch wandern, um eine freie Stelle zum Abstellen seiner Tasse zu finden. Da, zwischen dem Bildschirm und dem Papierstapel, der den Monitor eine Handbreit überragte, war noch Platz.

Roman nahm einen Schluck Kaffee und seufzte zufrieden. Nichts gegen die Gastfreundschaft auf dem Bauernhof, aber anständigen Kaffee bekamen die dort nicht hin. Er stellte den Becher vorsichtig ab und achtete darauf, das sorgfältig austarierte Gleichgewicht auf seinem Tisch nicht zu stören.

»Irgendwann komme ich morgens ins Büro und finde dich verschüttet unter deinem Schreibtisch«, prophezeite Lükka. Sie war wohl doch nicht so in ihren Schreibkram vertieft.

»Nur kein Neid.« Roman Sturm grinste. »Ich brauche nicht ständig aufzuräumen, um meine Sachen zu finden. Ich habe sie immer vor Augen.«

Lükka zuckte die Achseln. Anfangs hatte sie ihn ein paarmal auf die Probe gestellt und er hatte jedes Mal die Unterlagen gefunden, die sie haben wollte. Inzwischen glaubte sie ihm wohl, dass er von den Gebirgen auf seinem Tisch mentale Bohrkerne besaß. Dass sie ihn trotzdem für einen Chaoten hielt, wusste er natürlich. Aber auch, dass sie sich jederzeit aufeinander verlassen konnten. Für eine Freundschaft wussten sie nach all den Jahren noch immer zu wenig übereinander.

Falsch, dachte Roman. Er wusste kaum etwas über seine Kollegin. Nicht einmal, wie viel sie über ihn wusste.

Jetzt zog sie die oberste Schreibtischschublade auf und holte seinen Autoschlüssel hervor. »Du willst dich wirklich nicht krankmelden nach deinem Schlammbad gestern?« Als Roman energisch den Kopf schüttelte, warf sie ihm den Schlüssel zu. »Dann brauchst du den wohl. Dein Auto steht hinten auf dem Parkplatz. Für die Fahrt nach Oldenburg musst du noch tanken. Die Rechtsmedizin kann deine Wasserleiche heute noch verarzten. Gerade kam die Mail rein.«

Romans sah sie wehleidig an. »Im Ernst? Ich soll zur Obduktion? Kannst du das nicht machen? Ich übernehme dafür deinen Bericht«, schnurrte er.

Lükka lachte schallend. »Als ob ich dich an meine Berichte ließe! Nee, danke, Kollege.«

Seufzend trank Roman seinen Kaffee aus, steckte einen Notizblock ein und griff nach dem Autoschlüssel.

Als er schon in der Tür stand, rief ihm Lükka nach: »Hey, warte!«

Hoffnungsvoll drehte Roman sich um. Hatte die Kollegin es sich anders überlegt und wollte ihm die zweite Begegnung mit der Emsleiche abnehmen? »Ja?«

»Vergiss nicht, auf den Hosenstall zu achten!«

12.

Mit gemischten Gefühlen sah sich Clara Sturm in der kleinen Küche um. Sie taxierte die schlichten Einbauschränke und den Esstisch aus hellem Holz, an dem vier einfache Holzstühle standen. Blau-weiß gemusterte Vorhänge am hohen Fenster, ein paar nichtssagende Bilder an den weiß gestrichenen Wänden. Auch Wohnzimmer und Schlafzimmer waren zweckmäßig und mit der Unverbindlichkeit einer Ferienwohnung eingerichtet. Eine kleine Kammer mit Schlafsofa, in der Djure gerade seinen Rucksack auspackte, sollte als Kinderzimmer dienen. Hier standen in einem niedrigen Regal ein paar ausgemusterte Kinderbücher und Comichefte. Die vergilbten Bücher schienen seit Generationen weitergereicht worden zu sein. Die Comics gehörten vermutlich ihrem Gastgeber, der vorhin an Romans Wohnungstür geklingelt hatte. Er sollte sie abholen, schönen Gruß von ihrem Bruder.

Zuerst hatte Clara vor Wut geschäumt, dass Roman sie einfach so an die Luft setzen wollte. Aber dieser blonde Hüne mit dem rötlichen Wikingerbart hatte ihr in aller Gemütsruhe beim Packen geholfen und ihr dabei das Angebot auseinandergesetzt. Hand gegen Koje also. Eine Wohnung für sie und Djure, nicht gerade in der Stadt, aber auch nicht allzu weit weg. Keine Miete, nur Nebenkosten, dafür Hilfe im Hofladen und im Haus.

Für eine Weile war das vielleicht sogar ganz cool. Internet gab es auch, das hatte Clara erfragt, ehe sie zugestimmt hatte.

Clara zog ihr Smartphone aus der Tasche, checkte die Verbindung und nickte zufrieden. Viel besser war das Netz in der Altstadt von Leer auch nicht. Dann schaltete sie die Kamera-App an, wechselte zum Selfiemodus und zog ihren Lippenstift nach, ehe sie nach einem weiteren prüfenden Blick die Videoaufnahme startete.

»Ja, Moin erst mal aus dem wunderwunderschönen Ostfriesland!«, begann sie mit strahlendem Lächeln die Aufzeichnung. »Heute beginnt für mich ein ganz, ganz neuer Lebensabschnitt und ihr werdet staunen, was ich für euch habe. Kommt mal mit.«

Mit dem Telefon in der Hand wanderte Clara durch die Wohnung, zeigte den unsichtbaren Zuschauern den Ausblick aus dem hohen Fenster hinab in den großen Bauerngarten mit langen Reihen von Tomaten, Bohnen und anderen Pflanzen, die sie beim besten Willen nicht identifizieren konnte. Munter plaudernd erkundete sie ihre neue Wohnung mit der Kamera und platzierte dabei ein paar ausgewählte Gegenstände aus ihrem Gepäck auf Tischen und Regalen. Dann lud sie das Video auf ihrem Account hoch. Jetzt fehlten nur noch ein paar Markierungen, damit ihr Beitrag von den richtigen Leuten gefunden wurde und möglichst viele neue Abonnenten dazukamen. Hashtag »lebenaufdemlande«. Hashtag »clarasleben«. Hashtag »EinfachClara«. Hashtag »neubeginn«. Hashtag »ostfrieslandliebe«.

Als es an der Wohnungstür klopfte, leuchteten unter ihrem Filmchen schon die ersten siebzehn Likes.

13.

Die alte Frau im Sommerkleid erhob sich aus dem Sessel, als der Bauer Clara in ihr Wohnzimmer führte. Kein Make-up, registrierte Clara automatisch. Nur ein Hauch rosa Lippenstift, wahrscheinlich extra für den Besuch aufgelegt. Ansonsten natürlich einigermaßen knitterig, vor allem am Hals und an den dünnhäutigen Händen mit den Altersflecken, von denen sie Clara jetzt eine entgegenstreckte. Hatte sie ihr Leben lang keine Zeit für anständige Hautpflege gehabt oder kein Geld? Zum ersten Mal ertappte Clara Sturm sich bei dem Gedanken, dass es der anderen Frau schlicht nicht so wichtig sein könnte.

Ob sie selbst sich durchs Landleben wohl auch verändern würde?

Eigentlich wäre das ein spannendes Experiment, aber natürlich kompletter Blödsinn. Ein paar Wochen würde sie hierbleiben, allenfalls ein halbes Jahr, ihren Blog neu ausrichten und ein paar neue Produkte testen und taggen, damit ihre Engagement-Rate nach oben schoss und sie für die richtigen Leute interessant wurde.

Sie würde noch mehr gezielte Verlosungen über ihre Social-Media-Kanäle anbieten und bald würde sie nicht nur Kosmetikproben, blinkende Fensterdeko und neuartige Gemüsehobel für ihre Arbeit bekommen, sondern richtige bezahlte Aufträge an Land ziehen. Die Stars der Influencer-Szene lebten nicht schlecht. Falsch, korrigierte sie sich: Die machten richtig Schotter!

Clara nahm die Hand der alten Frau Poppinga vorsichtig wie ein zerbrechliches Tierchen und wunderte sich über den festen Druck, mit dem die Frau zupackte.

»Harrjasses, de Wicht gifft de Hann as een doden Fisk!«, beschwerte sich die Alte.

»Oma meint, du kannst ruhig fester zudrücken«, übersetzte der junge Poppinga ziemlich frei.

Als ob! Clara verstand zwar nicht besonders viel Plattdeutsch, aber dass ihr Händedruck mit einem toten Fisch verglichen wurde, kapierte sie durchaus. Alte Zicke.

Sie setzte ihr strahlendstes Lächeln auf. »Moin, Frau Poppinga. Ich heiße Clara Sturm. Schön, dass ich hier wohnen darf. Ich freue mich schon darauf.«

»Sturm also.« Oma Poppinga sah Clara prüfend an. Sie schaltete auf Hochdeutsch um. »Sie gehören zu dem jungen Mann, der die Nacht hier verbracht hat?« Ihre Aussprache war betont deutlich, ihre Wortwahl so korrekt wie häufig bei Menschen, die sich in einer Fremdsprache unterhielten. Aber trotz der genauen Ausdrucksweise stand Clara auf dem Schlauch. Welcher junge Mann?

Der Bauer bemerkte das und schaltete sich ein. »Sie ist seine Schwester.«

Ach so, offenbar ging es um Roman. Aber wieso hatte er hier übernachtet? War es ihm so zuwider, mit ihr und Djure in derselben Wohnung zu sein, dass er nach der Arbeit lieber zu einem Freund ging? Und woher kannten die beiden sich? Sie wusste wirklich nicht viel über ihren Bruder, fiel ihr mal wieder auf. Nicht einmal, ob dieser Friese »ein Freund« oder womöglich »sein Freund« war.

»Sien Süster.« Die Alte klang seltsam enttäuscht. »Ik harr hoopt, de lüttje Vergeet-mi-neet is van diene Fründ. Denn is he doch dien Leev?«

Clara sah, dass der junge Bauer rot wurde. Was mochte die Alte wohl mit dem »kleinen Vergissmeinnicht« meinen?

Poppinga warf ihr einen verlegenen Seitenblick zu und fuhr schnell fort: »Clara musste aus ihrer alten Wohnung raus und zieht mit ihrem Sohn in die kleine Wohnung, die bei uns leersteht. Sie hilft uns dafür im Hofladen und im Haus.«

»Lass das Mädchen doch selbst sprechen, Noah.« Sie musterte Clara. »Was machen Sie denn beruflich?«

Puh. Wie sollte sie das einer beinahe Achtzigjährigen erklären? Clara entschloss sich, eher vage zu bleiben. »Ich mache Filme. Im Internet.« Als die alte Frau Poppinga sie nur abwartend ansah, ergänzte sie: »Ich habe einen Blog und bin Influencer.«

»Och Heer Gommes! Influenza? Ist das nicht ansteckend? – Na, mi flüggt so licht nix an, ich bin geimpft!«

14.

In dem gekachelten, hellen Raum war es still, gelegentlich klapperte eines der blanken Instrumente am Tisch oder der kleine, vierschrötige Rechtsmediziner Feierabend murmelte etwas in sein Diktiergerät. Neben sich hörte Roman Sturm ein rhythmisches Quietschen und Knatschen, untermalt von angestrengt flachem Atem. Vielleicht war es doch nicht die beste Idee gewesen, Dirk Baukloh mit nach Oldenburg zu nehmen. Schon während sie in den langen Fluren des nüchternen Zweckbaus die vielen menschengroßen Metallkisten passiert hatten, war Baukloh immer stiller geworden. Als sich die Tür des gefliesten Untersuchungsraumes hinter ihnen geschlossen hatte, war er merklich zusammengezuckt. Und jetzt schien ihm der Geruch nach Desinfektionsmittel zuzusetzen, jedenfalls kaute er hektisch auf einem Kaugummi herum. Aber bitte, er hatte ja unbedingt mitgewollt.

»Nächste Woche muss ich rüber nach Osnabrück. Der Präsi will von Osna aus eine neue Task Force mit den Holländern aufbauen und braucht noch einen, der das richtig aufzieht. Da macht sich Erfahrung bei der Todesermittlung als Zusatzquali nicht schlecht.« Er hatte extra laut gesprochen, damit Lükka auch alles mitbekam. »Und vermutlich ist euer Toter sowieso was fürs FK2. Drogenkonsument, Dealer. Dann bin ich aus erster Hand informiert und muss nicht warten, bis ihr mal was rausrückt.«

Tja, des Menschen Wille ist sein Himmelreich, so sagte man doch. Und jetzt stand Dixi Baukloh hier, den Hintern haltsuchend am Türrahmen, und versuchte ganz eindeutig, nicht zu viel zu sehen oder zu riechen.

»Du willst sicher nicht draußen warten?«, fragte Roman der Form halber.

Baukloh versuchte ein verächtliches Grinsen. »Quatsch, das passt schon. Ist schließlich nicht der erste Tote, den ich sehe.« Er kaute schneller.

Der Leitende Obduzent Dr. med. Feierabend und seine beiden Kollegen arbeiteten zügig und konzentriert. Sie hatten den Körper des Toten inzwischen von der schmutzstarrenden Kleidung befreit und den Schlick von der Haut gespült und in einer Wanne aufgefangen. Der Zustand der Kleidung war so akribisch dokumentiert worden, wie es der Schlamm zuließ. Der Reißverschluss der Hose jedenfalls war hochgezogen, das hatte Dirk Baukloh sichtlich enttäuscht zur Kenntnis genommen.

Alles, was nicht Mensch war, war eingetütet und auf dem Weg zur Kriminaltechnik. Der Tote selbst lag jetzt unbekleidet auf dem Untersuchungstisch.

»Hier haben wir unregelmäßige Hautvertrocknungen und Wunden, teils landkartenartig«, referierte Feierabend. »Mutmaßlich Tierfraß. Der Form nach Wasservögel. Weiterhin Läsionen dorsal an Oberkörper, Gesäß, Oberschenkeln und Armen, vermutlich postmortal.« Der Arzt legte das Aufnahmegerät beiseite und gab seinen Mitarbeitern Anweisung, den Toten umzudrehen. Dann wandte er sich den Polizisten zu. »Die bisher festgestellten Beschädigungen sind eventuell bei der Bergung entstanden.«

Das wunderte Roman kein bisschen. Schließlich war er sozusagen hautnah dabei gewesen. »Können Sie schon sagen, wie lange der Tote im Wasser gelegen hat?«, fragte er mit wenig Zuversicht.

Feierabend wiegte nachdenklich den Kopf hin und her. »Nicht leicht zu sagen. Bei der Wärme, die wir in letzter Zeit hatten, beschleunigen sich viele Fäulnisprozesse.«

Der Präparator und der zweite Obduzent zählten und drehten den schweren Körper auf Drei um. Jetzt wies der aufgetriebene fahle Leib nach oben und Roman schluckte.

Feierabend verfiel wieder in seinen murmelnden Singsang und setzte die Aufzeichnung fort. »Es ist noch keine deutliche Grünfärbung zu sehen, aber ein erster Algenrasen ist feststellbar und die Faulgase haben bereits zu einer Aufblähung geführt. Mehrere Tage war er bestimmt im Wasser, würde ich sagen, aber weniger als drei Wochen.« Jetzt hob er die Hand der Leiche an und studierte die Finger eingehend. Roman erinnerte sich unwillkürlich an die faltige Zombieklaue im Schlick. Ein kalter Schauer lief über seinen Rücken und sträubte die dichten, schwarzen Haare auf seinen Armen.

»Die Waschhaut ist ausgeprägt an Fingerkuppen, Handteller und Handrücken. – Minimum vier bis sechs Tage Wasserzeit«, stellte der Mediziner sachlich fest. Er zog an der runzeligen Haut, als wollte er dem Toten einen Handschuh ausziehen. »Wasserzeit vermutlich unter zwei Wochen«, konstatierte er. »Wir beginnen jetzt mit der inneren Leichenschau.«

Er gab den beiden anderen ein Zeichen und die grün gekleideten Gestalten bewegten sich in einer lange einstudierten Choreografie. Der schmälere stellte sich ans Kopfende des Untersuchungstisches, der andere stand rechts neben dem Tisch, setzte das Skalpell am Kinn an und führte es in einem präzisen Schnitt bis zum Nabel.

Roman wusste, was jetzt kam, und hielt vorsorglich die Luft an.

Dirk Baukloh hingegen traf die Geruchswelle offenbar völlig unvorbereitet und er stöhnte auf. Keiner von ihnen hatte darauf geachtet, was sich unterdessen am oberen Ende des Tisches tat. Ein reißendes Geräusch wie beim Öffnen eines Klettverschlusses ließ sie unwillkürlich auf das Gesicht des Toten blicken, was zumindest Roman die ganze Zeit peinlichst vermieden hatte. Er hatte unten am Fluss mehr von diesem Kopf gesehen, als ihm lieb war. Sofort wünschte der Kommissar sich, er hätte auch jetzt nicht hingeschaut, denn zur Vorbereitung der Schädelöffnung hatte der Obduzent mit einer raschen, routinierten Bewegung Skalp und Gesichtshaut vom Knochen gelöst und nach vorne weggeklappt.

Neben ihm sackte Dirk Baukloh mit einem leisen Seufzer zusammen und schlug mit dem Hinterteil dumpf auf dem Fliesenboden auf. Die Ärzte wandten sich ihm nur kurz zu und setzten ihre Arbeit fort, während Roman seinem zitternden Kollegen aufhalf und ihn den Flur entlang und durch die Glastür in den sonnendurchfluteten Park führte.

15.

Die hellgrau gestrichenen Holzstufen waren fleckenfrei sauber, stellte Noah Poppinga zufrieden fest, als er durch das großzügige, helle Treppenhaus hinauf zu Oma Thedas Wohnung stieg. Bis in die Ecken hinein war gewischt, sogar die Spinnweben am Kronleuchter, der von der hohen Decke hing, waren verschwunden und das dicke Holzgeländer glänzte von Möbelpolitur. Bisher hielt seine neue Mieterin ihren Teil des Abkommens tadellos ein. Sie hatte auch schon angefangen, den Hofladen zu entrümpeln, wozu er selbst sich bisher nicht aufraffen konnte. Mal gucken, wie das alles weiterging. Zu verlieren hatte er jedenfalls nichts dabei. Clara Sturm störte ihn nicht weiter bei seiner Arbeit und ließ ihn auch in seiner Wohnung ungeschoren. Oma Theda schien sich allmählich an die neuen Hausgenossen zu gewöhnen und freute sich, wenn der kleine Bengel sie besuchte.

Poppinga klopfte gewohnheitsmäßig an die weiß lackierte hölzerne Wohnungstür und ebenso gewohnheitsmäßig rief seine Großmutter von drinnen: »Kumm man binnen, Döör is open!«

Beinahe wäre die Tür laut ins Schloss geknallt, als Noah in den Flur trat, denn Oma Theda hatte ordentlich Durchzug gemacht. In der Küche stand das Fenster offen, im Wohnzimmer hatte sie die Balkontür sperrangelweit geöffnet. Über die Felder hinweg Richtung Niederlande sah er den Himmel schieferblau drohen, die Kronen der Bäume zeichneten sich scharf dagegen ab. Auf dem hellen Teppichboden lagen dürre Blätter, die der heiße, trockene Wind hereingeweht hatte.

Ob die Gewitterfront da hinten über dem Nachbarland sie heute erreichen würde, war fraglich. Allzu oft hatten sich die Wolken auch in diesem Jahr wieder aufgelöst, ohne Regen zu bringen. Die Gräben führten kaum noch Wasser und der schwere Kleiboden, der früher reiche Ernten auf den Äckern garantiert hatte, war ausgetrocknet und rissig.

Noah bückte sich und pflückte das Laub vom Teppich. Man könnte meinen, es sei schon Herbst.

Oma Theda stand am Küchenschrank und ordnete auf einem schlichten Tablett zwei flache Teetässchen und eine Glasschale mit walnussgroßen Kandisbrocken an. Sie legte zwei zierliche Löffelchen auf die Untertassen und nahm aus dem Kühlschrank ein Porzellankännchen, das sie daneben stellte.

Noah warf die allzu frühen Herbstblätter in den Eimer, in dem Oma Theda ihre Abfälle für den Komposthaufen sammelte. Auf dem Küchentisch brannte bereits ein Teelicht in dem alten blankgeputzten Messingstövchen, das seine Großeltern schon benutzt hatten, als Noah noch ein kleiner Junge gewesen war.

Unwillkürlich lächelte der Bauer. Es war so anheimelnd. In seiner eigenen Wohnung trank er den Tee aus großen Bechern, er brühte ihn auch längst nicht so stark auf. Omas Tee war eigentlich kein Getränk, es war ein starkes Aufputschmittel und wurde nach strengen und althergebrachten Regeln konsumiert. Wenn es etwas gab, das für ihn Kindheit, Tradition und Heimat symbolisierte, dann war es am ehesten diese Teezeremonie.

»Sett di man daal, mien Tüüt«, befahl Oma Theda in einem Ton, der keinen Widerspruch zuließ. Sie wies auf den Tisch und Noah zog einen der alten Küchenstühle hervor und ließ sich auf das knubbelige blaue Kissen fallen.

»Ich hab dir was mitgebracht«, verkündete er und legte einen Frischhaltebeutel auf den Tisch. »Soll ich dir von Clara geben.«

Theda Poppinga trug das Tablett vorsichtig herüber und stellte es nahe der Tischkante ab.

»Teewasser kannst du mir auch mal wieder raufholen.« Sie deutete auf einen weißen Plastikkanister, der neben der Spüle auf der Arbeitsfläche stand. »Reicht vielleicht noch zwei Tage, dann brauche ich neues aus dem Brunnen.« Sie holte eine blanke Edelstahlkanne vom Herd, unter deren Deckel der weiße Zellstoff eines großen Teefilters klemmte. Theda Poppinga war zwar traditionsbewusst, aber unnütze Arbeit mochte sie nicht. Ausgelaugte feine Teeblätter aus der Kanne zu spülen, war umständlich und eine ziemliche Schweinerei. Deswegen löffelte sie die kostbare Ceylon-Assam-Mischung schon längst nicht mehr direkt in die vorgewärmte und mit heißem Wasser ausgespülte Kanne, sondern in eine moderne Papiertüte, die sie nach Gebrauch ohne weitere Umstände auf den Kompost werfen konnte.

Sie setzte die dampfende Kanne auf das Stövchen und der würzige Duft des frisch gebrühten Tees umhüllte Noah wie eine wohlige Wolke.

Jetzt stellte sie eine der kleinen Tassen vor ihrem Enkel ab und eine an ihrem eigenen Platz. Dann löffelte sie behutsam einen der dicken Kluntjes in jedes der zarten Schälchen.

Statt ihm gleich einzuschenken, goss sie einen kleinen Schluck Tee in ihre eigene Tasse, prüfte die Farbe mit Kennerblick und füllte erst dann Noahs Tasse. Der große Zuckerkristall zersprang mit leisem Knistern.

Noah saß auf seinem Stuhl zurückgelehnt und ließ die ruhige Zeremonie auf sich wirken. Niemand hätte sich erlauben dürfen, Oma das Einschenken aus der Hand zu nehmen, das war und blieb die Aufgabe der Gastgeberin. Mit einer winzigen Silberkelle schöpfte Oma Theda aus dem Porzellankännchen Sahne und legte mit geübter Handbewegung eine Rahmspur auf die golden schillernde Oberfläche des Teesees. Gegen den Uhrzeigersinn, auch das gehörte dazu. Die Teezeremonie sollte dadurch die Zeit anhalten, erinnerte sich Noah. Und genau so kam es ihm auch immer wieder vor. Die Teetied bedeutete eine Pause von der Arbeit, ein Innehalten bei aller Alltagshektik. Allein wegen dieser Momente hätte er alles getan, um diesen Hof für sich und seine Großmutter zu erhalten. Die Sahne sank ein Stückchen ein und kräuselte sich dann in einer rosenförmigen Wolke wieder der Oberfläche entgegen.

Erst als beide ihren ersten Schluck bitteren Tee durch das kühle, sahnige Wulkje hindurch geschlürft hatten, wandte sich Oma dem Gefrierbeutel zu. »Wat hest du da för mi?« Sie drehte die Tüte in der Hand und sah ihn verwundert an. »Du hast Brot mitgebracht?«

Noah nickte. »Das hat unsere neue Mieterin gebacken.« Er nahm ihr das Päckchen aus der Hand und öffnete es. »Riech mal, ganz frisch.«

Theda Poppinga hielt ihre Nase über die Öffnung und sog die Luft ein. Genießerisch schloss sie die Augen. »Das duftet wie früher«, stellte sie fest. Sie nahm das Brot aus der Tüte, klopfte auf den unregelmäßig geformten Laib und nickte zufrieden. »Das ist noch richtiges Brot, schwer und fest. Wollen gleich mal testen, ob das auch so gut schmeckt, wie es riecht.«

Sie wollte wieder aufspringen, aber Noah hielt sie zurück. Er wusste, wo alles lag. Er packte Frühstücksbrettchen, Schmiermesser, eine luftgetrocknete Salami und Butter auf die Wachstuchdecke, dann zog er die Besteckschublade auf, in der Oma ihre Messer aufbewahrte.

Das kleine, scharfe Gemüsemesser lag sorgfältig in der Lade, die rasierklingendünne Schneide nach unten gerichtet. Oma Theda hatte offenbar selbst Respekt vor diesem Instrument. Für das Brot war das Sägemesser am besten geeignet, das schon wie gewohnt griffbereit auf dem Brotkorb lag. »Welches Messer soll ich für die Wurst mitbringen?«, fragte er. »Dafür nimmst du doch sonst immer das mit dem schwarzen Griff, aber das sehe ich gar nicht.«

»Das muss ich irgendwo verkramt haben«, gestand Oma Theda ärgerlich. »So bei Kleinem werd ich wohl doch tüdelig, da gibt's kein Vertun. De oll Daag kummt!«

Vorsichtig griff Noah nach dem hellbraunen Holzgriff des kleinen Messerchens. »Dann bring ich das lütte Biest mit. Nütztscha nix.«

Andächtig kauend saßen Großmutter und Enkel beisammen und genossen das dunkle Roggenbrot mit den dünnen Wurstscheiben wie ein prächtiges Festmahl.

Erst als sie nach der dritten Tasse Tee den silbernen Löffel in die Tasse stellte, um das Ende der Teestunde zu verkünden, fällte Theda Poppinga ihr Urteil: »Dat lüttje Wicht, disse Clara, de is up Stee. Die kannst du behalten!«

16.

Der Poppinga-Hof war deutlich größer, als Clara anfangs gedacht hatte. Seit sie hier wohnte, hatte sie außer dem Hofladen im Stalltrakt und dem Ausblick aus ihren Fenstern noch nicht viel gesehen. Als Noah Poppinga sie das erste Mal über den bemoosten Hofplatz in den Laden geführt hatte, war sie erschrocken. Was hatte sie sich bloß dabei gedacht, sich auf diesen Deal einzulassen? Der Geschäftsraum war total altmodisch und düster, die Regale wackelten und alte Lampen mit schwachen Glühbirnen von anno dunnemals funzelten trübsinnig. Sich hier reinzustellen und zwischen Gemüse, das unbeachtet und traurig vor sich hin welkte, mit langem Gesicht vergeblich auf Kunden zu warten, würde sie depressiv machen.

Zum Glück hatte Clara Fantasie. Und über Innendekoration und Beleuchtung hatte sie in ihrer Bloggerzeit schon viel berichtet. Jetzt konnte sie das alles mal praktisch umsetzen. Aus einem puschigen Achtzigerjahre-Bioladen würde sie eine hippe In-Location zaubern.

»Habe ich hier freie Hand?«, hatte sie den Bauern gefragt. Der hatte nach kurzem Zögern zugestimmt, unter der Voraussetzung, dass das Ganze möglichst nichts kosten durfte. Daraufhin hatte Clara beschlossen, den Hofladen ganz offiziell zu ihrem Projekt zu machen. Und Noah Poppinga mit seinem Hof gleich dazu. Mit seinen Nachzuchten von alten Gemüsesorten und der ganzen Ökogeschichte taugte er zu einem Sidekick mit eigenem Thread, schon gar mit seiner Bilderbuchfriesenoptik.

An seinem Outfit müsste sie noch ein bisschen schrauben, damit er authentisch rüberkam. Jedenfalls bei den Followern, die von Ostfriesland keine Ahnung hatten. Und das waren ja die allermeisten. Welcher Ostfrieslandfan wollte schon ein stinknormales T-Shirt und Bermudashorts sehen, wenn er einen Ostfriesen mit blauem Fischerhemd, rotem Halstuch und Cordhose erwartete?

Aber erst war der Laden an der Reihe. Clara war selbst verwundert, wie viel Spaß sie mittlerweile am Aufräumen, Streichen, Sägen und Zimmern hatte. Alle Arbeitsschritte dokumentierte sie natürlich gewissenhaft für ihren Blog, und die Zahl ihrer Abonnenten wuchs rasant. Nach jeder Folge kamen neue Angebote für kostenloses

Material, das sie werbewirksam in Szene setzen sollte. Poppingas Bedingung, kein Geld auszugeben, konnte sie auf diese Weise problemlos erfüllen.

Ab und zu half ihr der Bauer, wenn etwas Schweres zu tragen war, und neulich hatte so ein kleiner, kräftiger Dennis mit großen blauen Augen und Hipsterbart mit angepackt, der eigentlich nur Gemüse für sein Restaurant abholen wollte.

Inzwischen waren die Wände mit Kalkfarbe frisch gestrichen, die Holzregale gescheuert und mit lebensmittelechter Holzbutter aufpoliert. Heute hatte Clara endlich Zeit, das große Gelände zu erkunden.

Djure war ihr da schon um einiges voraus. Wenn er nicht in der Kita war oder das Wochenende bei seinem Vater verbrachte, stromerte er gerne über den Hof und fühlte sich offenbar seit dem Umzug wie auf einem riesigen Abenteuerspielplatz. Noah Poppinga hatte ihre Sorgen schnell zerstreut, dass ihm dabei etwas zustoßen könnte. Offene Güllegruben oder wilde Mastbullen gab es hier nicht. Das gefährlichste Vieh war vermutlich die kratzbürstige Katzengreisin, die gerne auf der Treppe in der Sonne döste und mehr aus Prinzip als aus Überzeugung fauchte, wenn Clara an ihr vorbeiging. Nur von einem Schuppen am Rande des Grundstückes solle der Junge sich fernhalten, hatte Noah ihr eingeschärft.

Das Gelände neben dem Gemüsegarten, in dem die gesprenkelten Hühner scharrten und pickten, war eingezäunt und der respekteinflößende Hahn, der zwischen seinen Hennen umherstolzierte und sie mit gesträubtem Federkleid gegen Eindringlinge verteidigte, beäugte den kleinen Jungen zwar immer misstrauisch und plusterte sich auf, war aber hinter seinem Gitter sicher verwahrt.

Clara hockte sich hin und filmte den Hühnerharem. Der Hahn tat ihr den Gefallen, kräftig zu krähen.

»Poser«, schalt sie ihn grinsend. Sie stand auf, steckte das Smartphone ein und umrundete das Gehege. Hier auf der Rückseite des Hofes war sie noch nie zuvor gewesen. Noahs bulliger Pick-up parkte dort neben einem kleinen japanischen Sportflitzer, der wie sein Beiboot wirkte.

Von ihrer Wohnung aus, die zwischen dem repräsentativen Haupthaus und dem ehemaligen Kuhstall klemmte, sah sie zur einen Seite den Gemüsegarten und eine hohe Hecke. Zur anderen Seite lagen die gepflasterte Hofeinfahrt, eine hohe Baumreihe und dahinter das Bingumer Tief, das schnurgerade die Wiesen durchschnitt und das Oberflächenwasser über ein ausgeklügeltes Netz von anderen kleinen und großen Gräben und Sieltoren in die Ems und schließlich in die Nordsee leitete.

Natürlich nur, wenn Oberflächenwasser zum Ableiten vorhanden war. Die letzten Sommer hatten Ostfriesland ungewöhnlich wenig Regen gebracht. Für Urlauber war das klasse, das zeigten Clara auch die vielen Likes unter ihren Sommerfotos mit strahlend blauem Himmel.

Über die Kehrseite der Medaille hatte sich Noah Poppinga bei ihr beklagt. Für seine Verhältnisse recht ausführlich. Hatte er nicht von einem Regenwassersammler erzählt, den er sich angeschafft hatte? Den musste sie unbedingt filmen. Nachhaltig, erfinderisch, so musste ihr ostfriesischer Pflanzenretter mit seiner norddeutschen Arche Noah wirken.

Auf dieser Seite kam ihr der Bauernhof längst nicht so malerisch vor. Das Pflaster hinter dem großen Anbau war mit einer dicken Schicht aus getrocknetem Schlamm und Mist überzogen. Unwillkürlich wanderte Claras Blick zu ihren empfindlichen Sandalen. Wenn sie länger hierbleiben wollte, sollte sie sich doch noch ein paar robustere Kleidungsstücke und Schuhe zulegen. Obwohl – dass sie mit solchen klobigen Trekkingsandalen wie ihr Bruder rumlaufen würde, bezweifelte sie. Aber vielleicht gab es so was auch in Schick.

Aus den Mauern des Gebäudes, um dessen Ecke sie gerade gebogen war, bröckelte kalkiger Mörtel und teilweise faustgroße Ziegelbrocken lagen daneben. Das Gemäuer dünstete eine stechende Mischung aus Staub, Kalk und altem Harn aus.

Die kleinen Fensterscheiben in ihren rostigen gusseisernen Rahmen waren nur so groß wie Frühstücksbrettchen und blind von Staub und Spinnweben.

Clara legte die Stirn an die raue Ziegelwand über dem Fensterchen und schirmte die Augen mit den Händen ab. Als sie eine schwere Hand auf ihrer Schulter spürte, fuhr sie mit einem Schrei herum.

17.

Mit jedem Tag, der nach einem Verbrechen verstrich, wurde die Aufklärung schwieriger. Und dass sie es mit einem Verbrechen zu tun hatten, stand fest, seit Dr. Feierabend und seine Crew ihnen die Obduktionsergebnisse übermittelt hatten.

Roman hatte den fahlgrünen Dixi Baukloh in den Oldenburger Dobbenanlagen durchgelüftet und auf einer Bank am Kaiserteich geparkt. Bei seiner Rückkehr zum Sektionsraum waren die Mediziner mit dem Wiegen und Vermessen der entnommenen Organe beschäftigt und hatten seine Fragen nach der Todesursache recht unwirsch abgebügelt. Also hatte Roman unterschrieben, dass er bei der Obduktion dabei gewesen war, und sich dann verabschiedet. Sein Kollege war inzwischen wieder fit genug für die Heimfahrt gewesen, aber hatte sich ungewohnt still verhalten. Nicht einmal einen Stopp an der Pommesbude hatte er verlangt. So kannte man ihn gar nicht.

*

Ein paar Tage später hatte Dr. Feierabend höchstselbst in der Polizeiinspektion angerufen, weil er den Fall vor seinem Urlaub noch vom Tisch haben wollte.

Unerledigte Arbeit über die Ferien liegen zu lassen, fand Roman sowieso unpraktisch. Bei einem Rechtsmediziner drängten sich ihm aber bei dem Gedanken an halbfertige Fälle auf dem Tisch sehr unerfreuliche Bilder auf.

Dixis Theorie vom Sturz ins Wasser beim Pieseln war jedenfalls seit Feierabends Anruf endgültig widerlegt. »Es gab weder ein Emphysema aquosum, noch konnten wir Paltauf'sche Flecken im Lungengewebe nachweisen«, hatte der Arzt doziert. In den oberen Luftwegen und Bronchien hätten sie zwar Schlick gefunden, aber der sei postmortal in den Körper gelangt.

»Mit anderen Worten: Euer Klient ist eindeutig nicht ertrunken.«

Dafür hatten die Rechtsmediziner Stichverletzungen gefunden. »Wir konnten Ihnen das nicht gleich sagen, als Sie in Oldenburg waren«, entschuldigte sich Feierabend. »Die Beschädigungen bei der Bergung mussten erst von den todesursächlichen Verletzungen abgegrenzt werden.«

Na toll, ich habe unsere Leiche kaputt gemacht, hatte Roman gedacht.

Aber die Docs hatten es trotzdem geschafft, immerhin. Scharfe Gewalteinwirkung, eine Eintrittswunde im Bauchbereich, eine zweite seitlich rechts am Hals. »Am Tatort ist auf jeden Fall eine größere Menge Blut ausgetreten«, hatte der Mediziner ihnen noch mit auf den Weg gegeben, ehe er sich in den wohlverdienten Urlaub verabschiedet hatte.

*

Jetzt saß der gute Doktor vermutlich irgendwo am Strand und schlürfte eisgekühlte Caipirinhas, während

Roman Sturm über dem schriftlichen Obduktionsbericht brütete.

Der Oberkommissar nahm einen großen Schluck aus seinem Glas. Das Leitungswasser hatte längst Zimmertemperatur angenommen. Da sie in der PI keine Klimaanlage hatten, spürte er beim Trinken kaum Kühlung. Verdammter Hochsommer. Jedenfalls, wenn man arbeiten musste.

»Hast du eigentlich schon was aus Hannover bekommen?«, fragte er seine Kollegin.

Lükka saß ihm gegenüber an ihrem Schreibtisch, halb hinter ihrem großen Monitor verborgen, und strahlte trotz der Hitze Aprilfrische aus. Roman meinte sogar, einen Hauch Apfelduft zu riechen, der von ihr herüberwehte. Wie machte sie das bloß?

»Du meinst die DNA-Analyse?« Als Roman zustimmend brummte, schüttelte Lükka den Kopf. »Du weißt doch, die arbeiten das nach Priorität ab. Zwischen drei Stunden und einem halben Jahr Dauer ist da alles drin. Und unser Toter liegt offenbar nicht ganz oben auf dem Stapel.«

»Servicewüste Deutschland«, maulte Roman, der beim Toten auf dem Stapel schon wieder Kopfkino hatte. »Wenn wir so trödeln würden wie unsere Dienstleister, bekämen wir aber was zu hören.«

»Lass mal, die können auch flott sein. Aber hier geht es nicht um Gefahrenabwehr, sondern um Ermittlung. Und unser Unbekannter war nicht so frisch, dass eine heiße Spur zu erkalten droht, wenn es ein bisschen länger dauert. Die können uns ohnehin nur einen Treffer liefern, wenn das Genmaterial schon mal registriert wurde.«

»Trotzdem ist das frustrierend. Wir kommen nicht vom Fleck, wenn wir die Identität des Opfers nicht kennen. Irgendwo läuft ein Mörder herum und wir wissen nicht einmal, wo wir nach einem Tatort mit Blutspuren suchen müssen.«

Lükka stützte den Ellenbogen auf die Tischplatte und hob die Hand zum Kinn. Im nächsten Augenblick wurde der Apfelduft intensiver.

»Beiß dich nicht an diesem Obduktionsbericht fest«, riet sie. »Apropos festbeißen. Feierabend hat auch das Zahnschema mitgeschickt. Du kannst mir bei der Vermisstenkartei helfen. Wir suchen einen Mann, kaukasoid, etwa hundertzweiundachtzig Zentimeter groß, vermutlich dunkelhaarig. Wenn wir Übereinstimmungen in der Kartei haben, kümmern wir uns um die Zahnärzte der Vermissten. Vielleicht sind wir auf diese Weise schneller am Ziel als die DNA-Hanseln aus Hannover.« Sie klang, als könnte sie sich keine befriedigendere Arbeit vorstellen.

Roman stöhnte. »Kann das nicht die Analysestelle übernehmen? – Ja, schon gut.« Er schloss die Datei mit dem Obduktionsbefund und loggte sich in die Datenbank ein.

Eine Zeit lang war nichts zu hören außer dem leisen Rattern des Scrollrädchens und dem wiederkehrenden Klicken der Maustasten. Durchs offene Fenster wehten nur selten und gedämpft Verkehrsgeräusche herein. Seit die stark befahrene Georgstraße umgebaut und verlegt worden war, lag die Polizeiinspektion scheinbar lauschig in einer Nebenstraße, sogar ihre Adresse hatte sich geändert, obgleich das Gebäude sich nicht bewegt hatte. Immobilien zeichneten sich nun mal in erster Linie dadurch aus, dass sie immobil waren. Jetzt residierten sie am Hafenkopf, was deutlich schicker klang als »Georgstraße«. Aus den oberen Stockwerken, wo das Büro des Polizeidirektors lag, hatte man einen wunderbaren Blick über den Hafen und auf die historische Altstadt.

Romans Neid auf dieses Panorama verblasste, wenn er den langen Drahtzaun unterhalb des Gebäudes sah. Dieser kündigte Böses an: Der Hafenkopf sollte bebaut werden. Bald würde direkt vor den Fenstern ein zwanzig Meter hoher Gebäudekomplex hochgezogen, der teilweise ins Wasser ragen sollte. Mit der Ruhe am Hafenkopf wäre es also bald vorbei. Sie konnten sich für die nächsten Jahre auf eine Dauerbaustelle mit lauten Rammarbeiten einstellen und danach würde es mit der Aussicht für alle Essig sein. Na gut, für fast alle: Sämtliche Büros würden auf die Wand des neuen Nachbarhauses gucken. Nur auf Höhe des Chefbüros zeigte der Bauplan ein gläsernes Treppenhaus, durch das der Polizeidirektor dann das Panorama gefiltert bekommen würde.

»Von der Kriminaltechnik müsste auch langsam was kommen«, unterbrach Lükka Tammling die Stille. Sie griff zum Telefonhörer. »Ich hake mal nach.«

»Den Neuen müssen wir uns erst erziehen.« Roman seufzte theatralisch. »Zu schade, dass Detlev Katenhusen nach Südniedersachsen abgewandert ist. Der hat uns immer gleich informiert, wenn er was Wichtiges gefunden hat.« Er wollte noch etwas sagen, aber seine Kollegin hob abwehrend die rechte Hand. Offenbar hatte beim FK5 endlich jemand abgehoben. Roman schob seinen Stuhl zurück und stand auf. Er streckte sich, senkte die Arme aber schnell wieder, als er die dunklen Flecken unter seinen Achseln bemerkte. Er schnupperte verstohlen, dann bückte er sich zu seiner Schreibtischschublade und zog ein frisches Hemd hervor, mit dem er sich auf den Weg zur Toilette machte. Bei dieser Hitze musste er seine Wechselklamotten regelmäßig ergänzen. Umso blöder, dass er die Sachen von seinem Schlickbad immer noch nicht vom Poppinga-Hof abgeholt hatte. Hoffentlich hatten Noah und seine Oma die Klamotten nicht längst weggeschmissen.

Schnell tippte er eine Kurznachricht an Clara. Seine Schwester sollte mal danach schauen.

18.

Als er ins Büro zurückkam, lag vor Lükka Tammling ein Blatt Papier mit ihrer gestochen scharfen Handschrift. Sehr viel stand nicht darauf, sah Roman.

»Und? Haben sie was für uns?«

Lükka stützte den Ellenbogen auf die Tischplatte, vergrub die Hand in den braunen Locken und sah ihn stirnrunzelnd an. »Klar haben sie was. Wie ich es mir gedacht habe.« Sie imitierte eine tiefe, genervt klingende Stimme: »Wann soll das gewesen sein? ... Das liegt euch doch längst vor ... Oh, sorry ... Ich suche mir den Vorgang eben raus ...« Lükka rollte die Augen. »Sie haben die Untersuchungen schon vor Tagen abgeschlossen und alles in die Asservatenkammer gepackt. Nur einen Bericht haben sie nicht an uns geschickt. Aber immerhin hat sich der Kollege noch daran erinnert, welchen Fall ich überhaupt meinte.« Sie schnaubte sarkastisch. »Er konnte mir auch nicht eben eine Mail mit den Ergebnissen schicken. Wahrscheinlich hat er selber nur einen Schmierzettel da liegen und hatte noch keinen Bock, bei der Hitze seinen Bericht zu tippen.«

»Na toll. Aber es wäre immerhin verständlich. Und was hat er dir erzählt?«

»Am Schlick haben sie nichts Außergewöhnliches festgestellt. Die übliche Belastung mit Dioxinen, nichts Überraschendes. Papiere hatte der Tote nicht bei sich, auch kein Smartphone und keine Schlüssel. Aber wir haben in der Nähe bekanntlich auch kein Fahrzeug gefunden, nicht einmal ein Fahrrad. Dass der Mann nicht selber zur Ems gefahren und reingesprungen ist, wussten wir schon. Spätestens seit dem Obduktionsbefund. Das Blut an der Kleidung haben sie zur Untersuchung nach Hannover geschickt. Das hilft uns natürlich nur, wenn wir entweder eine Vergleichsprobe haben oder das Opfer schon in der Datenbank gespeichert ist. Oder der Täter, falls von dem auch genetisches Material gefunden wird.«

Lükka Tammling fuhr mit dem Stift Zeile für Zeile ihrer Notizen ab. »Kleidung: nur in Deutschland gebräuchliche Marken, Kaufhausware, keine Anhaltspunkte für die Herkunft. Anhaftungen von Pflanzenresten an Schuhen und Kleidung, die aber vom Transport oder vom Fundort stammen können. Ein paar verschiedenartige Samenkörner und Pflanzenfasern in der Hosentasche. In der kleinen Tasche an der Jeans ein Einkaufswagenchip mit Werbeaufdruck. Tja, und das war's auch schon.«

»Mist«, seufzte Roman. Das war wirklich nicht viel. »Hat er gesagt, was für eine Werbung auf dem Chip ist?«

Lükka schüttelte den Kopf. »Einen Schriftzug hat er nicht erwähnt. Das Ding ist weiß mit einem grünen Blatt oder Stängel. Vielleicht ein Bioladen oder was mit Kosmetik«, meinte sie.

»Irgendwas klingelt da bei mir. Ich glaube, ich habe so ein Motiv schon mal gesehen.« Roman runzelte die Stirn. »Die Fünfer sollen mal ein Bild schicken. Das ist jetzt wirklich ein Job für die Analysestelle, die können das durch ihre Datenbank jagen.« Er griff nach seinem Kaffeebecher, stoppte aber in der Bewegung. Plötzlich wusste er, wo er zuletzt eine grüne stilisierte Pflanze auf weißem Untergrund gesehen hatte: auf dem Teebecher, den er auf dem Bauernhof von Noah Poppinga zertrümmert hatte.

19.

Clara schrie auf, als sie die Hand auf ihrer Schulter spürte. Sie wirbelte auf dem rechten Fuß herum und riss den rechten Ellenbogen nach hinten. Der traf auf etwas Weiches, doch sie drehte sich ungebremst weiter und schlug mit dem linken Handballen auf Kopfhöhe nach. Als sie die Drehung vollendet hatte und mit beiden Füßen wieder fest auf dem schmutzigen Boden stand, blickte sie auf eine gekrümmte Gestalt hinab, neben der eine Sporttasche im Dreck lag.

»Du durchgeknallte Bitch, was sollte das denn?«, keuchte der Mann, der sich mit der linken Hand den Bauch hielt und mit der rechten sein Jochbein betastete. »Verdammte Scheiße!« Er nahm die Hand vom Gesicht und blickte Clara vorwurfsvoll an. »Schnüffelst hier auf dem Hof rum und gehst dann noch auf Leute los?« Er richtete sich auf und starrte sie zornig an.

Sein breites Gesicht war rotfleckig vor Wut, die Farbe kroch über die rasierte Haut mit den borstigen Stoppeln über den Ohren bis zu dem blaugrünen Büschel Haare, das von der Schädelmitte hitzeschlapp herunterhing. Besonders rot war allerdings der Fleck unter dem rechten Auge, wo Claras Handballen ihn mit Wucht getroffen hatte. Das würde ein ganz schönes Veilchen werden. Geschah ihm recht, was packte er sie auch an? Claras Reflexe waren gut trainiert. Na schön, an der Impulskontrolle musste sie vielleicht noch etwas arbeiten.

Sie unterdrückte den leisen Anflug eines schlechten Gewissens. »Was schleichen Sie sich auch so von hinten an Frauen an?«

»Oh, die arme verfolgte Unschuld … Wenn hier einer rumschleicht, dann bin das doch wohl nicht ich«, schnaubte der Blauhaarige. »Das ist ein Privatgrundstück, kein Spielplatz für geschminkte F…« Er hielt inne, als müsste er sich auf die Zunge beißen. »… Barbiepüppchen.«

»Aber für abgeranzte Möchtegern-Punks?« Clara musterte die schlaffe Irokesenbürste abschätzig. Was für ein Style! Sie beschloss, ebenfalls aufs Siezen zu verzichten. »Im Gegensatz zu dir wohne und arbeite ich hier auf dem Hof«, fauchte sie.

Er starrte sie ungläubig an. Sie sah geradezu die Zahnräder hinter der breiten Stirn arbeiten. Hoffentlich tat es nicht allzu weh.

»Ach so«, sagte er langsam, als das Denken einrastete. »Du bist diese Tussi, die den Laden auf Stand bringen will. Noah hat so was erzählt.« Er betrachtete sie eingehend von Kopf bis Fuß. »Dich hatte ich mir anders vorgestellt.«

Na, das glaube ich dir auf Anhieb, dachte Clara aufgebracht. Du hast mich vermutlich für ein rotgesichtiges, blondes Dorftrampel gehalten, perfekt passend zum blonden Riesenbaby Poppinga. Tja, falsch gedacht, Borsti! Sie erwiderte seinen Blick ungeniert und genoss, wie er nach einem Moment die Augen verlegen abwandte.

»Nicht, dass du das jetzt falsch verstehst«, druckste er herum. »Ich meine nicht, dass du eine … *Person of*

Color … bist oder so. Nur … dein Outfit ist echt nicht so richtig Bioladen-Style. Oder misthaufentauglich.« Er grinste schief.

Jaja, auf dem Land gab es auch nie Freizeit und alle liefen immer mit Gummistiefeln und kariertem Hemd rum. Schon klar.

Andererseits zeigte Clara in ihrem Blog auch genau so ein Klischee-Landleben. Hatte sie nicht gerade erst beschlossen, ihren Vermieter mit Fischerhemd und rotem Halstuch bekannt zu machen?

Also beschloss Clara, den Blödsinn, den dieser Punk stammelte, als Entschuldigung anzunehmen, und sagte unwirsch: »Schon gut. Clara Sturm.« Die Hand reichte sie ihm aber nicht.

»Andi. Bruns.« Er deutete mit einer vagen Handbewegung über den Hof. »Ich hab hier ein paar Bienenstöcke … und so.«

Clara nickte. Es war ja ganz sinnvoll, auf dem Hof auch Bienen zu halten. Irgendwie mussten die Pflanzen schließlich bestäubt werden, wenn man sie züchten wollte. Im Geist machte sie sich eine Notiz: #ostfriesenhonig.

Wenn der Hofladen erst fertig war, konnten sie dort Honig von Noahs Arche verkaufen.

»Wir finden das nicht so geschmeidig, wenn hier Fremde aufkreuzen«, erklärte Andi.

Clara brummte verständnisvoll. »Klar, wegen Schweinepest, Vogelgrippe und so. Versteh ich.«

»Nee. Oder ja, klar. Auch deshalb.« Bruns schüttelte den Kopf und seine bunte Strähne rutschte ihm übers Ohr. »Es gibt ein paar Leute, die Poppingas Arbeit nicht so mögen.« Er lachte auf. »Oder auch ein paar mehr. Genau gesagt, finden viele es ziemlich scheiße, was er macht. Er kauft kein Industrie-Saatgut, das nur wächst, wenn man das passende Gift gleich mitbestellt. ›Roundup ready‹, schon mal gehört? Da kannst du alles auf deinem Land totspritzen und das Einzige, was am Leben bleibt, sind die extra giftbeständig gezüchteten Pflanzen. Und all die anderen Bauern löhnen brav an Big Pharma. Da will bestimmt mal einer nachweisen, dass Poppinga hier was Illegales treibt. Oder seine Arbeit sabotieren.« Er zuckte die Achseln. »Deswegen passen wir hier lieber ein bisschen auf, wer sich auf dem Hof herumtreibt.« Er bückte sich und hob die Sporttasche auf. »Halt du mal auch die Braunäuglein offen. Ich muss weiter.«

Er schlurfte um die Ecke und kurz darauf röhrte ein Motor hochtourig und entfernte sich in Richtung Landstraße.

20.

#lebenaufdemlande #clarasleben #neubeginn #ostfrieslandliebe #noahsarche #pflanzenretter

Clara zögerte. Welche Schlüsselwörter konnte sie noch taggen, um möglichst viele neue Leute zu erreichen? Je weiter gefasst, desto besser. Also fügte sie noch hinzu: #letitgrow #pflanzenessen und #growingisknowing.

Dann stellte sie ihre neuen Fotos online. Detailaufnahmen von kräftigen Grünkohlpflanzen, der Hühnerhof mit dem prächtigen Angebergockel und schließlich ein Selfie-Video mit Panoramaschwenk über weite Wiesen.

Sie hatte das Smartphone noch nicht einmal in der Tasche versenkt, als es vibrierte und das erste »Ping« ihr verriet, dass sie schon Leute erreicht hatte. Nice! Sie nahm das Telefon und las die Benachrichtigungen. Alle Achtung. Sie lächelte zufrieden. Hunderteinundzwanzig Likes, dazu eine ganze Liste neuer Abonnenten. An den Namen sah sie schon, dass ihre Hashtags diesmal sehr weit gestreut hatten und der Begriff »growing« ganz bestimmte Leser anzog.

Alles, was schon im Nutzernamen Wörter wie Hanf, Hemp, Head oder Weed trug, war als Follower für sie eigentlich uninteressant. Diese Jungs und Mädels standen nicht auf Gemüse und wollten nur ihr Gras zum Rauchen selbst anbauen. Für die jamaicabunten Profilbilder mit den gefingerten Hanfblättern galt das Gleiche. Aber letztlich ging es um die nackten Zahlen. Ob irgend so ein Graskopf sich für ihre Inhalte und den Poppinga-Hof interessierte, konnte ihr egal sein, solange er von ihren Sponsoren als Follower gezählt wurde. Es waren aber auch andere neue Abonnenten auf der Liste. »Veggiemight_Frisia folgt dir jetzt«, stand da zum Beispiel. Na guck, endlich mal wieder einer aus der näheren Umgebung, »Frisia« nannten sich außerhalb der ostfriesischen Halbinsel vermutlich nicht viele. Neugierig klickte sie das Profil an und entdeckte jede Menge Essensbilder auf der Seite. Oh, das Gesicht auf dem Profilfoto kannte sie sogar. Das war der Hipsterbart-Dennis mit dem Restaurant, der neulich auf dem Hof aufgekreuzt war und ihr beim Regaleschleppen geholfen hatte. Sie tippte auf den Button »auch folgen« und schenkte einigen seiner Fotos ein Herzchen. Postwendend kamen ein paar Likes von ihm zurück und der Kommentar »Schönes Foto von dir!«

Fing der etwa an zu flirten? Normalerweise löschte sie Kontakte gleich, die nichts Besseres zu tun hatten, als sofort loszubalzen, wenn man sie auf die Liste nahm. Die kosteten nur Zeit und Nerven. Clara wollte ihn reflexartig defrienden, zögerte aber. Sie war ihm immerhin schon mal »in real life« begegnet und fand ihn ganz nett. Außerdem war er Kunde auf dem Hof. Erst mal durfte er bleiben. Aussortieren konnte sie ihn notfalls immer noch.

Dennis markierte eines seiner Tellerfotos, auf dem ein paniertes Schnitzel mit Bulgur und einer weißen Kräutercreme appetitlich angerichtet war. »Der Sellerie ist von euch!«, schrieb er. Smiley dazu und die Hashtags

»tofutier«, »pflanzenessen«, »neueszollhaus«, »veggierules«, »gewaechshaus« und »megalecker«.

Wo war da denn Sellerie? Clara zog das Foto mit Daumen und Mittelfinger größer. Ach so, das Schnitzel! Das war offenbar eine panierte Selleriescheibe. So was konnte man essen? Clara schüttelte sich. Aber sie musste sich eingestehen: Es sah wirklich nicht übel aus, kross, goldgelb und vor allem super ausdekoriert. Clara teilte das Foto in ihrem Instagram-Feed und auch gleich noch in der Facebook-Timeline.

Foodporn generierte schließlich fast so viel Reichweite wie Katzenvideos.

21.

Die Zahl der Kommentare unter dem Schnitzelbild war gewaltig. Clara lächelte zufrieden und scrollte durch die Posts.

SuSahni

Nomm! Will auch!

Beefeater4ever
Is das Rind oder kann das wech? #gibmirfleisch #NoSoy #sojaistkacke

Veganglücklich <fantastisch> #tierwohl

RobertAh <traurig>
Das arme Schwein! Komm gut über die Regenbogenbrücke!

Gorillaguerilla <skeptisch>
Wisst ihr, was da auf dem Teller liegt? #thinkglobal #NoSoy

Pflanzenkraft Wie kann man nur so grausam sein? #leichenfresser

Eala Freya @RobertAh Das ist doch Gemüse ⊠ #tofutier #pflanzengenuss

Mett Flanders legt euch gehackt, ihr Pflanzenfressen

Da ging es ja hoch her. Die einen hielten die panierte Scheibe für totes Tier und regten sich auf. Die anderen hielten es für Tofu und regten sich auf. Die Dritten freuten sich über Tofu, die Vierten freuten sich über Schweineschnitzel. Und keiner wusste, was er da eigentlich kommentierte. Hauptsache kommentieren.

Clara beschloss, zumindest die Fakten klarzustellen. Auch wenn sie sich über die Aufmerksamkeit freute. Reichweite, yeah, Baby.

EinfachClara Liebe Leute, ihr seht hier ein goldgelb gebratenes, krosses Sellerieschnitzel vom Poppinga-Hof in Ostfriesland mit Bulgur und sahniger Seidentofucreme. Schön zubereitet und wie immer liebevoll angerichtet von Chefkoch @Dennis Mulder aus dem schönen Leer #claraleben #neubeginn #ostfrieslandliebe #poppingahof #pflanzenretten #archenoah #gewaechshaus #mnjam

Die Reaktionen ließen nicht lange auf sich warten.

Veggiemight_Frisia @EinfachClara <3 Danke, du Gute <3<3<3 #tofutier #veganrules #claraleben #poppingahof #neueszollhaus #pflanzenessen

SuSahni
Nomm! Will auch!

RobertAh Aber für Sahne müssen Kälber sterben.

Veganglücklich *@RobertAh* Ist doch SOJASAHNE <augenroll>

Gorillaguerilla ⊠
#thinkglobal

Beefeater4ever Wurde der Sellerie wenigstens artgerecht gehalten? #qualzucht

Mett Flanders Ich bin Vegetarier zweiten Grades. Die Kuh isst das Gras und ich esse die Kuh.

powerpongo Euch ist doch allen die Lampenfassung oxidiert.

Eala Freya Ostfriesland ist SOOO SCHÖN!!!! #claraleben #poppingahof #ostfrieslandliebe #meineheimat

22.

Roman steuerte den Wagen durch die ausgefahrenen harten Spuren auf das große Backsteingebäude zu und parkte ihn direkt vor dem Haupthaus des altehrwürdigen Gulfhofes. Er stieg aus und hatte die Tür noch nicht zugeworfen, als etwas Kleines auf ihn zugerannt kam und sich mit lautem Gebrüll auf ihn stürzte.

»Djure, moin, alter Räuber!« Er bückte sich und pflückte seinen Neffen von seinem Bein, der wie ein Äffchen an ihm hochklettern wollte. »Was bist du denn so aufgedreht heute, du laufender Meter?«

Lükka Tammling stieg ebenfalls aus und atmete tief durch, während sie die Rangelei ihres Kollegen mit seinem quirligen Neffen lächelnd beobachtete. Hier draußen auf dem Bauernhof ließ es sich trotz der schwülen Luft einigermaßen aushalten. Die riesigen Kastanienbäume hatten bei näherem Hinsehen zwar bereits braune Blätter von der anhaltenden Dürre, aber sie spendeten trotzdem Schatten und raschelten in einer leichten Brise, die es nicht bis in die Stadt geschafft hatte. Eine willkommene Abwechslung zum stickigen Wagen und dem aufgeheizten Büro, das nur wenige Kilometer entfernt lag, aber ihr jetzt wie eine andere Welt erschien.

Roman Sturm hob den kleinen Jungen hoch und warf ihn sich über die Schulter, wo er munter weiterzappelte. »Ich weiß auch nicht, was er hat«, sagte er entschuldigend zu seiner Kollegin, die lachend neben dem Auto stand. »Er ist zwar eine Nervensäge, aber sonst tickt er nicht so aus, wenn wir uns treffen.«

»Ihr habt euch ja auch eine Weile nicht gesehen!«, meinte Lükka. »Warst du seit dem Umzug deiner Schwester überhaupt schon mal hier?«

So wie er guckte, hatte sie ihn ertappt.

»Ich bin kein Seeräuber! Ich bin ein Tiger. Groaarrr!«

Roman ließ Djure tiefer an seinem Rücken herunterrutschen, damit er ihm nicht direkt ins Ohr brüllte. Dann hockte er sich hin und setzte den quiekenden Kleinen hinter sich auf dem Boden ab. Sofort stand der Bengel wieder vor ihm. »Hast du mir was mitgebracht?«

Sein Onkel schüttelte mit ernster Miene den Kopf und Djure schmollte kurz. »Och, Manno. Das ist so langweilig hier.« Aber gleich hüpfte er wieder wie ein Gummiball zwischen Roman und Lükka herum. »Was hast du mitgebracht? Sag, dass du mir ein Raumschiff mitgebracht hast. Das große von deinem Regal, ja?«

Puh, Roman hatte ihr unterwegs erzählt, wie anstrengend der Bursche war. Lükka hatte das für eine maßlose Übertreibung gehalten, aber jetzt sah sie, was er meinte.

»Wo ist denn deine Mama?«, fragte Roman.

»Irgendwo da.« Der Knirps wedelte mit seinem dünnen Arm. »Im Laden, glaub ich. Was hast du mir denn jetzt mitgebracht?«

Materialistenkind. Von wegen, der freute sich, seinen lange vermissten Onkel endlich wiederzusehen. Dem ging es doch nur um Geschenke.

»Dann bring uns mal zu ihr.« Roman kapitulierte und zog tatsächlich eine kleine, bunte Schachtel aus der Hosentasche. Sein entschuldigender Seitenblick zu Lükka hieß wohl: Wer bin ich, dass ich jetzt anfange, den Sohn meiner Schwester zu einem bescheidenen Menschen zu erziehen? Das soll die gefälligst selbst versuchen. »Hier, Tiger, für dich.«

Djure nahm das Päckchen, warf einen kurzen Blick darauf und rannte schreiend los. »Mama, Onkel Roman hat mir einen Affen mitgebracht!«

»Überflüssig, hier ist sowieso ein Krach wie im Dschungel, wenn du da bist!« Clara Sturm war um die Hausecke gebogen und stand lachend vor den Besuchern.

Lükka hatte Romans Schwester ewig nicht gesehen und sie auch nicht vermisst. Ein oberflächliches Modepüppchen hatte sie in Erinnerung, zugeschminkt bis zum Gehtnichtmehr und übelst aufgetakelt. Roman hatte ihr erzählt, dass sie irgendwelchen Influencer-Kram machte und im Internet für Kosmetik- und Lifestyleprodukte warb.

Die junge Frau, die jetzt in einem schlichten Sommerkleid und auf flachen Schuhen vor ihr stand, machte einen ganz natürlichen Eindruck. Statt Make-up hatte sie Mehl an der Nase und sie reichte Lükka eine nicht gerade porentief reine Hand mit kurzen, unlackierten Nägeln.

»Gut siehst du aus.« Roman schüttelte seiner Schwester ebenfalls die Hand.

Er wirkte verlegen, fand Lükka. Klar, die beiden hatten sich wohl ordentlich in die Wolle gekriegt bei der letzten Begegnung. Und er hatte seine Schwester stumpf vor die Tür gesetzt. Da konnte man keine herzliche Umarmung erwarten. Andererseits hatte Lükka nicht den Eindruck, dass Clara Sturm ihrem Bruder böse war. Fröhlich winkte sie die Kommissare mit sich und führte sie am Haupthaus vorbei zu den ehemaligen Ställen.

»Kommt mit, ihr müsst euch den Laden angucken. Wollt ihr was trinken?« Sie strahlte vor Stolz und plapperte unaufhörlich von der Renovierung und den Umbauarbeiten, die sie in den letzten Wochen gestemmt hatte, während sie ihre Besucher über den gepflasterten Hof, der wie frisch gescheuert aussah, am Wohnhaus entlang weiter nach hinten führte, wo sich früher bestimmt die Kuhställe befunden hatten.

Alle Achtung, dachte Lükka, als sie in dem hellen, sauberen Raum standen. Tüten mit Getreidekörnern und Hülsenfrüchten lagen neben ordentlich aufgereihten Honiggläsern in hellen Holzregalen. Daneben warteten Pappschachteln mit Eiern auf Kundschaft. Von der Decke hingen Schnüre mit aufgefädelten getrockneten Bohnen, in sauberen Stiegen lag frisches Gemüse.

»Gewaltig ist die Auswahl noch nicht«, rechtfertigte sich Clara. »Wir wollen zusätzlich Marmeladen und Chutneys ins Sortiment nehmen. Und frisches Brot backe ich auch gerade wieder.« Sie grinste ihren Bruder an. »Sauerteig habe ich ja, wie du weißt. Und Getreide baut Noah hier auch an. Alles öko und giftfrei, genau wie das Gemüse.«

Sie strahlte, als sei das alles ihr Verdienst.

Aber auch Roman wirkte selbstzufrieden wie ein Kater an der Sahneschüssel. Vermutlich klopfte er sich innerlich auf die Schulter, dachte Lükka. Na klar, hätte er sie nicht kurzerhand an den Jungbauern vermittelt, säße sie immer noch in seinem Arbeitszimmer. Und jetzt konnte er sich einreden, seiner Schwester etwas Gutes getan zu haben.

Das Landleben schien ihr aber auch wirklich zu bekommen und für das Kind war es hier draußen bestimmt angenehmer als in einer stickigen Dachwohnung in der Stadt. Der Junge hatte sich zwar gerade über Langeweile beklagt, streunte aber inzwischen längst wieder draußen herum, als sei der Bauernhof extra für ihn als großer Abenteuerspielplatz angelegt worden.

Jetzt tauchte er strahlend im Laden auf, über und über vollgekrümelt, in der Hand den Rest einer dünnen aufgerollten Waffel.

»Warst du wieder oben?«, schalt Clara. »Du sollst doch Oma Theda nicht nerven.«

»Sie sagt, sie freut sich immer, wenn ich sie besuche!«, verteidigte Djure sich mit vollem Mund.

»Er ist ganz verrückt nach Oma Thedas Neujahrskuchen«, erklärte Romans Schwester. »Genau wie du früher bei unserer Oma.«

Roman grinste. »Die waren aber auch unglaublich gut. Noah hat mir von den Rullerkes seiner Oma schon vorgeschwärmt.«

»Sie hat eine Engelsgeduld mit dem Jungen«, sagte Clara anerkennend. »Er kann ja manchmal ein bisschen lebhaft sein.«

»Ach, was du nicht sagst!«

Sie streckte ihm die Zunge raus und schnitt eine Grimasse. »Ich glaube, sie hätte gerne Urenkel und glaubt nicht so recht daran, dass von Noah da viel zu erwarten ist.« Sie machte eine Pause, dann schien ihr etwas einzufallen. »Ach, sag mal, warum hat sie ihn wohl am Anfang als Vergeet-mi-neet bezeichnet?«

Roman zuckte die Achseln, aber Lükka musste sich ein Lachen verkneifen. »So ein Vergissmeinnicht ist das Andenken an einen verschwundenen Mann. Ein uneheliches Kind.« Um Clara Sturm vor ihrem Sohn nicht in Verlegenheit zu bringen, wechselte sie schnell das Thema: »Das ist schon eine ganze Menge, was du hier auf die Beine gestellt hast«, lobte sie mit einem Blick durch den Raum. Wirklich beurteilen konnte sie das nicht, schließlich hatte sie keine Ahnung, wie der Laden vor Claras Einsatz ausgesehen hatte. »Aber eigentlich müssen wir mit Noah Poppinga reden. Ist er da?«

»Ach so, ich dachte fast, ihr seid meinetwegen hier.« Clara zuckte gleichmütig die Achseln und wandte sich an ihren Bruder. »Hätte ich mir denken können. Dein Freund Noah musste noch einen Reifen an seinem Auto wechseln, der hatte einen Platten. Warte, ich hole ihn eben.« Sie verließ den Laden und Lükka sah Roman überrascht an.

»Das klang ja merkwürdig. Dein *Freund* Noah? Weiß sie gar nicht, dass wir dienstlich mit ihm zu tun haben?«

Roman überlegte. »Müsste sie eigentlich. Obwohl, na ja, über meine Arbeit haben wir noch nie viel gesprochen. Und viel Gelegenheit zum Reden hatten wir auch nicht seitdem. Wir haben uns nur ein paarmal geschrieben.«

Ihr hattet ja auch nur ein paar Wochen Zeit, dachte Lükka. Aber reden muss man wollen. Laut sagte sie: »Also weiß sie nicht mal, was hier passiert ist, mit dem Leichenfund und der Bergung und dass du dabei fast draufgegangen bist?«

Roman schüttelte zögernd den Kopf und Lükka starrte ihn fassungslos an.

»Ich schätze, Poppinga wird ihr inzwischen schon davon erzählt haben.« Roman zuckte gleichmütig die Achseln. »Das ist für sie ja auch nicht so wichtig. Sie hat ihren Job, ich hab meinen. Und meinen Job fand sie schon immer kacke.«

Das überraschte Lükka nicht. Ihre eigene Familie war auch nicht begeistert von ihrer Berufswahl gewesen. Immer das Risiko, was aufs Maul zu bekommen, das Ansehen so lala. Die Kumpels entweder am Lästern oder voller Misstrauen gegenüber der Bullette, der man jetzt nichts mehr erzählen konnte. Dazu war die Arbeit auch noch schlecht bezahlt, jeder Grundschullehrer verdiente mehr als ein Oberkommissar. *Kind, du könntest doch viel mehr aus dir machen. Bei deinen Noten kannst du doch was Richtiges studieren.*

Irgendwann hatten sie es zwangsläufig akzeptiert, aber je älter ihre Mutter wurde, desto häufiger musste Lükka sich das Genörgel wieder anhören.

Doch ein gewisses Interesse hatten sogar ihre Verwandten und Lükka erzählte ihnen von ihrer Arbeit, soweit es sich nicht um zu wichtige oder vertrauliche Dinge handelte. Oder zu sehr ans Eingemachte ging.

Lükka runzelte die Stirn. Würde sie selbst einen solchen dramatischen Vorfall womöglich auch verschweigen, um den Kritikern nicht noch mehr Munition zu liefern? Nein, irgendwann hatte sie bisher immer zumindest ein bisschen was erzählt.

Abgemildert und ins Abenteuerliche entrückt vielleicht.

Und natürlich auch erst bei passender Gelegenheit und nicht brühwarm.

Ach verdammt, sie hatte überhaupt keinen Grund, ihren Kollegen zu kritisieren. Sie war keinen Deut besser. Vermutlich war das eine Berufskrankheit. Wahrscheinlich kannte sie deswegen so wenige Polizisten mit intakten Beziehungen.

23.

»Ach, ihr seid das.« Noah Poppinga musste sich zwar nicht bücken, um den Laden zu betreten, füllte die Türöffnung aber problemlos aus. Seine Hände und das weiße T-Shirt waren schwarz beschmiert. »Wullt du dien Tüüg ofhalen?« Er wechselte zurück ins Hochdeutsche und wies mit einer ausholenden Geste stolz in den Raum. »Ist hübsch geworden hier, oder nicht?« Er trat wieder zurück auf den Hof, um Clara durch die Tür zu lassen, und Lükka und Roman folgten ihm nach draußen.

»Deine Schwester hat ganz schön was über die Diele geholt hier«, sagte der Bauer anerkennend. »Meine Oma hilft ihr zwischendurch im Laden und freut sich, dass sie nicht mehr alleine damit dasitzt. Und ich komme endlich wieder vernünftig zum Arbeiten und kann was Neues ausprobieren wie jetzt mit den Bohnen.« Er schnaubte ärgerlich. »Na gut, zumindest, wenn ich nicht gerade Reifen wechseln muss, weil irgendwer mal wieder Nägel auf die Einfahrt geschmissen hat. Ich muss echt Wildkameras aufhängen, damit ich den Mistkerl erwische.«

»Das ist ja mal eine Sauerei«, sagte Lükka. »Weißt du, wer das war?«

Poppinga winkte ab. »Ich will hier keinem was unterstellen. Gibt schon ein paar, denen ich das zutraue. Aber lass mal, irgendwann krieg ich den, dann gifft dat een Packje Hau!« Er grinste und Lükka konnte sich durchaus vorstellen, dass er dem Übeltäter eine ordentliche Tracht Prügel verpassen würde.

»Bohnen?«, kam Roman auf das vorige Thema zurück, »was ist daran denn so neu? Die hattest du doch vorher auch.«

»Neue Sorten. Oder besser: alte Sorten«, erklärte Poppinga. »Ackerbohnen und Futtererbsen, um genau zu sein. Wenn das hinhaut, kann ich mir auch wieder Milchvieh anschaffen. Meistens wird ja Soja verfüttert, aber die gute alte Ackerbohne ist ein echtes Superding. Bei zugekauftem Soja weißt du nie, womit die Pflanzen behandelt wurden und wie viel Gentechnik drinsteckt. Meine Ackerbohnen brauchst du nicht mal zu düngen, weil an ihren Wurzeln Bakterien leben, die selber Stickstoff aus dem Boden binden. Und über die Blüten freuen sich auch noch die Bienen. Hier auf dem Hof leben schon länger ein paar Völker und den Honig verkaufen wir im Laden.«

»Nicht düngen und womöglich auch nicht spritzen? Kein Wunder, dass deine Nachbarn neidisch werden.« Roman zog sein Smartphone aus der Tasche und öffnete die Fotogalerie. »Sag mal, kannst du dir das hier mal anschauen?« Er vergrößerte das Bild mit dem Einkaufswagenchip. »Hast du das schon mal gesehen?«

»Das ist so ein Ding für den Einkaufswagen.« Noah Poppinga sah den Kommissar ratlos an. »Ja und? Was ist damit?«

»Mir geht es um das Motiv darauf. Diese Pflanze.«

»Ach so. Das ist das Logo von Botanisan. Vor deren Werbung kannst du dich als Landwirt gar nicht retten. Ich habe selbst eine Tasse von denen. – Nee, jetzt nicht mehr. De is kött, de hest du ja in Plöttjes hauen.« Er lachte gutmütig. »Das war echt mal eine gute Tat, die runterzuschmeißen, dafür hab ich mich noch gar nicht richtig bedankt. So muss ich da nicht jeden Morgen draufgucken. Einfach wegwerfen wollte ich sie auch nicht. Sind schließlich mal Ressourcen für eingesetzt worden, als die produziert wurde.«

Eine ungewöhnliche Argumentation, fand Lükka. Aber sie passte zu dem Bild, das sie sich von dem blonden Riesen gemacht hatte.

Poppinga fuhr unterdessen fort: »Hier kommt immer wieder mal ein Vertreter vom Landhandel längs, der seinen Giftmüll loswerden will.« Er schnaubte verächtlich. »Er bietet das Rundum-sorglos-Paket an aus gentechnisch verändertem Saatgut, das gegen Spritzmittel resistent ist, gemeinsam mit dem passenden Spritzmittel. Bei den anderen bringt er das gut an den Mann, die können ja auch nicht anders. Im ganzen Landkreis gibt es vermutlich keinen Landwirt, der keine Kulis und Kaffeebecher von dieser Firma hat. Diese Chips kannte ich bisher nicht, sind wohl neu im Programm. Bestimmt taucht der Kerl bald wieder hier auf. Er ist eigentlich schon überfällig. Ich glaube, der hat mich inzwischen zu seinem persönlichen Projekt erklärt, ist jedenfalls ziemlich hartnäckig.«

Lükka registrierte den gereizten Unterton, auch wenn Poppinga sich bemühte, unbeschwert zu klingen. Ein Dorfkind, das versucht, neue Wege zu gehen, und sich dabei blutige Knie holt, dachte sie unwillkürlich. Vermutlich war es schwer, wenn man immer in dieser dörflichen Enge in der scheinbaren Weite Ostfrieslands lebte, in die ewig überlieferten Strukturen eingebunden war. Dann wurde jeder Schritt in eine andere Richtung besonders argwöhnisch beobachtet.

»Früher ist er seinen Kram hier auf dem Hof ja auch losgeworden«, erzählte Poppinga. »Meine Großeltern und mein Vater haben konventionell angebaut, genau wie alle anderen drum herum auch. Saatgut kaufen, düngen, spritzen. Das volle Programm. Ich bin bei meiner Mutter in der Stadt aufgewachsen, meine Eltern haben sich früh getrennt.«

Von wegen, nie aus dem Dorf rausgekommen. Lükka nahm sich vor, mit vorschnellen Urteilen besser aufzupassen. Schubladen waren manchmal ganz nützlich, beim Denken konnten sie aber schaden. Also: Schublade auf, Bauer Poppinga wieder raus und zuhören.

Poppinga sprach weiter: »Wenn ich in den Ferien auf dem Hof war, fand ich es ganz normal, dass regelmäßig gespritzt wurde. Das gehörte einfach dazu.« Er lachte auf. »Es gab diesen Schuppen hinten auf dem Gelände, da durfte ich nicht mal in die Nähe kommen. Den Alten war schon klar, dass sie hier nicht mit Zuckerwasser planschten.«

Sicher, dachte Lükka. Vielleicht wusste nicht jeder über die genauen Folgen Bescheid. Aber dass Pestizide nicht nur gegen Unkraut und Blattläuse wirkten, sondern auch Nutztieren und Menschen schadeten, war schon lange kein Geheimnis mehr.

Trotzdem gingen die Bauern noch immer gegen strengere Regeln beim Düngen und Spritzen auf die Straße und taten so, als wäre es kein Problem, dass sie bessere Erträge mit verseuchtem Trinkwasser und toten Bienen erkauften. Alles, was an Mindeststandards für den Schutz von Gewässern, Insekten und Vögeln verordnet wurde, sahen die gleich als versuchte Enteignung. Diese Einstellung wurde offenbar über die Generationen weitergegeben und vererbt wie die Höfe selbst. Die letzten großen Bauerndemos mit Treckersternfahrten und grenzübergreifenden Straßenblockaden hatten sich über Wochen hingezogen.

»Ich habe dann studiert, Landschaftsökologie und Nachhaltigkeitsökonomik bis zum Bachelor«, fuhr Poppinga fort. »Aber irgendwann machte es *klick*. Wer im Großen was bewirken will, muss im Kleinen anfangen. Und als mein Vater Elso dann starb und Oma den Hof nicht mehr alleine bewirtschaften konnte, habe ich nicht mehr lange überlegt. In der Verwandtschaft hatte sonst keiner Bock auf Landwirtschaft. Den meisten wäre es wohl am liebsten gewesen, wenn Oma den Hof gleich als Bauland verkauft hätte, vor allem meiner Tante Wiebke und ihrer Bagage. Aber der Hof gehört nun mal meiner Großmutter und die fand es prima, dass ich hier weiter Landwirtschaft betreibe. Auch wenn ich vieles anders mache, als sie es kennt. Außerdem ist in Opa Brunke Poppingas Testament auch ganz klar geregelt, dass der Hof nicht verkauft werden darf, solange hier ein Poppinga Landwirtschaft betreibt.«

Sie waren inzwischen bei einem Unterstand nahe dem Haupthaus angekommen und Poppinga zog einen blauen Müllsack hervor. »Hier, ich hab die Klamotten aber nicht gewaschen, nur im Brunnenwasser ordentlich durchgeknüdelt und dann in der Sonne getrocknet, damit sie nicht stockig werden.«

Roman griff nach der Tüte. »Ich danke dir, Noah. Sag, hast du zufällig noch eine Visitenkarte von diesem Vertreter?«

Poppinga überlegte, dann schüttelte er bedauernd den Kopf. »Dat glöv ik neet. So einen Schiet schmeiß ich eigentlich immer gleich ins Altpapier. Falls ich was finde, sag ich Bescheid. So, nix für ungut, ik mutt allweer an't Waark.« Er wandte sich zum Gehen, um zu seiner Arbeit zurückzukehren, drehte sich aber noch einmal um: »Woher hast du überhaupt diesen Chip?«

24.

Grüner Stängel auf weißem Grund. Kein Bioladen, sondern ganz im Gegenteil: ein Chemiekonzern, der Pflanzenschutzmittel herstellte. Da hätte ich auch selbst drauf kommen können, dachte Roman. Unschuldiges, reines Weiß, saftiges Grün, eine hübsch gewachsene Pflanze, die vor Gesundheit nur so strotzte.

»Was für eine perfide Bildsprache«, schimpfte er. Roman drehte den Bildschirm und zeigte seiner Kollegin die Seite des Unternehmens, dem sie mit Poppingas

Hilfe das Logo auf dem Einkaufswagen-Chip zugeordnet hatten. Großformatige Bilder von wogenden Kornfeldern. Sauber gewaschene und gebürstete schwarzweiße Kühe auf saftigen grünen Weiden unter blauem Himmel mit Wattewölkchen. Lächelnde Menschen vor gut gefüllten Tellern. Dazu Überschriften wie »Essen für alle« und »Zukunft anbauen«.

»Was erwartest du denn?«, fragte Lükka Tammling sachlich wie immer nach einem kurzen Blick auf die Seite. »Sollen die auf ihre Werbemittel Totenköpfe drucken und auf die Homepage schreiben: ›Wir vergiften euch alle, vergesst die Zukunft‹? Das ist Kapitalismus, Roman, schon mal davon gehört?«

»Du weißt, wie ich das meine«, motzte Roman. »Das ist alles so …« Er suchte fingerschnippend und gestikulierend nach dem passenden Begriff. »So unehrlich.«

»Das ist Werbung. Seit wann ist die denn ehrlich? Haben wir doch schon in der Schule gelernt, das AIDA-Prinzip. *Attention, Interest, Desire, Action.* Und das Ganze mit positiven Gefühlen verbinden. So wie ›Die Milch macht's‹ oder ›Fleisch ist ein Stück Lebenskraft‹. Oder der Marlboro-Mann und der Duft von Freiheit und Abenteuer.« Sie griff nach ihrer Tasche, in der Roman ihre Zigarettenschachtel vermutete, zog die Hand aber schnell wieder zurück. Vermutlich war ihr gerade eingefallen, was mit der kernigen Werbe-Ikone aus der Tabakreklame passiert war.

»Heißt diese Kreuzfahrt-Reederei deshalb AIDA?«, witzelte Roman lahm. »Schon gut. Aber im Ernst, das ist doch alles eine große Schweinerei! Die Felder werden überdüngt und vergiftet, die Bienen krepieren und das alles für den Profit.«

Lükka Tammling antwortete nicht, sondern sah ihn nur an, den Kopf leicht schief gelegt.

»Was denn?«, fragte Roman irritiert.

»Willkommen beim Kursus Kapitalismus für Einsteiger«, meinte seine Kollegin langsam und deutlich. »Der Markt bietet das an, was der Konsument haben will. Möglichst viel und möglichst billig. – Denk mal dran, wenn du das nächste Mal einkaufen gehst.«

Roman holte Luft zu einer Erwiderung.

Dann klappte er den Mund zu.

Besser so.

25.

»In letzter Zeit ist ganz schön viel Betrieb hier auf dem Hof.« Bruns stellte die leere Schubkarre hochkant an die Schuppenwand und warf die schmuddeligen Arbeitshandschuhe daneben. Er streckte den Rücken und sah den Bauern vorwurfsvoll an. »Jetzt muss ich hier sogar schon Kacke für dich rumkarren, das hatte ich mir aber anders vorgestellt. Ich dachte, es geht nur um ein paar Lieferfahrten mit dem Pick-up oder ums Hühnerfüttern.«

Noah Poppinga nahm die Planke, über die Andreas Bruns die Ladung oben auf den Misthaufen gefahren hatte, und kratzte mit einer Schaufel Stroh und Dung herunter. Spaltenboden im Stall war unbestritten praktischer, als wenn man nach alter Väter Sitte ausmisten musste. Aber wie hieß es so schön: »Stroh macht froh.«

»So kann man sich irren. Mach die Karre sauber«, befahl er kurz angebunden und lehnte die Schaufel daneben an die Mauer.

Bruns murrte zwar, holte aber einen Eimer Wasser von der Pumpe. Er stellte die Schubkarre wieder waagerecht, leerte den Eimer hinein und schaukelte sie halbherzig hin und her. Als ein Schwall der Mistbrühe seine Hosenbeine traf, sprang er schimpfend beiseite.

»Stell dich nicht so an«, sagte Poppinga ungerührt. »Auf deiner Camouflage-Hose sieht man das nicht und du stinkst doch sowieso.« Sein Lachen sollte die Beleidigung entschärfen, und sein alter Kumpel deutete auch nur der Form halber einen Boxhieb an.

Noah leerte die Plörre auf den Misthaufen und ließ die Karre kurz abtropfen, ehe er zwei große Strohballen hineinpackte. »Sei froh, dass ich nicht noch mehr Viecher habe und dass die paar Schweine sowieso die meiste Zeit draußen im Gehege sind.« Eine große, gescheckte Sau streckte ihre rosig-knorpelige Steckdosen-Nase durch den Zaun, der das Freigelände vom Rest des Hofs abtrennte, und Poppinga kratzte ihr freundlich den borstigen Rücken.

»Mist zum Düngen willst du ja auch haben«, ergänzte der Bauer. Er wies auf die Schubkarre. »Schmeiß die Ballen einfach in den Stall. Verteilen können die Schweine das selber, dann haben sie wenigstens was zu tun.«

»Mir würde notfalls auch Kompost reichen«, murrte der andere. »Noah Elsen Poppinga, du bist ein echter alter Polderfürst.« Spöttisch benutzte Bruns den kompletten traditionellen Namen seines Freundes. Noah hatte ihm irgendwann verraten, dass in Ostfriesland die Kinder auf dem Land noch immer häufig den Vornamen des Vaters als Zwischennamen erhielten. Napoleon hatte im neunzehnten Jahrhundert die Festschreibung von Familiennamen durchgesetzt, um die Rekrutierung seiner Soldaten übersichtlicher zu gestalten. In manchen Familien hielt sich die Tradition der patronymischen Namensgebung trotzdem bis heute zumindest in Gestalt eines Zwischennamens und war deutschlandweit nur im Ostfriesischen erlaubt. Viele Auswärtige hielten diese Zwischennamen für merkwürdige zweite Vornamen oder koppelten sie mit Bindestrichen an den Nachnamen, aber tatsächlich erinnerte Noah diese ostfriesische Sonderregelung eher an die isländische Namensgebung mit den Endungen »son« und »dóttir« für »Sohn« und »Tochter«. Deswegen trug Noah den abgewandelten Namen seines Vaters Elso, selbst wenn seine Mutter sich mit einem völlig unfriesischen Vornamen durchgesetzt hatte. Sein Vater wiederum hatte den Namen des Großvaters Brunke weitergeführt, er hatte Elso Brunken Poppinga geheißen.

»Du scheuchst mich hier rum wie einen Knecht«, jammerte Bruns, schob aber mit dem Stroh ab. Als er zurückkam, hatte sich Noah gerade eine biologisch-dynamische Kräuterzigarette aus heimischer Pflanzung gebaut und reichte ihm das Tabakpäckchen. Er wartete, bis Andreas auch mit dem Drehen fertig war, und gab ihm Feuer.

»Sei froh, dass hier jetzt mehr zu tun ist als früher«, sagte er, während er einer kräuselnden Rauchwolke nachschaute. »Wenn ich den Hof nicht halten kann, musst du schließlich auch weg. Und die Absprache war, dass du hier auf dem Gelände deinen Kram machen kannst, wenn du mir dafür bei der Arbeit hilfst.«

Bruns schob sich die blaugrüne Haarsträhne hinter das abstehende Ohr. »Ach komm. Es ist ja nicht so, als würde ich hier den ganzen Tag nur rumpimmeln. Meine Bienchen brauchen Ansprache und das Growen macht sich auch nicht alleine. Ich muss meine Pflanzen genauso gießen und pflegen wie du deine Erbsen und Tomaten. Und jetzt rennen hier auch noch scharenweise Fremde auf dem Hof rum.« Er schüttelte besorgt den Kopf. »Gut ist das nicht.«

Poppinga winkte ab. »Die Kunden kommen bloß bis vorne in den Hofladen, und da kümmert sich entweder Oma Theda oder Clara um sie. Und deine eigenen Klienten laufen denen nicht über den Weg. Du hast mir jedenfalls versprochen, dass du keinem von denen meine Adresse gibst. Darauf kann ich mich doch verlassen?!« Er sah Bruns scharf an und der wurde rot.

»Nee, wo werd ich. Höchstens, dass ich vielleicht mal ein Paket hierher schicken lasse. Nichts Schlimmes«, wiegelte er ab, als er Poppingas entsetzten Blick sah. »Keine Seeds oder so. Die hole ich mir drüben«, er wies grob in Richtung Niederlande, »und mische sie mit Vogelfutter, ehe ich zurück über die Grenze fahre. Ganz old school. Aber ich brauche ein paar neue Lampen. Ich will auf LED umrüsten, verbraucht viel weniger Strom.« Er grinste. »Ist doch auch ökologisch sinnvoll.« Er knuffte Poppinga in die Rippen. »Hey, bleib geschmeidig. Das merkt doch keiner. Ist ja nicht so, als hätten wir hier ständig die Drogenfahndung auf dem Hof!«

Noah Poppinga sagte nichts, sondern nahm nur einen letzten Zug aus seiner Lunte. Wenn er seinem Kumpel jetzt erzählte, dass Claras Bruder Polizist war und mit seiner Kollegin nicht erst einmal den Hof besucht hatte, würde ihn das nur unnötig beunruhigen. Und schließlich waren die Kommissare Sturm und Tammling nicht vom Drogendezernat.

26.

»Das schmeckt einfach sündhaft gut!« Clara schloss genießerisch die Augen und leckte den letzten Rest ihres Desserts vom Löffel. Sie schlug die Augen auf und strahlte ihr Gegenüber an.

Dennis Mulder erwiderte ihr Lächeln und ihr wurde überraschend warm unter dem Blick seiner blauen Augen. Vielleicht war es nicht nur aus geschäftlicher Sicht eine gute Idee gewesen, seine Einladung zum Essen anzunehmen. Natürlich hatte sie jedes einzelne Gericht, das der Koch ihr vorsetzte, zunächst für ihren Blog fotografiert, ehe sie mit einem gewissen Misstrauen davon probierte. In den nächsten Tagen würde sie die Bilder Stück für Stück posten und ihre Fans damit füttern.

Okay, nicht alles hatte sie spontan begeistert, aber Geschmäcker waren nun mal verschieden und Tofubröckchen konnten gar nicht so intensiv mariniert werden, dass Clara sie als vollwertigen Menübestandteil akzeptierte. Vielleicht sahen andere das nicht so.

Mit dem Sellerieschnitzel, dessen Bild sie schon auf Dennis' Social-Media-Account bewundert und geteilt hatte, konnte sie eher etwas anfangen. Aber die Krönung war dieser Nachtisch, ein Apfel-Scheiterhaufen mit aufgeschlagener Soja-Sahne, den Dennis direkt am Tisch für sie mit einer dicken Zuckerschicht bestreut und mit dem Gasbrenner karamellisiert hatte. Alle Achtung!

Das entkräftete wirklich jedes Vorurteil, Vegetarier seien genussfeindliche Hungerhaken. Na ja, Dennis war auch nicht gerade schmächtig. Zucker und Pflanzenfett waren ebenso wenig zum Abnehmen gedacht wie Nüsse und ölhaltige Samen. Nicht ohne Grund gab es blöde Witze über die Pudding-Veganer, die man »Biotonnen« nannte.

Dennis wischte mit dem Daumen über seinen Mundwinkel und Clara forschte mit ihrer Zungenspitze an ihrer eigenen Lippe.

»Andere Seite«, grinste Dennis und Clara merkte, dass sie unter seinem intensiven Blick rot wurde.

»Ich hatte doch recht, oder? Kann man durchaus essen!« Er sah sie gespannt an, ein Funkeln in den Augen, um die sich belustigte Fältchen vertieften.

Es hatte eine Weile gedauert, bis der Gastwirt sich zu dieser Einladung durchgerungen hatte. Aber er hatte immer öfter Claras Beiträge mit einem Daumen nach oben oder einem Herzchen versehen und seinerseits ihre Bilder verbreitet. Lag es an den Algorithmen der Plattformen, dass sie seine Beiträge oft zu sehen bekam, oder hatte sie ihrerseits schon so häufig mit ihm interagiert? Es war fast ein Flirt, der sich zwischen ihnen anspann, ach was, ein Balztanz, da machte sich Clara inzwischen nichts mehr vor.

Dann waren immer öfter persönliche Nachrichten von ihm gekommen und schließlich hatte er geschrieben: »Ist ja schön, wenn du die Bilder von meinem Essen gut bewertest und teilst. Aber du sollst auch wissen, was du da als toll verkaufst.« Dahinter eine ganze Reihe von Smileys, teils zwinkernd und teils mit Heiligenschein, die wohl signalisieren sollte: »Hey, ich will doch nur spielen und bin ganz harmlos.« Die Einladung zum gemütlichen Essen folgte.

Clara hatte nach kurzem Zögern zugestimmt. Was sollte schon groß passieren? Er hatte sie ja nicht zu sich nach Hause eingeladen, um sie zu bekochen, sondern sich quasi öffentlich in seinem Restaurant mit ihr verabredet. Also musste sie dieses Treffen nicht unbedingt als Date verbuchen, sondern konnte das davon abhängig machen, wie dieser Abend verlief. Sie sah sich neugierig in dem hellen verglasten Raum um. Ein Teil der Glaswände war beiseitegeschoben, sodass man wie auf einer überdachten Terrasse saß. Helle Korbstühle und passende Tische mit Rohrgeflecht und Glasplatten standen wie in einem Wintergarten zwischen großen Kübeln, in denen hohe Pflanzen wucherten. Dazwischen erblickte sie verstreut auf Tischchen und niedrigen Sockeln Tontöpfe mit duftenden Rosmarinbüschen, Lorbeerbäumchen, Lavendel und Thymian. Statt Blumen zierten Töpfchen mit Kräutern die Tische. Den Namen »Gewächshaus« hatte Dennis Mulder für sein Restaurant passend gewählt und seine Idee mit Leben gefüllt.

Vom nahen Bahnhof jaulten die quietschenden Bremsen eines einfahrenden Zuges. Auch der Verkehrslärm am stark befahrenen Kreisel, an dem das Haus stand, störte die Illusion einer grünen Oase.

Nun, man konnte nicht alles haben. Auf jeden Fall war es keine Zeitverschwendung, hier zu sitzen, und sie durfte einen Haken hinter den Punkt »Geschäftsessen« machen. Immerhin hatte sie inzwischen fast dreitausend Follower und war damit für die Firmen durchaus werberelevant. Immer häufiger kamen kleinere Aufträge für bezahlte Kampagnen rein. Natürlich war das nichts im Vergleich zu manchen Seiten mit mehr als sechs Millionen Fans, deren Betreiber für jede Kampagne fünfstellige Beträge erhielten. Aber es war wenigstens ein Anfang.

Außerdem ging es bei ihr schließlich auch um Inhalte, nicht mehr nur um Beauty und Lifestyle wie früher. Ernährung war heutzutage ein wichtiges Thema, Nachhaltigkeit noch mehr. Deswegen war ihr gar nicht mehr die bloße Zahl der Abonnenten wichtig, stellte sie fest. Entscheidend war deren Engagement. Auf ihren Seiten, die sie mit »EinfachClara« auf vier verschiedenen Plattformen pflegte, war immer etwas los, da wurde kommentiert und diskutiert. Für Firmen, die werben wollten, war das deutlich spannender als Accounts mit Tausenden von schweigenden Lesern, die nur über die Posts rüberscrollten, ohne sich wirklich für die Produkte zu interessieren. Angucken war ja ganz nett, manchmal blieb die Aufmerksamkeit kleben und ab und zu würde aus der Masse der stummen Follower sicher einer etwas kaufen, das er flüchtig gesehen hatte. Aber echtes Interesse war viel wirkungsvoller.

Die ganzen Diskussionen zu pflegen und zu moderieren und die Kommentare zu beantworten, machte aber auch weit mehr Arbeit, als einfach nur eine Menge hübsche Bilder hochzuladen. Clara hatte inzwischen das Gefühl, damit und mit dem Hofladen zwei Vollzeit-Jobs an der Backe zu haben. Zum Glück war ihr Ex nicht böse, dass er ihr Djure immer wieder mal außer der Reihe abnehmen musste. So hatte er ihr auch diesen halbwegs freien Abend mit Dennis ermöglicht, den sie ihm natürlich als dienstlichen Termin verkauft hatte.

Sie gähnte verstohlen.

»Du bist müde«, stellte Dennis fest. »Magst du noch einen Kaffee?«

Clara schüttelte den Kopf. »Danke, nein.« Sie sah sich im Lokal um. Das »Gewächshaus« war zwar nicht annähernd voll, aber mehrere Tische zwischen den riesigen Pflanzen waren besetzt. Sicher musste ihr Gastgeber gleich selbst wieder in die Küche. Er hatte leichthin abgewinkt, als sie ihn darauf angesprochen hatte. Seine Beiköchin habe das alles im Griff und er habe ihr ein gutes Mise en Place gemacht, aber ihr entging nicht, dass er immer wieder verstohlen zu den anderen Tischen hinübersah. Wahrscheinlich registrierte er genau, wie lange die Gäste auf ihr Essen warteten und wie sie auf ihre Teller reagierten.

Für heute sollte es reichen, beschloss sie. Sie bedankte sich für das köstliche Essen, was zumindest beim Nachtisch vollkommen ehrlich gemeint war, und bot an, noch beim Abräumen zu helfen.

Er lachte. »Nee, lass mal, das macht Marina schon.« Er hob die Hand und winkte die Kellnerin heran, die am Tresen Gläser polierte und dabei den Gastraum im Auge behielt.

»Na gut, wie du meinst.« Clara wollte sich erheben, doch dann fiel ihr siedend heiß ein, was sie vergessen hatte. »Ach Mensch, ich hab dir noch was mitgebracht. Statt Blumen.« Sie war ziemlich aus der Übung, was soziale Kontakte in der analogen Welt betraf.

Sie bückte sich zu ihrer großen Umhängetasche, die sie neben ihrem Stuhl abgestellt hatte, und zog ihre Mitbringsel daraus hervor. Erwartungsvoll stellte sie ein Körbchen mit einem Dutzend frische Eier in einem weichen, duftenden Heunest auf die Glasplatte. Sie hatte sie heute früh selbst aus dem Hühnerstall geholt und das Geld dafür brav in die Ladenkasse gelegt. Frischer ging es nicht. Daneben hatte sie ein Glas mit Friesenhonig gepackt, mit einem kunstvoll geknoteten Büschel trockener Binsen verziert.

Hätte sie eine Schüssel mit lebendigen Würmern vor ihn gestellt, Dennis hätte nicht entsetzter gucken können. Er starrte mit weit aufgerissenen Augen auf die Geschenke.

Marina, die gerade den Tisch abräumte, zuckte zusammen, die Dessertgläser und Löffel rutschten vom Tablett und klirrten auf den Boden, die Blicke aller Umsitzenden wandten sich ihnen zu.

Die Kellnerin bückte sich mit rotem Gesicht, hob das Besteck auf und eilte in Richtung Küche davon.

Der Koch schien sich wieder gefangen zu haben. Behutsam, als könnte ihn etwas daraus anspringen, schob er das Eierkörbchen von der Tischmitte auf Clara zu, die wie vom Donner gerührt auf ihrem Korbstuhl saß.

»Tut mir leid«, sagte der Wirt mit flacher Stimme. »Das nimmst du besser wieder mit.«

Clara sah ihn entgeistert an. »Aber wieso denn? Das ist ein Geschenk für dich. Frisch vom Poppinga-Hof.«

Sein Gesicht verzog sich, als hätte er Zahnweh. »Ich esse so was nicht, wusstest du das nicht?«

Clara verstand immer noch nicht, wo das Problem lag. »Die sind von Noahs Hühnern, die den ganzen Tag draußen picken und scharren und mit ihrem Hahn Spaß haben. Nicht aus der Legebatterie. Und auch nicht voller Antibiotika oder so. Das müsstest du doch wissen.«

Seine Antwort fiel unerwartet scharf aus. »Und du müsstest doch wissen, dass du mir hier ungeborene Küken auf den Tisch gestellt hast. Das wären lebendige Tiere geworden, wenn du sie nicht aus den Nestern geraubt hättest.«

Clara fühlte sich, als hätte er sie geohrfeigt. Sie hatte einen Kloß im Hals und spürte ein Brennen in den Augen.

»Nun lass doch mal gut sein, Chef.« Neben dem Tisch war eine kräftige etwa vierzigjährige Frau mit herbstrotem Haar in weißer Kochjacke aufgetaucht. Sie hatte einen Eimer, Besen und eine langstielige Müllschippe dabei, mit denen sie die Scherben aufkehrte. Sie warf Dennis Mulder einen vorwurfsvollen Blick zu. »Kannst du eben die Sauce abschmecken kommen? Ich glaube, da fehlt noch was dran. Bisschen Fleischbrühe wahrscheinlich.«

Dennis Mulder stand auf, nickte Clara kurz zu und verschwand in Richtung Küche.

In Claras Nase kribbelte es. Jetzt bloß nicht losflennen, schalt sie sich. Sie grub die Fingernägel in die Haut auf der Oberseite ihres linken Daumens. Der scharfe Schmerz vertrieb das Nasenkribbeln.

»Mach dir nichts draus«, raunte die Rothaarige. »Bei Eiern stellt er sich immer an, als würde man von ihm verlangen, einem Hundewelpen den Kopf abzubeißen.« Sie legte Eier und Honig vorsichtig in Claras Tasche zurück. Um ihre Augen und Mundwinkel bildeten sich spöttische Fältchen. »Der Chef ist ein eingefleischter Veganer, sozusagen. Da vergisst er schon mal, was sich gehört. Es ist ein Wunder, dass ich hier im ›Gewächshaus‹ überhaupt Kartoffeln kochen darf. Die haben schließlich auch Augen!«

27.

Veggiemight_Frisia @EinfachClara

Tut mir leid wegen gestern

Dahinter ein trauriges Emoticon mit Träne auf der gelben Wange.

Clara wischte die Nachricht mit einer zornigen Handbewegung vom Bildschirm. Jetzt tat es ihm also leid, dem arroganten Affen. Das war aber auch das Mindeste, nach dem, was er sich gestern Abend geleistet hatte. Sie hatte sich so gefreut, ihm als Dankeschön für die Einladung etwas ganz besonders Gutes mitbringen zu können. Nachhaltig produziert, ohne Tierquälerei, regional und natürlich. Und dann behandelte er sie, als hätte sie ihm einen Kuhfladen auf den Teller gepackt. Ach was, der wäre ihm wahrscheinlich noch lieber gewesen, der war schließlich rein pflanzlich.

Am liebsten hätte sie außer seiner Chatnachricht auch gleich die Fotos von ihrem gestrigen Essen gelöscht. Sie öffnete die Bildergalerie auf ihrem Smartphone. Warum sollte sie für diesen Torfkopp und sein Lokal auch noch Werbung machen?

Was für ein Mist, da war sie bei ihrem Beinahe-Date ausgerechnet an einen Veganer geraten, der nicht nur Fleisch von toten Tieren verabscheute, sondern alles andere vom Tier genauso für verbrecherisches Teufelszeug hielt. Dass manche Menschen Essen dermaßen dogmatisch sahen, wusste sie. Theoretisch zumindest. Aber begegnet war ihr so ein Fundamentalist noch nicht. Oder es hatte sie bisher nicht geschert. Schließlich hatte sie selbst meist einfach gegessen, was auf den Tisch kam oder im Supermarkt besonders günstig zu kriegen war. Als alleinerziehende Mutter konnte sie nicht allzu wählerisch sein. Wenn dadurch eine Zeit lang häufiger Gemüse als Fleisch auf dem Teller landete, fand sie das völlig in Ordnung, aber Djure wollte auch mal seine geliebten Fischstäbchen, Chicken Wings und Hähnchennuggets essen und sie selbst sah sich allenfalls als Teilzeitvegetarier. Und womöglich auf Käse zu verzichten und sich stattdessen mit chemisch aufbereitetem Pflanzenschleim zu begnügen – nee, wirklich keine Option.

Jeder sollte essen, was ihm schmeckte, ohne damit anderen auf die Nerven zu gehen, fand Clara. Natürlich waren die heimlich gedrehten Videos von Schlachthöfen und Viehtransporten entsetzlich, die immer wieder im Netz kursierten. Und die Vorstellung von flaumigen, piepsenden Küken, die auf Förderbändern unaufhaltsam dem Häcksler entgegenreisten, nur weil sie als Hähnchen nicht zum Eierlegen taugten, verursachte ihr Übelkeit.

Deswegen fand sie den Poppinga-Hof ja auch so vorbildlich. Noah betrieb hier Landwirtschaft, wie sie sich die immer vorgestellt hatte. Er hielt nicht mehr Tiere, als sein eigener Hof ernähren konnte, produzierte sein eigenes Saatgut und kam ohne Gift aus. Gedüngt wurde mit dem Mist der eigenen Tiere. Der perfekte Kreislauf.

Wenn alle so arbeiten würden, ginge es der Welt besser. Hier zu leben und Teil von Noah Poppingas Arbeit zu sein, machte sie stolz.

Andererseits war es auch wichtig, weniger Fleisch zu essen, das sah sie ein. Wenn nicht selbstverständlich jeden Tag Wurst und Fleisch auf den Tisch kam, sondern wenn das etwas Besonderes war wie der Sonntagsbraten aus alten Geschichten, dann mussten Tiere auch nicht mehr wie x-beliebige Industrieprodukte am Fließband hergestellt und verarbeitet werden.

Dennis Mulders Art zu kochen erschien Clara deshalb durchaus spannend. Richtig gut zubereitet, waren Pflanzen eine echte Chance, sich ohne schlechtes Gewissen zu ernähren und dabei nichts zu vermissen. Und gut geschmeckt hatte ihr das Essen gestern Abend tatsächlich überwiegend.

Clara beschloss, professionell zu handeln. Ihre Wut auf Mulder war ihre Privatsache. Sie würde die Bilder nicht löschen, sondern sie wie geplant in ihrer Timeline posten. Schließlich vertrieben auch einige ihrer Sponsoren Veggie-Produkte. Und ihr Job war ihr wichtiger als ein missglücktes Beinahe-Date.

Clara platzierte das Foto des Desserts auf der Seite und schrieb darunter:

EinfachClara Sündhaft süß und traumhaft sahnig. Kaum zu glauben, dass es Soja ist!

#traumdessert #claraleben #neubeginn #gewaechshaus #tofutier #tierwohl

Aus Prinzip ergänzte sie ihre üblichen Hashtags: #unsereheimat #ostfrieslandliebe #moin #poppingahof #pflanzenretten #archenoah

Schließlich war das hier keine Mulder-Fanseite, sondern es ging um ihr eigenes Projekt und den Poppinga-Hof, da musste sie jede Möglichkeit der Querverweise nutzen.

Clara legte das Telefon vor sich auf den Tisch und wartete ab, während sie einen Schluck Kaffee trank. Man wurde kein erfolgreicher Influencer, indem man bloß einen Stein ins Wasser warf. Man musste auch auf den entstandenen Wellen surfen.

Die ersten Reaktionen folgten schnell. Manche ihrer Follower wohnten offenbar im Internet, anders war das nicht zu erklären. Clara schloss mit sich selbst eine Wette ab, wer diesmal den ersten Kommentar schreiben würde. Ging es heute mit einem Fleischfresser-Troll los oder waren mal wieder die Vegetarier flotter dabei?

Falsch geraten, es waren die Ostfrieslandfans, die ihre Kommentare wie üblich mit Girlanden von schwarzen, roten und blauen Herzchen verzierten, um virtuell die Flagge ihrer Lieblingsregion zu schwenken.

Die wenigsten kamen wirklich von hier, wusste Clara. Für sie war Ostfriesland ein Sehnsuchtsort. Viele hatten hier als Kinder traumhafte Ferien verlebt, Sandburgen gebaut und Muscheln gesammelt. Als Erwachsene versuchten sie, diese Kinderzeit erneut heraufzubeschwören und tauschten im Internet Fotos von farbenprächtigen Sonnenuntergängen, finsteren Unwetterwolken, weiten unberührten Sandstränden und schnurgeraden Fehnkanälen mit weißen Klappbrücken, als wären es kostbare Münzen und Briefmarken. Einer suchte den anderen zu übertrumpfen und jeder war der größte Fan Ostfrieslands, auch wenn er höchstens einmal alle paar Jahre für einige Tage herkam.

Andere hatten ihren Traum verwirklicht und sich in einem der Dörfer auf der ostfriesischen Halbinsel ein Haus mit Garten gekauft. Die Grundstückspreise waren hier verglichen mit vielen anderen Gegenden noch immer niedrig, genau wie der restliche Lebensstandard. Wer noch nicht in Rente war, wenn er sich auf der Halbinsel im Nordwesten niederließ, sondern sich in Ostfriesland einen Job suchte, merkte allerdings ziemlich bald, dass auch das Einkommen hier mit dem Rest Westdeutschlands nicht mithielt.

So manche Social-Media-Gemeinschaft, in der sich Neubürger glückstrahlend vorstellten, entwickelte sich nach Claras Beobachtung über kurz oder lang zur Selbsthilfegruppe. Wenn die Zugezogenen im Alltag ankamen und nach einer Weile die rosarote Brille absetzten, fielen ihnen auf einmal laute Straßen und Züge auf, die Windkraftanlagen waren plötzlich keine modernen Wahrzeichen und Symbole nachhaltiger Energienutzung mehr, sondern wurden zu dröhnenden, Schatten werfenden Ungetümen, gegen die man zu Felde zog wie seinerzeit Don Quijote. Die ach so herrliche Landluft stank plötzlich nach Gülle, Hähne krähten auch am Sonntagmorgen und die Bauern fuhren rücksichtsloserweise spät in der Nacht mit Treckern und Mähdreschern auf den Feldern spazieren. Und wenn die Netzabdeckung nicht langte, um jederzeit Fotos ins Internet zu stellen oder Serien zu streamen, war auch die Idee des »Digital Detox« plötzlich gar nicht mehr so reizvoll.

Schnell postete Clara für die Ostfrieslandromantiker noch ein Panoramabild der weiten Wiesen hinter dem Deich unter leuchtend weißen Wattewölkchen und versah es mit der Bildunterschrift: »Blick vom Poppinga-Hof auf unsere schöne Heimat«.

Sie fand selbst, es sah aus wie das Werbeplakat der Emder Kunsthalle, Heiner Altmeppens »Norddeutsche Landschaft«.

Jetzt hörte das Handy gar nicht mehr auf zu piepen und sie befürchtete schon, es könnte durch die ständigen Vibrationen vom Tisch rutschen.

Aber auch unter dem Essensbild sammelten sich inzwischen die Kommentare.

SuSahni
Nommnomm! Will ich haben! SOFORT!!! #sojarockt

RobertAh Wieso ist das sahnig? Ist das mit Milch?

Mett Flanders Vegetarismus ist nur was für Frauen, als Mann wird man dadurch nämlich schwul. Ohne Fleisch fehlen wichtige Präkursoren für die Testosteronsynthese, vor allem Vitamin B6 und Zink. Dadurch sinkt der Testosteronspiegel in den Keller. Mal ehrlich: Welche Frau will schon einen Waschlappen, der wegen dem Mitleid mit den armen Karnickelchen in Tränen zerfließt?

Veganglücklich hat *@Veggiemight_Frisia* in einem Beitrag markiert.

Da esse ich gerne. Fünf Sterne! #gewaechshaus #tofudennis

Gorillaguerilla Wisst ihr überhaupt, was ihr da anrichtet? ⊠

#thinkglobal #NoSoy #tofutoetet

Beefeater4ever Sind die Äpfel auch vegan oder haben die Würmer?? #gibmirfleisch #NoSoy #schnitzelparty

Clara wischte mit dem Daumen rasch durch die Kommentarspalte und überflog die Antworten unter dem Bild. Die meisten waren neutral, manche auch einfach nur dämlich wie der vom Beefeater. An einem Post blieb ihr Blick hängen. Gorillaguerilla kommentierte ihre Bilder häufiger. Neugierig klickte sie das Profil an. Ein Gorilla sah sie mit einem kritischen Blick an, der geradezu menschlich wirkte. In der Selbstbeschreibung unter dem Profilbild ging es um Umweltschutz, bewusstes Essen und um den Regenwald. »Gorillaguerilla folgt dir« stand dabei. Clara klickte auf den Button »auch folgen« und ging unter dem Beitrag auf »Antworten«.

EinfachClara @Gorillaguerilla Ist nicht alles gut, was Tierquälerei verhindert? #tierwohl #bewusstessen

Fast gleichzeitig piepte ihr Smartphone wieder.

Gorillaguerilla Es gibt nicht nur Kühe, Schweine und Hühner auf der Welt.
PN
#thinkglobal #NoSoy

Das Affenbild wollte ihr also eine private Nachricht schicken. Und ping, da war sie auch schon.

Gorillaguerilla Wenn du mehr Info zu diesem Thema willst, lies mal hier nach.

Sollte sie wirklich dem mitgeschickten Link folgen? Man konnte sich da ja wer weiß was einfangen. Andererseits hatte sie einen Virenscanner. Kurzentschlossen öffnete sie die empfohlene Seite und hielt vor Entsetzen die Luft an.

28.

Bescheidenheit und Rücksichtnahme waren für den jungen Bauern wichtige Tugenden. Aber sie konnten verflucht unbequeme Folgen haben, stellte Noah Poppinga wieder einmal fest. Er hatte mit Clara Sturm zwar vereinbart, dass sie als Gegenleistung für das mietfreie Wohnen die Hausarbeit auf dem Hof erledigen sollte, aber er mochte sie nicht bitten, auch seine eigene Wohnung mit zu putzen.

Na gut, vielleicht waren es nicht nur Bescheidenheit und der Entschluss, die Frau nicht auszunutzen. Sie tat schließlich schon eine ganze Menge hier. Aber wenn er ehrlich war, fand er die Vorstellung extrem peinlich, einen fremden Menschen sein eigenes Bad reinigen zu lassen. Und dann auch noch Clara, die ihn den halben Tag mit der Kamera verfolgte! Nein, die sollte nicht sein Klo scheuern oder seine Haare aus der Dusche sammeln. Womöglich stellte sie irgendwann, wenn sie sich über ihn ärgerte, ein Bild von einem Büschel seifenverklebter Haare ins Netz oder noch Schlimmeres.

Also musste er selbst ran, da half alles nichts. Und zwar jetzt. Grimmig griff Poppinga sich Putzmittel und Scheuerschwamm und machte sich an die Arbeit.

Clara Sturm zum Saubermachen abzukommandieren, war sowieso Verschwendung. Nicht, dass sie das nicht konnte, sogar Oma Theda hatte wenig an den Ergebnissen auszusetzen. Aber ihre eigentlichen Fähigkeiten lagen doch eher auf anderen Gebieten. Den Laden hatte sie schön auf Vordermann gebracht und sogar regelmäßige Öffnungszeiten eingeführt, was er allein mit Oma Theda nie hinbekommen hatte. Vor allem aber war die Frau ein echtes Werbegenie. Das Baumaterial hatte sie fast komplett bei Sponsoren zusammengeschnorrt. Und ohne auch nur einen Euro dafür auszugeben, machte Clara mit ihrem Blog und den zahllosen Postings bei Instagram, Facebook, YouTube und Twitter den Hof so bekannt, dass immer mehr Kunden sein Gemüse, Eier und Geflügel haben wollten. Außer Dennis Mulder hatten sich noch zwei weitere Gastronomen bei ihm für die regelmäßige Belieferung angemeldet. Sehr gut, denn Dennis nahm ja ausschließlich Pflanzenkram für sein Lokal. Ganz ohne Tierhaltung konnte man aber einen Hof nun mal nicht nachhaltig bewirtschaften, davon war Noah Poppinga überzeugt. Kohl und Roggen, Gurken und Salat benötigten Nährstoffe. Wer keinen Kunstdünger einsetzen oder Gülle von anderen Bauern zukaufen wollte, brauchte stickstoffreichen Mist. Die Vorräte, die noch von der früheren Milchviehhaltung auf dem Hof lagen, würden nicht ewig reichen. Also mussten sie Hühner und ein paar Schweine halten, ganz wie in alten Zeiten.

Auch wenn Dennis Mulder ihn deswegen für einen Verbrecher hielt. Der Koch hatte sich neulich tatsächlich bei Noah darüber beklagt, dass Clara ihm zu einer Verabredung Eier mitgebracht hatte. Der konnte sich aber auch anstellen! Noah war überzeugt, seine Viecher hatten ein prima Leben. Viel frische Luft und Bewegung, anständiges Futter und am Schluss einen Schlachter aus dem Nachbarort, der sein Handwerk verstand.

Noah Poppinga war mit Waschbecken, Klo und Spiegel fertig und wandte sich der Dusche zu. Unschlüssig sah er auf seine Füße, dann zog er die Schuhe aus. Barfuß ging das besser. So konnte er komplett in die Dusche steigen und musste sich nicht verrenken.

Die Kabine war bis unter die Decke gefliest. Poppinga drehte den Wasserhahn auf und richtete den Brausestrahl oben auf die Wand. Sofort lief ihm das Wasser den Arm herunter und drohte auf seine Hose zu spritzen. Nee, so ging das ja nun auch nicht, dann musste er sich nach dem Putzen gleich wieder umziehen. Kurzerhand zog er Hemd und Hose aus, schloss die Tür der Duschkabine hinter sich, um den Badezimmerboden nicht unnötig nass zu spritzen, und scheuerte fröhlich pfeifend die Fliesen.

Es dauerte eine Weile, bis das Klingeln an der Haustür zu ihm in die geschlossene Kabine durchdrang. Murrend kletterte er aus der Dusche. Eine Tropfspur begleitete ihn aus dem Bad und den ganzen Flur entlang bis zur Haustür. Na toll, jetzt durfte er auch noch den Fußboden wischen. Hoffentlich war der Besuch wenigstens wichtig.

Erst als er die Tür öffnete, fiel ihm auf, dass er für keinen Besuch, wichtig oder nicht, passend gekleidet war.

»Oh Mann, de lüttje Noah!« Fokko Ukena starrte ihn entgeistert von oben bis unten an, was eine Weile dauerte. »Ist es jetzt so weit mit der Sintflut und du willst mit deiner Arche davonschippern?« Der Bauer vom Nachbarhof bog sich vor Lachen und Noah Poppinga nestelte verlegen an seinen Boxershorts.

»Verdammt, Poppinga, ist das etwa ein Putzlappen in deiner Hand? Oh Mann, was bist du für ein Loser! Jetzt hast du dir schon diesen Karamellbonbon ins Haus geholt und putzt trotzdem noch das Klo?« Er schüttelte verächtlich den Kopf. »Lässt sie dich nicht ran, wenn du nicht anständig saubermachst? Aber wahrscheinlich geht es dir sowieso um den Klei…«

Der Rest des Satzes verklang in einem Gurgeln. Noah hatte mit seiner großen Pranke von oben in den Kragen des anderen Mannes gegriffen und seine Hand um einhundertachtzig Grad gedreht. Der Hemdstoff schnürte Ukenas massigen Hals zu und drückte schmerzhaft auf den hervorspringenden Adamsapfel. Ukena röchelte und stellte sich auf die Zehenspitzen, um dem Druck zu entkommen.

Noah Poppinga sah in das rot angelaufene Gesicht mit den hervorquellenden Augen und erschrak. Er lockerte den Griff und stieß Ukena von sich. Der taumelte und griff sich keuchend an den Hals.

»Du bist ja komplett wahnsinnig, Poppinga, das zahl ich dir heim!«

Poppinga ging auf die Drohung nicht ein. Er trat seinerseits herausfordernd auf den kleineren Mann zu. »Was willst du hier, Ukena? Ist dir der Genmais verwelkt und du brauchst was Anständiges zum Säen?«

Ukena wich nicht zurück, obwohl Poppinga ihn deutlich überragte. »Als ob du was von Anstand verstehst. Oder von anständiger Landwirtschaft«, entgegnete er verächtlich. »Dein illegal angebautes Dreckzeug wuchert unkontrolliert vor sich hin und wir anderen kriegen hinterher den Ärger deswegen!«

Noah Poppinga starrte ihn fassungslos an. Jetzt wollte dieser Industriebauer also den Spieß umdrehen. Seit Jahren wurden Mindestabstände gefordert, damit gentechnisch veränderte Pflanzen nicht die herkömmlich oder gar biologisch bewirtschafteten Felder mit ihrem Pollen kontaminierten. Einkreuzungen von genmanipulierten Pflanzen waren das Schreckgespenst aller Umweltschützer.

Und jetzt stand da dieses Großmaul dreist vor ihm, seit Jahren Stammkunde bei Botanisan, und warf ihm allen Ernstes vor, dass alte Pflanzensorten, die seit Generationen hier wuchsen, seinen giftresistenten Designer-Dreck verdarben.

Diese Beschuldigung war nicht nur deshalb unverschämt, weil sie aus Poppingas Sicht die Rechtslage komplett verkehrte. Sie war zudem bescheuert und haltlos, weil Ukena kein eigenes Saatgut aus seinen Pflanzen gewann. Das war schließlich die Strategie von Botanisan und den anderen Chemiekonzernen, die unter die Saatguthersteller gegangen waren: Sie meldeten Patente auf ihre Züchtungen an und verkauften das Saatgut teuer an die Bauern. Wer dann aus seiner eigenen Ernte selbst Samen für die nächste Aussaat benutzen wollte, musste an den Konzern Technologiegebühren bezahlen. Deswegen kauften die meisten gleich das neue Saatgut mit dem darauf abgestimmten Dünger und Spritzmittel und sparten sich diese Arbeit.

»Was interessiert es dich denn, ob deine Pflanzen ein paar andere Pollen abbekommen?«, fragte Poppinga deshalb ehrlich überrascht. »Du vermehrst deinen Kram doch gar nicht selber. Wahrscheinlich wird deine Ernte dadurch sogar besser, wenn ein paar alte, gesunde Gene eingekreuzt werden. Aber keine Sorge, ich schreibe dir dafür keine Rechnung.«

»Bist du wirklich so naiv oder stellst du dich nur dumm? Der Hagedoorn klappert die Höfe doch nicht nur ab, um seine neuen Produkte an den Mann zu bringen. Der guckt ganz genau, wie die Pflanzen sich entwickeln und vor allem, ob sie hundertprozentig so wachsen, wie Botanisan sie gebaut hat. Und wenn der was findet, was seinem Brötchengeber nicht passt, muss ich löhnen!«, dröhnte Ukena.

Guck an, so ein mieser Schnüffler ist das also, dachte Noah. Gemocht hatte er den Botanisan-Vertreter nie und war heilfroh, dass er schon lange nicht mehr auf dem Poppinga-Hof aufgetaucht war. Vielleicht hatte er endlich eingesehen, dass Poppinga für ihn als Kunde verloren war.

»Aber der kann nicht nur bei mir was finden.« Genugtuung troff aus Ukenas Stimme wie Honig. »Botanisan hat dich längst im Visier, Poppinga. Von wegen, du baust nur hobbymäßig alte Sorten an, das glaubt dir längst keine Sau mehr. Was du hier säst, ist nicht zugelassen.«

»Red doch keinen Unsinn, Ukena. Ich pflanze alte Gemüsesorten an, die es hier schon immer gegeben hat.«

Ukena schnaubte höhnisch. »Und wenn mein Samen auf deinen Acker weht …« Er korrigierte sich umgehend. »Der von meinen Pflanzen … Also, dann kreuzen sich deine alten Bauernpflanzen mit meinen teuren gekauften. Und weißt du, was du dann machst, ha?«

Noah spürte, wie ihm das Blut aus dem Gesicht wich.

Ukena hatte es offenbar gesehen und setzte nach, unbarmherzig wie die alten Häuptlinge, deren Geschlecht er entstammte. »Glaubst du im Ernst, Noah Poppinga, dass du diesen Hof mit deinen Kinkerlitzchen halten kannst, wenn dir Botanisan erst die Rechnung für die

Lizenzgebühren schickt, weil du mit ihren angemeldeten und patentierten Produkten illegal neue Hybriden züchtest?«

Noah hatte sich halbwegs gefangen, seine belebende Wut kehrte zurück. »Und weil du nicht warten kannst, bis ich deshalb die Segel streiche, sabotierst du meine Zäune und streust mir Nägel auf die Einfahrt, ja?!«, brüllte er.

Fokko Ukena würdigte ihn keiner Antwort, sondern schnaubte und wandte sich zum Gehen. In der Tür drehte er sich um. »Ach, und glaub nur ja nicht, ich hätte keine Ahnung, warum du keine Probleme mit Ungeziefer hast! Ich weiß ganz genau, was du hinter deinem stinkenden Misthaufen im Schuppen versteckst, du scheinheiliger Ökoterrorist.« Mit grimmigem Lachen stapfte er davon.

Noah warf die Haustür mit solcher Wucht ins Schloss, dass die Scheiben klirrten.

Als er sich umwandte, sah er in die schreckgeweiteten Augen von Clara Sturm, die mit einer Mülltüte in der Hand auf dem oberen Treppenabsatz vor Oma Thedas Wohnungstür stand.

29.

»Wusstest du, dass es über dreißigtausend Zahnarztpraxen in Deutschland gibt?«, fragte Roman Sturm. »Stell dir mal vor: Du könntest die ganze Stadt Leer praktisch mit Zahnärzten bevölkern.«

Wer würde das schon wollen, dachte Lükka Tammling. Vor ihrem geistigen Auge entstand eine komplette Kleinstadt ganz in Weiß, die nach Desinfektionsmittel stank, in der Luft lag statt der Rufe der Wildgänse das hohe Sirren von Bohrern. Sie schüttelte sich.

Laut sagte sie: »Und alle diese Praxen bekommen alle vierzehn Tage die Zahnärztlichen Mitteilungen zugeschickt. Ich habe es dir doch gesagt: Es war wirklich nur eine Frage der Zeit, bis einer davon den Zahnstatus, den wir darin veröffentlicht haben, erkennen würde.«

Lange genug hatte es gedauert, aber jetzt hatten sie endlich einen Treffer. Die Dentistin aus Emden hatte sich entschuldigt. Während der Sommerferien sei die Praxis geschlossen und sie habe erst die hohen Poststapel abgearbeitet, ehe sie sich um das Mitteilungsblatt gekümmert habe.

Das erklärte auch, warum sie bei ihrer ersten Telefonaktion nichts erreicht hatten. Alle Welt machte im Sommer Urlaub. Außer ihnen natürlich. Dafür hatte die Zahnärztin der Leeraner Polizei jetzt neben der Adresse ihres Patienten ein Röntgenbild gemailt, das die Rechtsmediziner in Oldenburg eindeutig ihrer unbekannten Emsleiche zuordnen konnten.

Als das Navigationsgerät ihre Ankunft am Ziel meldete, parkte Lükka den Wagen am Straßenrand und blickte mit Staunen die breite Auffahrt entlang auf das Haus. Vermutlich würde so ein Bauwerk auf Immobilienportalen als »repräsentative Stadtvilla« angepriesen. Mit der Kombination aus weißem Stein und kaum merklich abgeschrägten dunkelgrauen Dachflächen über beiden Etagen hätte das Gebäude als griechischer Tempel in Disneyland stehen können, jedenfalls eher als in einem Stadtteil der ostfriesischen Seehafenstadt Emden. Ein Portal mit angedeuteten grauen Säulen, zwischen denen eine ausladende, dreistufige Treppe protzte, zog sich als vorspringendes Mittelschiff bis zum Dach des Obergeschosses. Der lange Weg von der Straße zum Haus, im gleichen Dunkelgrau gepflastert wie Säulen und Dach, führte durch eine unkrautfreie graue Steinwüste, der Basaltschotter war wie mit dem Lineal gezogen von etwas helleren Steinen eingefasst. Ein paar dunkelgrüne akkurat gestutzte Zypressen und Thujen unterstrichen den lebensfeindlichen, abweisenden Charakter des Anwesens.

Einzig das hellblaue Fahrrad, das auf der großzügigen Einfahrt an der linken Grundstücksseite stand, erzeugte eine Illusion von Lebendigkeit.

Die Polizeibeamten blieben in der Einfahrt stehen und ließen das Gesamtbild einen Moment auf sich wirken. Dann gaben sie sich – wie auf ein geheimes Zeichen hin – gleichzeitig einen Ruck und gingen auf die Haustür zu.

Die Frau mit dem verwaschenen schwarzen T-Shirt und der stramm sitzenden blauen Jeans, die ihnen nach mehrmaligem Klingeln öffnete, passte zu dem himmelblauen Fahrrad auf jeden Fall besser als zu dem kalten Tempel. Sie schaute sie fragend an und zog einen Kopfhörer aus dem rechten Ohr. Lükka erkannte pathetische Metalmusik, die aus dem kleinen Plastikstöpsel quoll, als sei sie froh über die plötzliche Freilassung.

»Moin«, grüßte Roman freundlich. »Sind Sie Frau Hagedoorn?«

Die Angesprochene fuhr sich mit der Hand durch den kurzen Blondschopf und lachte kopfschüttelnd. »Nein.« Nur ein einziges kurzes Wort, aber für Lükka klang es wie: »Das können Sie doch nicht im Ernst annehmen. Zum Glück bin ich das nicht!«

Sie blickte die Besucher unschlüssig an. Vermutlich würde sie die Tür gleich schließen und ihr Ohr wieder verkorken. Lükka konnte es ihr nicht verdenken. Fremde, die tagsüber in einer Wohnsiedlung paarweise an Türen klingelten, wollten einem meistens Gespräche über Gott und die Welt aufzwingen. Gewohnheitsmäßig schob die Kommissarin den rechten Fuß unauffällig vor, um die Tür am Zuschlagen zu hindern.

Ihr Gegenüber registrierte die Bewegung und griff an ihre Gesäßtasche, ohne Lükka dabei aus den Augen zu lassen. Vermutlich wollte sie ihr Telefon hervorholen, um die Polizei zu alarmieren.

»Keine Sorge«, beruhigte Roman sie rasch und zog aus der Brusttasche seines karierten Hemdes den Dienstausweis. »Wir haben nur ein paar Fragen. Dürfen wir reinkommen?«

Die Blonde musterte das Plastikkärtchen, dann gab sie achselzuckend die Tür frei. Als Lükka und Roman in dem dunkelgrau gefliesten Flur mit den weißen Rauputzwänden standen, zückte die Frau ihr Smartphone und schaltete die Musik aus.

»Ich denke nicht, dass ich Ihnen viel erzählen kann. Der Chef ist nicht da und ich habe keine Ahnung, wann er wiederkommt.«

»Ihr Chef ist Markus Hagedoorn?«, fragte Lükka und die Frau nickte, als sei das selbstverständlich. Sie geleitete die Gäste durch ein Wohnzimmer, das größer war als Lükkas gesamte Wohnung. In der Mitte prangte ein runder, weißer Kaminofen mit Glastüren, der als Säule die Zimmerdecke zu tragen schien. Eine hellgraue polierte Steinplatte und ein paar ebenfalls hellgraue Teppiche gliederten den Fußboden, der ansonsten mit dunkelgrauem, glattem Laminat ausgelegt war. Schmale Fenster reichten vom Boden bis zur Decke und gaben zwischen dunkelgrauen Stoffschals den Blick auf den Garten frei.

»Ist sonst jemand aus der Familie zu sprechen, Frau …?«, wollte Roman wissen.

»Mertens. Anne Mertens«, half die Frau aus. »Ich mache hier zweimal in der Woche sauber. Familie hat Herr Hagedoorn nicht. Jedenfalls keine, von der ich weiß.« Sie schaute auf ihr Handy. »Es ist sowieso gerade Zeit für meine Pause. Kommen Sie doch mit nach draußen.«

Auf der überdachten Terrasse, die hellgrau gepflastert und mit dunkelgrauen Kiesstreifen gesäumt war, standen Korbstühle. Dunkelgrau. In quaderförmigen dunkelgrauen Blumenkästen heuchelten gleichmäßig zurechtgeschnittene Lavendelpflanzen Natur, jenseits einer ebenmäßig grünen Rasenfläche standen vier graue Metallstühle und ein runder Tisch neben einem weißen gemauerten Grill dicht an der drei Meter hohen Thujahecke. Hagedoorn blieb seinem Stil immerhin treu. Von Geschmack wollte Lükka in diesem Fall gar nicht reden.

Anne Mertens wies ihnen zwei der dunkelgrauen Stühle zu und verschwand im Haus, um wenig später mit drei Flaschen Brause zurückzukommen.

»Keine Sorge, dafür bekomme ich keinen Ärger.« Sie öffnete die Fläschchen und stellte sie auf den dunkelgrauen Tisch. »Ich darf mich mit Getränken versorgen. Oder möchten Sie lieber einen Espresso?«

Die beiden anderen schüttelten die Köpfe.

»Ist Herr Hagedoorn ein guter Chef?«, wollte Roman wissen.

Die Reinigungskraft zuckte die Schultern. »Vermutlich. Ja, doch. Er zahlt anständig und das Geld kommt pünktlich, mit den Sozialbeiträgen klappt auch alles. Ihm ist wichtig, dass ich meine Arbeit gut mache, ansonsten lässt er mich in Ruhe. Manchmal sehe ich ihn wochenlang nicht.«

Ihr Chef sei beruflich ständig unterwegs, erklärte Anne Mertens. Er sei Vertreter für einen Chemiekonzern und in der Freizeit fahre er häufig raus zu den Inseln oder hinüber in die Niederlande. Offenbar konnte er sich seine Arbeitszeit frei einteilen.

Das erklärte, warum Hagedoorn nicht längst als vermisst gemeldet worden war, dachte Lükka. »Wie sieht es mit einer Freundin aus? Oder einem Freund?«, wollte sie wissen.

»Jedenfalls nichts Festes.« Anne Mertens musterte betont desinteressiert den Garten. Vermutlich hieß das, es gab häufig mal was aufzuräumen und wegzuputzen, aber eine Zahnbürste deponierte hier keine der Bekanntschaften.

»Ist denn wieder was mit dem Boot passiert?«, fragte sie. »Dann müssten wir versuchen, ihn übers Handy oder über E-Mail zu erreichen.«

Lükka und Roman sahen sich an. Ein Boot hatte ihr Opfer also. Kurz flackerte Hoffnung in Lükka auf. War Markus Hagedoorn womöglich doch einfach über Bord gegangen und am Emsufer angespült worden? Aber nein, die Verletzungen, die Feierabend dokumentiert hatte, widersprachen dem.

»Was mit dem Boot ist, wissen wir nicht. Aber Herrn Hagedoorn ist leider etwas zugestoßen«, sagte Roman. »Wir müssen wissen, wo das Boot normalerweise liegt, und brauchen außerdem seinen Terminkalender.«

Anne Mertens zündete sich umständlich eine Zigarette an und inhalierte tief. Die Blicke, die sie über das abweisende, aber luxuriöse Anwesen wandern ließ, drückten Bedauern aus.

Die Beamten gönnten ihr diesen Moment des Abschiedes. Vermutlich würde sie bald einen neuen Job finden, aber bestimmt keinen, der ihr so viel Freiraum in einem solchen Luxus ließ.

Mit einem Seufzer drückte sie die Kippe aus und erhob sich.

»Ich suche Ihnen alles raus. Und dann sollte ich wohl Feierabend machen.«

30.

»Soy Capitán« stand in breiten Lettern auf dem weißen Rumpf der Jacht, zu der sie der Hafenmeister geführt hatte. Klein war das Boot nicht. Roman schätzte es auf dreizehn Meter Länge, vielleicht auch mehr. Das Vordeck war lang und ebenso wie das Gangbord mit Teak beplankt, die vorderen Fenster der Kajüte waren stark abgeschrägt und mit getönten Scheiben verglast, sodass das Boot aggressiv wirkte. Achtern gab es einen offenen Steuerstand. Das Teil war vieles, vor allem teuer und sicher schnell. Aber eins war es nicht: ein Boot, das Roman Sturm gerne gesteuert hätte. Viel zu unromantisch für seinen Geschmack. Neben ihm pfiff Lükka Tammling versonnen »La Bamba« vor sich hin. Als er sie verwundert ansah, sang sie leise: »Yo no soy marinero, soy capitán … Kennst du den alten Schlager nicht? Da wollte jemand verdeutlichen, dass er kein einfacher Seemann ist, sondern der Käpt'n.«

Na ja, wer es nötig hatte … Roman mochte Schiffe. Er sah absolut keinen Widerspruch zwischen seiner Begeisterung für die Raumschiffe der Sternenflotte und der romantischen Freude an alten Seglern. Nicht umsonst trugen die Schiffe von Starfleet, mit denen die Captains Kirk, Pike, Picard oder Sulu in Überlichtgeschwindigkeit durch die unendlichen Weiten des Weltalls reisten, die Namen alter Entdeckerschiffe. Genau wie die realen Raumfähren der NASA. Der Aufbruch zu den Sternen war die logische Fortsetzung der Entdeckungsreisen auf den Weltmeeren der Erde.

Aber an seinem eigenen Schiff zu prahlen, man sei der Kapitän, erregte schon fast Romans Mitleid für dieses arme Würstchen.

Okay, noch mehr Mitleid weckte natürlich die Tatsache, dass dieses arme Würstchen tot war. Das toppte alles.

Der Oberkommissar zog Einmalhandschuhe an, ließ seiner Kollegin den Vortritt und stieg dann ebenfalls an Bord. Anne Mertens hatte ihnen einen Bootsschlüssel gegeben. Roman schloss die Kajüttür auf. Seine Vermutung, dass der Kahn ein Vermögen gekostet hatte, bestätigte sich mit jedem Detail, das der Kommissar in sich aufnahm. Hier war alles aus dem allerobersten Regal des Jachtausrüsters. Alles, was sich bewegen sollte, hatte elektrische Unterstützung, das Cockpit war mit modernsten Geräten ausgestattet, die Inneneinrichtung bestand aus solide verarbeitetem, auf Hochglanz poliertem Tropenholz mit einer dünnen Staubschicht. Trotzdem roch es hier drin leicht muffig nach Boot, stellte Roman mit gewisser Genugtuung fest. Und die Badeplattform war genauso von Enten vollgekackt worden wie jede andere.

Aber eins war klar: Diese Jacht stellte selbst gebraucht den Gegenwert eines geräumigen Einfamilienhauses dar. Komplett mit Einrichtung, Auto, Zweitwagen, Pool und Pony vermutlich.

Markus Hagedoorn bewohnte allein eine Villa in Emdens bester Lage. Konnte er dieses Anwesen und dazu noch diese Jacht tatsächlich mit der Provision als freier Handelsvertreter unterhalten? Augen auf bei der Berufswahl, dachte Roman.

Systematisch durchsuchten sie gemeinsam die Kajüte. In den großzügig bemessenen Schränken fanden sie eine Grundausstattung an Kleidung und Schuhen für jede Wetterlage, DVDs unterschiedlicher Genres von Action bis Softporno für Liegezeiten im Hafen, einen Laptop und eine Aktenmappe. Hatte Hagedoorn den Kahn wohl als Dienstfahrzeug deklariert? Roman blätterte durch die Papiere, während Lükka versuchte, den Rechner zu starten. Mit leisem Rauschen fuhr das Betriebssystem hoch und Lükka pfiff überrascht, als der Startbildschirm erschien, ohne dass ein Kennwort abgefragt wurde.

Roman sah nur kurz auf, er war wie elektrisiert: In der Aktenmappe gab es ein paar Broschüren und Briefbögen.

Und auf allen prangte das weiß-grüne Logo von Botanisan. War dem Skipper die Doppeldeutigkeit des Bootsnamens bewusst gewesen und er war absichtlich als Sojakapitän durchs Wattenmeer geschippert?

31.

Dass das simple Foto eines kaputten Reifens so viel Aufmerksamkeit erregen würde, hätte Clara Sturm nicht erwartet. Sie hatte die Perspektive geschickt gewählt, die massive Schraube, die sich in das Gummi gebohrt hatte, war gut zu erkennen. Das Wort »Sabotage« hatte sie bei der Veröffentlichung nicht einmal selbst benutzt, aber der Aufschrei im Netz war gewaltig. Niemand schien einen Zweifel daran zu haben, dass Agenten von Big Pharma Noah Poppinga das Geschäft ruinieren wollten.

Clara hatte den Streit zwischen Noah und seinem Nachbarn selbst mitgehört. Leute wie dieser Ukena konnten es nicht ertragen, dass andere Bauern ohne Gift und genmanipuliertes Saatgut arbeiteten und womöglich Geld verdienten.

Und für die Hersteller und Verkäufer dieses Chemiedrecks war mit Sicherheit nicht nur der winzige Umsatzverlust ärgerlich, weil ein einzelner Landwirt auf einem kleinen ostfriesischen Hof ihnen ihr Zeug nicht abkaufte. Die wollten ausnahmslos alles beherrschen, damit niemand auf den Gedanken kam, es ginge auch ohne sie.

Entsprechend groß war die Welle der Sympathie, die den Poppinga-Hof trug. Viele fragten, ob man Poppingas Gemüse auch online kaufen könne, und Clara nahm sich vor, mit Noah als Nächstes über die Einrichtung eines Onlineshops zu reden.

Was noch fehlte, war die Aufmerksamkeit der Presse. Dann könnte man den Spieß endlich umdrehen und den Verbrauchern ein für alle Mal klarmachen, dass nicht die konventionelle Agrarindustrie mit allen möglichen Chemikalien die Zukunft war. Bauern wie Noah mussten noch viel bekannter werden. Und man musste aller Welt zeigen, wie solche Einzelkämpfer unter der Übermacht der Industrie zu leiden hatten.

Ihr Freund Gorillaguerilla hatte ihr eine Seite empfohlen, die jedem die Augen öffnen musste. Brennende Regenwälder, weite gelbbraune Ebenen von gleichförmigen Feldern, die bis zum Horizont reichten und von ganzen Geschwadern gigantischer Maschinen abgeerntet wurden.

Clara folgte den Links auf der Seite, fand immer mehr Informationen und immer erschreckendere Details. Sie stieß auf Berichte über eingeborene Amazonasbewohner, die gejagt und abgeschlachtet wurden, weil neue Sojafelder gebraucht wurden.

Sie fand Bilder von ausgezehrten braunhäutigen Bauern in kurzen Hosen und T-Shirts mit Werbeaufdrucken, die ohne jeden Schutz Insektenvernichtungsmittel auf die Felder spritzten.

Sie sah missgebildete Kinder, die zwischen schulterhohen Sojapflanzen spielten, deren Blätter eine weiße Schicht aus Gift überzog.

Mütter, die das Trinkwasser für die Familie in Plastikkanistern mit denselben Aufdrucken schleppten.

Und all das für den industriellen Anbau der Sojabohne und natürlich vor allem anderen für den Profit der Großindustrie. Das konnte, das durfte so nicht weitergehen!

Mit Tränen in den Augen teilte Clara das Foto eines Kindes, sie konnte nicht einmal erkennen, ob es sich um einen Jungen oder ein Mädchen handelte, dessen Kopf grotesk deformiert war. Ihre Finger bebten, als sie die Hashtags #circleofpoison, #tofutoetet und #NoSoy dahintersetzte.

Auch diesmal kamen die ersten Reaktionen schnell. Die überwiegende Mehrzahl bestand aus roten Wut-Emoticons, grünen, die sich im Strahl übergaben, oder Gesichtern, die dicke Tränen vergossen. Den meisten hatte es offenbar die Sprache verschlagen.

Dann erschienen längere Kommentare.

»WIE KANNST DU SO ETWAS EKELHAFTES POSTEN?«, brüllte einer in Großbuchstaben.

Ein anderer forderte, so etwas müsse doch bei der Geburt entsorgt werden, da hätte man wohl versehentlich die Nachgeburt aufgezogen. Clara schnappte nach Luft und blockierte ihn sofort für ihre Seite.

»Darum esse ich kein Fleisch!«, brüstete sich der Nächste und bekam gleich Gegenwind von einem anderen.

»Darum esse ICH Fleisch! Kein Scheißsoja!«

»Ist mir ziemlich egal, was du dir in die Fresse schiebst.«

»Licht aus, Messer raus!«

»Nag du doch an deinem Salat!!!«

»Ist das hier eine Ostfriesland-Seite oder eine Freakshow? Ich bin dann mal weg!«

»Das meiste Soja wird für Tierfutter verbraucht«, versuchte einer, die Diskussion wieder auf eine sachliche

Ebene zurückzubringen. Clara erkannte den Nutzernamen sofort. Veggiemight_Frisia. Dennis Mulder, natürlich.

Seit ihrem Streit im »Gewächshaus« vermied sie es, im Netz direkt auf seine Kommentare einzugehen und seine Lebensweise zu kritisieren, schließlich wollte sie ihn nicht als Kunden verlieren. Sein Lokal lief immer besser und dementsprechend brauchte er auch viel von Poppingas Gemüse.

Wenn er zum Einkaufen auf den Hof kam, konnte sie ihm nicht aus dem Weg gehen. Für Noah war es praktisch, dass der Koch sein Gemüse in letzter Zeit am liebsten selbst abholte. Das sparte ihm die Fahrt mit den Gemüsekisten in die Stadt.

Dennis hatte sich noch einmal persönlich für seinen Ausraster entschuldigt und wollte ganz offensichtlich gut Wetter machen. Er bemühte sich ebenso wie Clara, strittige Themen zu vermeiden, war immer freundlich, half ihr, wo er konnte, und suchte die Nähe zu ihr und ihrem Sohn. Djure war schon ganz vernarrt in ihn, weil er ihm immer irgendeine Nascherei mitbrachte oder mit ihm über den Hof stromerte, wo sie Vögel, Schnecken und Käfer beobachteten. Anscheinend liebte er unterschiedslos alles, was Augen und Beine hatte, gleichgültig, wie viele.

Um des lieben Friedens willen rieb Clara Dennis auch jetzt in der Diskussion nicht unter die Nase, dass seine tollen Tofuschnitzel und die Sojaschlagsahne schließlich aus den gleichen Bohnen hergestellt wurden wie das Sojaschrot für die Viehzucht oder die Lachsproduktion.

Das übernahmen andere. Und natürlich kamen gleich wieder Kommentare wie »Pflanzen sind auch Lebewesen, die existieren wollen. Sie können kommunizieren und vermehren sich. Vielleicht nur noch Fallobst?«

Als schließlich einer verkündete: »Wenn keine Schweine mehr geschlachtet werden dürfen, fressen wir halt Veganer«, beschloss Clara, mal wieder zu moderieren. Sie betrieb hier schließlich keine Seite fürs lustige Veganerbashing. Es ging um Noah Poppingas Hof und um den Widerstand gegen die Agrarindustrie.

Ziemlich frei nach René Goscinny formulierte Clara: »Ganz Ostfriesland ist von Botanisan vergiftet. Ganz Ostfriesland? Nein! Ein von unbeugsamen Friesen bewohnter Hof hört nicht auf, den Eindringlingen Widerstand zu leisten!« Dazu postete sie ein Bild des repräsentativen alten Gulfhauses.

Die Ortsnamen im Rheiderland klangen ja auch schon wie in den Asterix-Heften. Statt Kleinbonum, Babaorum, Aquarium und Laudanum hießen die Dörfer hier Jemgum, Bingum, Midlum, Hatzum, Critzum oder Ditzum.

Wenn Noah Poppinga der ostfriesische Obelix war, dann musste sie selbst die Rolle des listigen Kriegers Asterix übernehmen.

Ihr Grinsen in der Spiegelung des Bildschirms erschien ihr selber wie ein Zähnefletschen.

32.

Wie wurde man wohl Vertreter für genverändertes Saatgut und Spritzmittel? Wachte man eines Morgens auf, schaute in den Spiegel und dachte: Hey, verkaufen wir doch einfach Gift? Macht bestimmt Laune und man wird schweinereich dabei. Oder rutschte man in so etwas rein, ohne sich groß etwas dabei zu denken?

Roman Sturm hatte früher manchen Traumberuf gehabt. Vom Rockgitarristen bis zum Raumschiffkapitän hatte er gedanklich alles durchgespielt, mit seinen Fähigkeiten und der Realität abgeglichen und das allermeiste enttäuscht gedanklich abgeheftet. Aber tagein, tagaus von einem Bauernhof zum anderen zu fahren, um die zweifelhaften Produkte noch zweifelhafterer Konzerne zu verkaufen, wäre ihm nie in den Sinn gekommen.

Auf der anderen Seite gab es das hässliche Luxusanwesen in Emden und die Angeber-Jacht. Gelohnt hatte sich Markus Hagedoorns Berufsentscheidung anscheinend.

Während Lükka Tammling die Dateien auf Hagedoorns Laptop durchforstete, hatte Roman sich die Ordner mit den Kontoauszügen vorgenommen, die die Kollegen ihnen von der Hausdurchsuchung mitgebracht hatten. Vielen Dank auch.

Viel Auffälliges hatte er dabei noch nicht entdeckt. Höchstens, dass die Gehaltszahlungen auffällig unauffällig waren. Offenbar zahlte der Landhandelsunternehmer, für den Hagedoorn auf Tour gegangen war, ein monatliches Fixum, das zwar weit über dem Gehalt eines Oberkommissars bei der niedersächsischen Polizei lag, aber nicht für diesen Pomp reichte, den sie vorgefunden hatten. Dazu kamen Zusatzleistungen in wechselnder Höhe, vermutlich Spesen und Erfolgshonorare. Einsatz wurde ganz offensichtlich belohnt.

Roman fand Quittungen für maßgeschneiderte Anzüge, die Hagedoorn sicher nicht bei seinen Hofbesuchen getragen hatte. An seinem Todestag hatte er jedenfalls ganz normale Kaufhausjeans und ein Hemd von der Stange angehabt.

Dazwischen tauchten immer wieder Spesenabrechnungen für Fahrten nach Bad Zwischenahn, Hannover, Osnabrück und Bad Bentheim und die Rechnungen teurer Hotels auf. Der Oberkommissar öffnete den Browser und gab die häufigsten Reiseziele ein. Schau an, in all diesen Orten gab es Spielbanken. Natürlich mussten sie dort erst offiziell nachfragen, aber Roman zweifelte keinen Augenblick daran, dass ihr Mordopfer Stammgast in den verschiedenen Casinos gewesen war. Ein Wunder, dass sein Palazzo Protzo nicht bis unter die kupfernen Dachrinnen verschuldet war, denn rein statistisch war es höchst unwahrscheinlich, solche Reichtümer mit Spielgewinnen anzuhäufen. Der Geldfluss lief in der Regel genau umgekehrt: vom Spieler zum Casino.

Wer auf so großem Fuß lebte wie Markus Hagedoorn, der brauchte wesentlich mehr Geld als das, was in den Kontoauszügen zu finden war.

Hoffentlich hatte Hagedoorn nicht nur die Papiere gewissenhaft sortiert und aufbewahrt.

»Schau mal auf dem Rechner nach Aufzeichnungen über Einnahmen. Besuche. Gespräche«, bat er Lükka.

Sie brummte geistesabwesend und klickte weiter.

»Tut es auch ein Terminkalender?«, fragte sie plötzlich. Mit einem triumphierenden Grinsen hob sie den Kopf und zeigte auf den Bildschirm. »Das Handy werden wir vermutlich nie mehr finden, der Akku ist längst leer. Die Ortungsanfrage läuft natürlich im Hintergrund weiter. Aber der werte Herr Hagedoorn hat sein Smartphone ganz ohne Passwortschutz immer artig mit dem Computer und der Cloud synchronisiert, sodass wir hier wunderbar nachlesen können, wann er verabredet war und wo seine Touren hinführten. Seine letzten Termine hatte er alle im Nahbereich, Papenburg, Weener und der gesamte Landkreis Leer. Bei vielen Einträgen stehen außerdem Zahlen. Jetzt müssen wir nur herausbekommen, was die zu bedeuten haben. Wie viele Kilogramm Düngemittel und Saatgut jemand bestellt hat.«

»Oder«, meinte Roman Sturm, »wie hoch das Schutzgeld war, das er bei seinen Besuchen erpresst hat.«

33.

Noah Poppinga stellte die schwere Einkaufskiste auf dem oberen Treppenabsatz ab, der sich zu einer geräumigen Diele mit Garderobe verbreiterte. Oma Thedas Wocheneinkauf hatte es mal wieder in sich. Im Auto warteten noch eine weitere Kiste und ein halber Zentner Kartoffeln. Da hatte man schon einen eigenen Hof und musste trotzdem Kartoffeln kaufen. Aber man konnte ja nicht alles selbst anbauen. Er hatte zwar die gute alte festkochende Linda auf dem Acker, die nach langem Rechtsstreit über die Zulassung sogar wieder angebaut werden durfte, aber Oma Theda hatte extra mehlige Tuffels bestellt. Er verschnaufte kurz und wischte sich den Schweiß von der Stirn, dann ging er nach links die letzten Stufen zur Wohnung hinauf. Er klopfte gewohnheitsmäßig an die weiß lackierte hölzerne Eingangstür. Es wäre ihm nie in den Sinn gekommen, einfach in Oma Thedas Wohnung hineinzuplatzen. Wie üblich wartete er auf ihre Antwort, die ebenso zum Ritual geworden war wie sein Anklopfen. Noah spitzte die Ohren und lauschte auf das vertraute: »Kumm binnen!«

Er hörte nur den Fernseher. Das war seltsam am heiterhellen Nachmittag. Aber was soll's, dachte Noah. Seine Großmutter hatte ihr Leben lang geschuftet. Jetzt, wo Clara im Haus war, wahrte Oma noch immer den Anschein, für den Hofladen verantwortlich zu sein. Aber tatsächlich sah sie nur noch einmal täglich nach dem

Rechten, plauderte ein bisschen mit den Kunden und zählte abends zufrieden nickend die Einnahmen. Sie wirkte auf ihren Enkel zwar keineswegs klapperig und hinfällig, aber vielleicht wollte er auch bloß nicht sehen, dass sie mehr Ruhe brauchte, weil das Alter seinen Tribut forderte. Ein bisschen Abschalten vor der Glotze gönnte er ihr.

Noah öffnete die Wohnungstür und rief noch einmal ein kräftiges »Moin« den Flur entlang. Dann wuchtete er die schwere Einkaufskiste auf den Küchentisch.

Aus dem Wohnzimmer zur Rechten hörte er Oma seinen Namen rufen. Vor dem Fernseher eingeschlafen war seine Großmutter immerhin nicht.

Noah schmunzelte, dann rief er zurück: »Ik bün glieks bi di, Oma Theda. Ik gah man nett de Tuffels un de anner Kraam van beneden halen.«

Mit langen Schritten polterte er die breite Holztreppe hinunter, um den Kartoffelsack aus dem Wagen zu holen. Danach war bestimmt noch Zeit für eine Tasse Tee.

Er hatte den Kartoffelsack schon auf der Schulter, als ihm Andreas Bruns den Rückweg zum Haus versperrte. Sein blauer Haarbusch stand als handlanger Hahnenkamm steif hochgesprüht von der Mitte seines Kopfes ab. Vielleicht hatte er noch einen Geschäftstermin. Der Bauer hatte keine Ahnung, wo und an wen Bruns sein Weed vertickte, aber vermutlich pflegte er beim Dealen einen gewissen Style als Markenzeichen. Noah grinste ihn an. »Na, willst du deine neue Ernte auf den Markt bringen oder warum hast du dich so ausgehfein gemacht?«

»Willst du mich verarschen?!« Bruns' Stimme überschlug sich. Er trat einen Schritt auf Noah zu und schüttelte anklagend die zur Faust geballte Rechte unter seiner Nase. »Guck dir das an! Diese unglaubliche Sauerei!« Er klang, als würde er gleich in Tränen ausbrechen. Noah Poppinga wich einen halben Schritt zurück, damit er die Hand besser sehen konnte. Bruns hielt darin ein gelbliches Büschel welker Stängel, die langfingrigen Blätter hingen traurig herab.

»Ach du heilige Scheiße, hast du so viel gekifft, dass du dabei das Gießen vergessen hast?« Poppinga war ehrlich entsetzt. Bruns knisterte von seinem Homegrown gerne mal ein Köpfchen mehr, als ihm guttat, aber bisher hatte er sich wenigstens um die Bienen und vor allem um seine geliebte Hanfplantage gekümmert.

»Natürlich habe ich gegossen! Vorgestern erst. Und jetzt guck dir meine Juanita an!« Nun liefen ihm wirklich Tränen über die grauen Wangen. »Alles hin. Das ganze Weed sieht aus, als hätte einer Unkraut-Ex draufgekippt. Da muss doch was mit dem Wasser sein!«

Noah Poppinga starrte den kleinen Hanfticker einen Moment sprachlos an. Dann ließ er den schweren Kartoffelsack von seiner Schulter zu Boden gleiten, drehte sich um und hastete mit langen Schritten wortlos ins Haus.

34.

»Warum liegt hier ein Sack Kartoffeln?«, fragte Clara irritiert. Sie hatte den Laden für heute abgeschlossen und wollte noch in die Stadt fahren. Noah hatte sie gebeten, eine Kiste Zuckererbsen und Radieschen mit nach Leer zu nehmen und bei Dennis Mulder abzugeben.

Andreas Bruns stand mitten auf dem Hof, ein Büschel welker Stängel in der Hand, und stammelte nur: »Die hat Noah da hingeworfen. Keine Ahnung.« Seine Stimme klang flach und fremd, als hätte er einen Schock erlitten.

Erst jetzt sah Clara sich die langen, schmalen Blätter in seiner Hand genauer an. Aus seiner Arbeitsbeschreibung: »Ich hab hier ein paar Bienenstöcke und so« war das offenbar der Teil »und so«. Noah Poppinga war also nicht der Einzige hier auf dem Hof, der sich auf Pflanzenzucht spezialisiert hatte. Nur dass Bruns' Nutzpflanzen gesellschaftlich nicht so anerkannt waren wie Bohnen und Tomaten. Aber vor allem waren diese Pflanzen nicht nur illegal, sie waren tot, verdorrt, sahen fast wie verbrannt aus.

»Das ging ja schnell«, murmelte Clara.

Bruns sah sie misstrauisch aus geröteten Augen an. »Was ging schnell?«

»Dass jemand sich von Noahs Arbeit provoziert fühlt und ihm eins auswischen will.« Clara stellte die Gemüsekiste ab und zückte ihr Smartphone. »Das war doch ganz klar ein Attentat auf den Hof!« Sie zoomte mit der Kamera auf die Faust mit den verdorrten Pflanzen.

»Sag mal, spinnst du jetzt völlig?!«, schrie Bruns mit überschnappender Stimme und schlug nach der Hand mit dem Smartphone. Sie brachte es mit einer raschen Bewegung in Sicherheit. »Reicht es dir nicht, dass ich wirtschaftlich ruiniert bin? Soll mich jetzt auch noch die Schmiere hopsnehmen, weil ich Hanf angebaut habe?«

»Ups …« Clara ließ das Handy verlegen sinken. »Denkfehler von mir, stimmt. Ich schau dann mal lieber nach den Erbsen, ob mit denen alles okay ist.«

Die Beete hinter dem Haus sahen entsetzlich aus. An den Bohnenstangen, die in Reih und Glied in der Erde steckten, hingen graugelbe Rankenleichen. Vom Salat war nahezu nichts mehr zu sehen, nur ein paar schwärzliche eingetrocknete Blätter waren von der saftig grünen Pracht übrig geblieben. Die Tomaten waren mit einer weißlichen Schicht überzogen und erinnerten Clara an die Bilder der mit Pestiziden besprühten Sojapflanzen, die sie im Internet gesehen hatte. Auf ihren Armen richteten sich die Härchen auf, als eine Gänsehaut sich über ihrem Körper ausbreitete. Gut, dass Djure für ein paar Tage bei seinem Vater war. Womöglich wäre ihm hier etwas zugestoßen.

Clara ging in die Hocke und näherte sich den vergifteten Pflanzen, so weit sie sich traute. Mit angehaltenem Atem fotografierte sie die bepuderten Tomaten, dann wandte sie den Kopf zur Seite und holte vorsichtig Luft. Sie meinte, einen chemischen Geschmack im Mund zu spüren, aber das konnte Einbildung sein. Trotzdem zog sie sich das T-Shirt vor Mund und Nase, ehe sie auch die anderen Beete mit den traurigen Überresten von Noahs Pflanzen aus allen Blickwinkeln fotografierte.

Schließlich hatte sie genügend Material beisammen. Sie beschloss, den Stadtbummel zu verschieben. Mulder musste eben ein bisschen auf sein Gemüse warten. Clara stellte die Kiste in den Kofferraum ihres Autos. Dann setzte sie sich hinter dem Haus in den Windschatten des Gebäudes. Hier draußen gab es eine Ecke mit gutem WLAN-Empfang, da ließ es sich angenehmer arbeiten als in der Wohnung und sie musste ihr Datenvolumen nicht verbrauchen.

Ein frischer Wind fegte über die Beete und ließ dürre Blätter tanzen und rascheln. Um in Ruhe schreiben zu können, steckte sie sich die Kopfhörer in die Ohren und schaltete Musik an. Dann öffnete Clara ihren Account und begann, die grässlichen Fotos hochzuladen.

#poppingahof #bigpharma #giftanschlag #NoSoy

35.

Clara parkte neben dem Restaurant und stieg aus dem Wagen. Misstrauisch sah sie in den Himmel, über den inzwischen dicke Wolken jagten. Sie fröstelte im kühlen Wind und holte ihre Jacke vom Beifahrersitz. Wäre ja typisch, wenn der lang ersehnte Regen ausgerechnet dann käme, wenn sie ihren freien Abend in der Stadt im Biergarten verbringen wollte.

Der Vordereingang war abgeschlossen, das Schild mit den Öffnungszeiten verriet ihr, dass sie zu früh dran war. Hinter dem Gebäude hörte sie Geräusche, vermutlich befand sich dort der Lieferanteneingang. Sie beschloss, das zu überprüfen, ehe sie die Gemüsekiste aus dem Kofferraum holte und durch die Gegend schleppte.

»Mo-hoin!«, rief sie, als sie um die Ecke bog und eine kräftige Figur erblickte, die ihr den Rücken zugekehrt hatte und leere Flaschen in Getränkekisten sortierte.

Die Gestalt drehte sich um und sah sie neugierig an. Clara erkannte die Frau, die bei ihrem ersten Besuch im »Gewächshaus« die Scherben aufgefegt hatte. Heute trug sie keine weiße Kochjacke, sondern ein braunes T-Shirt mit dem Aufdruck: »Vegetarier: indianisches Wort für ›schlechter Jäger‹«. Sie lächelte, offenbar hatte sie Clara ebenfalls wiedererkannt. Während sie auf die Besucherin zukam, wischte sie sich die Hand an der Hose ab, ehe sie sie Clara entgegenstreckte.

»Moin! Du bist Clara, richtig?« Als Clara nickte, stellte sie sich vor. »Ich bin die Birte.« Sie deutete einen höfischen Kratzfuß an. »Birte Habben Bargholt, meines Zeichens Küchenfee, Erster Gemüseschnippler und Mädchen für alles beim großen Tofumeister.« Sie musterte Clara mit einem spöttischen Blick. »Bringst du dem armen Dennis wieder Hühnerembryonen und Bienenkotze oder willst du den Chef diesmal nur mit deiner Lederjacke schocken?«

Clara wurde rot und strich verlegen über ihren Ärmel. »Nein, das ist doch nur Kunstleder.«

»Ach so. Na ja, Tofu ist ja auch nur Kunstfleisch, das passt doch gut zusammen. Wolltest du zu unserer Biotonne?«

»Ich hab Gemüse im Auto, vom Poppinga-Hof«, antwortete Clara stirnrunzelnd.

»Ich helfe dir eben tragen.« Ohne eine Antwort abzuwarten, setzte sich Birte Habben in Bewegung. Beim Auto wartete sie, bis Clara aufgeschlossen hatte, und hob die Kiste schwungvoll aus dem Kofferraum.

»Wobei ich Leder als Naturprodukt immer noch besser finde als Kunstleder, das irgendwann als Mikroplastik im Meer landet. Aber vielleicht ist deine Jacke ja aus Sojaplastik, das soll's ja auch geben«, setzte sie auf dem Rückweg zum Lokal die Unterhaltung fort. »Wenn die Viecher sowieso gegessen werden, kann man die Haut doch auch gleich gerben, oder nicht?«

»Dennis isst die Tiere ja nicht«, gab Clara zu bedenken. »Da fällt dann auch kein Leder an.«

»Stimmt schon. Dafür haut unser Puddingveganer den halben Amazonas in die Pfanne und brät ihn in dem

Palmöl, für das Indonesien und Kamerun gerodet wurden. Yeah, Retter der Erde!« Sie drückte die Hintertür mit der Schulter auf und ließ Clara vorgehen, ehe sie ihr mit der Kiste folgte. »Ich dachte immer, du wärst nicht so ein Soja-Fan. Oder ist das nicht dein Blog mit EinfachClara, #NoSoy und so?«

Clara nickte verlegen. »Aber das meiste Soja wird doch gar kein Tofu« protestierte sie zaghaft.

Birte stimmte etwas schief an: »Ich mach mir die Welt, widdewiddewie sie mir gefällt. Wie du meinst.« Laut rief sie: »Chef! Ey, wo ist denn unser Kräuterbuddha?!«

Clara vernahm eine gereizte Stimme, konnte die Antwort aber nicht verstehen.

»Soll ich das Zeug gleich in die andere Biotonne werfen oder willst du es vorher foltern?«, fragte Birte Habben zu Claras großer Überraschung. So redete die Frau mit ihrem Arbeitgeber?

Dennis Mulder kam mit finsterem Gesicht um die Ecke, seine Stimme vibrierte vor unterdrückter Wut, als er seine Küchenhilfe scharf anwies, die Zuckererbsen umgehend fürs Abendgeschäft zu putzen. Dann erst entdeckte er Clara und seine Miene hellte sich auf.

»Schön, dich mal wiederzusehen«, sagte er und nahm sie freundschaftlich in den Arm. »Ich hatte mit Noah oder mit Andreas gerechnet.«

Clara warf einen schnellen Blick in Richtung Küche. Hoffentlich hatte diese Birte Habben die Umarmung nicht gesehen. Andererseits – was machte das schon.

Mulder deutete ihren Blick falsch. »Unmöglich, wie diese Frau sich manchmal aufführt. Ich weiß, ich sollte ihr das nicht durchgehen lassen. Aber versuch mal, in

Ostfriesland ausgebildetes Personal in der Gastronomie zu bekommen, die wandern alle lieber dahin ab, wo die Lokale mehr zahlen können. Fachlich hat sie durchaus was drauf.« Er zuckte unwillig die breiten Schultern, als wollte er den Ärger über Birte Habbens Frechheit abschütteln, und lächelte Clara an. »Ist alles klar bei dir und geht's meinem Kumpel Djure gut?«

»Alles okay, bei uns jedenfalls«, meinte Clara. »Aber auf dem Hof gab es heute ein Problem.«

Sie erzählte Dennis Mulder von den verdorrten Pflanzen und dass sie von einem Anschlag ausging.

Der Koch wurde bleich.

36.

Lükkas Blick war ernst, als sie den Hörer auf die Gabel legte und sich Roman zuwandte. »Es gab einen Notarzteinsatz«, sagte sie. »Ich denke, wir sollten da rausfahren.« Sie stand auf und griff nach der Jacke, die sie über die Stuhllehne gehängt hatte. Der Sommer neigte sich inzwischen spürbar dem Ende zu. Zwar regnete es noch immer nicht, aber der Wind hatte gedreht und aufgefrischt. Im Schatten der dahinjagenden Wolken konnte es kühl werden.

Roman Sturm griff nach dem Zettel, auf dem sie sich während des Telefonats Notizen gemacht hatte, und schluckte, als er die Adresse des Poppinga-Hofs darauf las.

»Weißt du Näheres?«, wollte er wissen, während er mit seiner Kollegin die Treppe hinuntereilte und sie ungeduldig überholte. Im Laufen zog er sich die khakifarbene Weste an, in der er jetzt alles untergebracht hatte, was in der Hitze des Hochsommers in den geräumigen Taschen seiner kurzen Hose Platz gefunden hatte. Mit einem großen Sprung nahm er die drei untersten Stufen und landete am Fuß der Treppe. In den Westentaschen schepperten Schlüssel, Messer, Lampe und anderes Equipment.

Lükka hatte ein normales zügiges Tempo vorgelegt, trotzdem stand sie nur einen Augenblick später neben ihm.

»Janssen meinte, dem Arzt seien die Begleitumstände merkwürdig erschienen. So merkwürdig, dass er gleich auf der Wache angerufen hat.« Sie zögerte. »Er hat nicht gesagt, was genau passiert ist und wer zu Schaden gekommen ist.«

Roman spürte ein Flattern in der Magengegend. Er schob den Gedanken, seiner Schwester oder dem Kleinen könnte etwas zugestoßen sein, energisch beiseite, aber die Furcht konnte er nicht verbannen.

Lükka Tammling hatte feine Antennen für die Stimmung ihrer Mitmenschen. Als hätten sie es abgesprochen, stieg sie auf der Beifahrerseite ein und überließ ihrem Kollegen das Steuer.

Roman war ihr dankbar dafür. Nichts fand er schlimmer, als mit Sorgen im Bauch zur Untätigkeit verdammt zu sein. Lieber tat er etwas, auch wenn er sich nur aufs Autofahren konzentrieren musste.

In weitem Bogen fuhren sie südlich an den Hafenanlagen vorbei, passierten die Seeschleuse und ließen den Stadtteil Leerort mit den alten Festungsanlagen links liegen, bis sie schließlich die Ems erreichten. Die Ampel an der Jann-Berghaus-Brücke stand auf Rot und das riesige Straßensegment der Klappbrücke ragte wie eine graue Wand in den Himmel, den inzwischen schiefergraue Wolken bedeckten. Roman zerbiss einen Fluch und stellte am Ende der Autoschlange den Motor ab. Durch das geöffnete Seitenfenster trug der Wind das dumpfe Tuckern eines Schiffsdiesels herein.

Auf der staubigen Windschutzscheibe des Wagens erblühte ein Pünktchen, dann folgten ein zweites und drittes. Roman blinzelte und brauchte einen Moment, um zu bemerken, dass tatsächlich ein paar Regentropfen auf der Scheibe zerplatzten.

Eines der großen Baggerschiffe, die die Fahrrinnen für die Überführung der gewaltigen Kreuzfahrtschiffe ständig vertieften und vergeblich gegen die eben durch diese Ausbaggerung von der Flut hereingespülten Schlickmassen ankämpften, hatte die Brückendurchfahrt bereits passiert. Jetzt wanderte der hölzerne Mast eines unter Motor hinausfahrenden Traditionsseglers gemächlich rechts von der senkrecht aufragenden Straße durchs Blickfeld.

Roman trommelte ungeduldig aufs Lenkrad, heute konnte er nicht einmal dem Anblick einer Tjalk etwas abgewinnen, obwohl er diese Plattbodenschiffe mit den hölzernen Seitenschwertern liebte. Schon als die fünfundvierzig Meter hohe Brückenklappe wieder kürzer zu werden schien, je weiter sie sich senkte, drehte Roman den Zündschlüssel. Endlich erlosch das Rotlicht und der metallene Wurm setzte sich in Bewegung.

Kurz nachdem sie das westliche Ufer der Ems erreicht hatten, setzte Roman den Blinker und bog rechts ab in das Dorf mit dem malerischen Ortskern, das seit der Gebietsreform in den Siebzigerjahren offiziell zur Stadt Leer gehörte, obwohl es eigentlich schon im Rheiderland lag. Bald hatten sie sich durch das Örtchen geschlängelt und näherten sich auf einer schmalen Allee den wenigen Höfen, die westlich der Ortschaft auf dem etwas höheren sandigen Geestrücken verstreut lagen.

Auf dem großen Vorplatz des Gehöfts standen mehrere Autos, darunter auch Noah Poppingas Pick-up. Um nicht alles zu blockieren, setzte Roman seinen Wagen zurück und fuhr ein Stück den Weg entlang, der rechts am unbeleuchteten und verschlossen aussehenden Hofladen vorbei parallel zum Bingumer Tief zu den Ställen führte. Einen Krankenwagen sah er allerdings nicht.

Roman unterdrückte den Impuls, zuerst bei Claras Wohnung zu klingeln.

Mit langen Schritten eilten die beiden Kriminalbeamten durch den Sprühregen zum Wohngebäude zurück und gingen die breiten, ausgetretenen Stufen zur Haustür hinauf. Roman zögerte kurz, ließ den Finger über den beiden Klingelknöpfen schweben, die rechts neben dem Briefkasten angebracht und beide mit »Poppinga«

beschriftet waren. Wo sollte er läuten, bei Noah im Erdgeschoss oder im ersten Stock bei Oma Theda?

Lükka Tammling nahm ihm die Entscheidung ab, indem sie kurzerhand die Haustür aufdrückte, die nur angelehnt war. Rechts ging es zu Noahs Wohnung, links stand die weiß lackierte Tür offen, die in das große, helle Treppenhaus führte. Hier war Roman bislang noch nicht gewesen. Staunend hielt er inne und betrachtete den großzügigen Treppenabsatz mit dem ausladenden Kronleuchter. Durch das kuppelförmige Oberlicht sah er den Himmel, der dieselbe Farbe hatte wie die grau lackierten ungleichmäßigen Holzdielen. Hier hätte man problemlos einen Film über das Leben auf einem Gutshof des neunzehnten Jahrhunderts drehen können.

Von oben drangen undeutliche Stimmen herunter. Lükka war schon vorangegangen, die hölzernen Stufen knarrten unter ihren Schritten. Roman beeilte sich, ihr zu folgen.

Lükka wartete vor der offenen Wohnungstür auf ihn und nach kurzem Klopfen am Türrahmen betraten sie den Flur.

Roman holte tief Luft, als sich Schritte näherten. Es waren eindeutig Männerschritte, aber es war nicht Noah Poppinga, der sie mit gedämpfter Stimme begrüßte, sondern ein schlanker, sonnengebräunter Grauhaariger mit Blue Jeans und einem weißen Hemd, dessen Ärmel bis zu den Ellbogen hochgekrempelt waren und muskulöse, stark behaarte Arme enthüllten.

Er reichte erst Lükka Tammling eine sehnige, langfingrige Hand, dann Roman Sturm. »Kerkhoff«, stellte er sich mit sonorer Stimme vor. »Ich nehme an, Sie sind von der Polizei. Sicher haben Sie Ihre Ausweise dabei.« Er warf aus seinen wachen grauen Augen einen kurzen prüfenden Blick auf die Dokumente, dann machte er eine einladende Geste den Flur entlang und setzte sich in Bewegung.

Statt ihm zu folgen, fragte Roman: »Warum sind wir hier?«

Kerkhoff blieb stehen und drehte sich um. Er wirkte verwundert. Offenbar war er es gewohnt, dass seine Anweisungen sofort umgesetzt wurden.

»Und um wen geht es?«, stellte Lükka Tammling die Frage, die Roman nicht über die Lippen gebracht hatte. Auch wenn sie nicht in Claras Wohnung standen, sondern in der von Noahs Großmutter, war seine Angst noch nicht verschwunden, sondern hockte wie eine zusammengekauerte Spinne unter seinem Rippenbogen.

Kerkhoff stand vor ihnen, die Hände hinter dem Rücken verschränkt. »Sie sind hier, weil meine Patientin Theda Poppinga verstorben ist und weil ich sicher bin, dass hier ein Fall für die Polizei vorliegt«, sagte er ruhig.

Die Spinne in Romans Magengrube tippte noch einmal grüßend mit dem Bein von innen an seine Bauchwand und verschwand mit einem spöttischen »Man sieht sich!« Roman ließ den Atem entweichen, es fühlte sich an, als hätte er die Luft die ganze Zeit angehalten. Er hoffte, dass Kerkhoff ihm seine Erleichterung nicht anmerkte.

»Wenn Sie mir folgen wollen«, forderte Kerkhoff. »Ich werde Ihnen gleich erklären, warum ich auf der Todesbescheinigung ›nicht natürliche Ursache‹ angekreuzt, die Leichenschau unterbrochen und die Polizei angerufen habe.«

Er öffnete die Tür und geleitete die Beamten in ein großes übersichtlich eingerichtetes Wohnzimmer. Durch mehrere hohe Scheiben, vor denen auf den tiefen Fensterbrettern Töpfe mit Kakteen standen, fiel graues Licht in den Raum. Eine Windbö warf eine Handvoll Regentropfen gegen die Scheiben und kühle Luft durch das geöffnete Oberlicht. Die Äste der großen Kastanien vor dem Haus schwankten und rauschten.

Lükka hatte dünne Handschuhe übergezogen und betätigte den Lichtschalter neben dem Türrahmen. Eine moderne Deckenleuchte mit weißem Glasschirm flammte auf und Roman blickte sich um. Das Erste, was er sah, war die große Gestalt, die mit dem Rücken zur Tür in einem Sessel saß und reglos aus dem Fenster starrte. Jetzt drehte sie sich um und Noah Poppinga sah ihnen entgegen. Seine Züge wirkten wie eingefroren, steif nickte er den Besuchern zu, ohne ein Wort zu sagen.

Rechts des Sessels sah Roman ein dunkelblau bezogenes Sofa. Auf dem Sofa, mit einer dünnen Decke bis zur Brust zugedeckt, lag Theda Poppinga. Das Gesicht wirkte fremd und ausdruckslos, die Augen waren nicht mehr hell und forschend, sondern geschlossen, die pastellfarbene Bluse befleckt, die grauen Locken plattgedrückt und verschwitzt.

Roman Sturm fühlte ein tiefes Bedauern wie stets, wenn er vor der Endgültigkeit des Todes stand. Dass er Theda Poppinga gekannt hatte, machte aus dem Bedauern Traurigkeit.

Er zog ebenfalls Handschuhe an, dann trat er näher an das Sofa heran und betrachtete die Frau und die Umgebung des Sofas. Auf einem schweren Couchtisch stand eine halb leere Teetasse, eine Fernsehzeitung lag daneben, darauf eine Lesebrille. Roman warf einen genaueren Blick auf die Zeitschrift, die Übersicht des Vortags war aufgeschlagen, nicht die heutige. Die Fernbedienung lag ein paar Meter entfernt auf dem Fensterbrett neben einem fliederfarben blühenden Kaktus. Auf der Oberfläche des Tees hatten sich Schlieren ausgebreitet; die Sahne bildete ein leicht geriffeltes Häutchen. Diese Tasse stand hier schon länger. Das Teelicht im Stövchen war ausgebrannt, die Kanne kalt und halb leer. Auf der Sahne im Kännchen lag eine dicke gelbliche Rahmschicht, die am Stiel der winzigen silbernen Kelle einen faltigen Ring bildete. Roman schlug mit einem Gefühl der Indiskretion die Decke über Theda Poppingas Körper beiseite. Er strahlte noch etwas Wärme ab.

Der Oberkommissar wandte sich dem Arzt zu.

»Was sehen Sie?«, fragte Kerkhoff.

»Der Tod ist erst kürzlich eingetreten«, referierte Roman unter dem prüfenden Blick des alten Mediziners. »Aber sie war schon länger handlungsunfähig. Ich gehe davon aus, dass sie dieses Sofa heute nicht verlassen hat. Sie hat sich gestern Nachmittag mit einer Tasse Tee vor den Fernseher gesetzt. Ich denke, ihr ist übel und schwindelig geworden, deshalb hat sie Tee verschüttet. Vermutlich war sie noch im Badezimmer und hat sich nach der Rückkehr frischen Tee eingegossen, den sie nur noch halb trinken konnte, ehe sich ihr Zustand verschlechterte.«

Kerkhoff nickte gravitätisch und der Kommissar sprach weiter: »Die Vorhänge sind nicht zugezogen. Ich gehe davon aus, dass der Finder den Fernseher ausgeschaltet und die Fernbedienung im Vorbeigehen aufs Fensterbrett gelegt hat, aber er hätte sicher in dieser Situation nicht vorher die Gardinen ordentlich aufgezogen.« Er unterbrach sich, als er ein zitterndes Seufzen aus Noahs Richtung hörte, das an ein Schluchzen erinnerte. »Willst du lieber draußen warten?«, fragte Roman den Landwirt mit einiger Verspätung. Schließlich sprachen sie hier sachlich und geschäftsmäßig über seine eben verstorbene Oma.

Kerkhoff hob abwehrend die Hand und schüttelte leicht den Kopf. »Ich habe Herrn Poppinga gebeten, im Zimmer zu bleiben«, sagte er leise.

Roman warf einen verwunderten Blick auf seine Kollegin. Lükka runzelte die Stirn und zuckte die Schultern, widersprach aber auch nicht. Also redete Roman Sturm weiter, so leid ihm Noah Poppinga auch tat.

Er blickte Kerkhoff wieder direkt an. »Theda Poppinga war Ende siebzig. Das Wetter in der letzten Zeit war schwül und eine Belastung für jeden Kreislauf. Noch einmal meine Frage, Herr *Doktor* Kerkhoff. Warum sind wir hier? Warum ist es kein Kreislaufversagen aus natürlichen Gründen?«

Auch Lükka Tammling war inzwischen näher getreten und beugte sich über Theda Poppinga. »Der Hosenbund ist gelockert, auf dem Sofa liegt eine Wärmflasche, obwohl es gestern noch warm war. Sie hatte also Bauchschmerzen, nicht nur Kreislaufbeschwerden.«

»Richtig«, bestätigte Kerkhoff. »Was fällt Ihnen noch auf? Setzen Sie alle Sinne ein.«

Worauf wollte der Arzt hinaus? Roman näherte sein Gesicht dem Mund der Toten und schnupperte. In einem alten Kriminalfilm hätte er jetzt wohl Bittermandelgeruch erkennen und bei dramatischer Musik messerscharf auf einen Giftmord schließen müssen.

Aber der langsame Verlauf passte ja überhaupt nicht zu einer Cyanidvergiftung. Zudem war nicht der leiseste Mandelduft wahrnehmbar, allenfalls etwas Knoblauch roch er und sagte das auch.

»Sehen Sie«, sagte Kerkhoff zufrieden. »Und *deswegen* sind Sie hier. Ich kenne Theda Poppinga seit Jahren.« Er lächelte wehmütig. »Seit sehr vielen Jahren sogar. Sie war eine meiner ersten Patientinnen hier, als ich meine Praxis eröffnet habe. Ihre Ernährungsgewohnheiten waren, sagen wir mal: sehr konservativ. Ich bezweifle, dass Sie in Frau Poppingas Küche auch nur eine Zehe Knoblauch finden werden.« Er wandte sich zu Noah um. »Habe ich recht, Herr Poppinga?«

Noah zog ein Taschentuch hervor und putzte sich geräuschvoll die Nase. »Damit kann man sie jagen. – Konnte«, verbesserte er sich leise. »Ich wollte sie mal zum Griechen ausführen, da hat sie nach ein paar Schritten im Restaurant unter Protest kehrtgemacht, weil sie fand, das ganze Lokal würde unerträglich nach Knoblauch stinken.« Er lächelte schief, als schmeckte er die Verlegenheit noch auf der Zunge.

Roman nahm die Teekanne vom Stövchen, lüftete den Deckel und wedelte sich mit der Hand den Geruch unter die Nase, vorsichtig, wie er es früher im Chemieunterricht gelernt hatte. Dieser kalte Tee roch ungewöhnlich, da gab es keinen Zweifel. Aber der Tee bei Poppingas roch immer merkwürdig.

»Was ist es?«, wollte er wissen.

»Ohne der toxikologischen Untersuchung vorgreifen zu wollen, sage ich mal recht allgemein und unwissenschaftlich: Unkraut-Ex.«

37.

»Hat deine Oma ihren Tee mit eurem Brunnenwasser aufgebrüht?«, fragte Roman Sturm.

Noah Poppinga nickte stumm. Er stand auf und führte die beiden Kriminalbeamten und den Arzt in die Küche. Der weiße Kanister auf der Spüle war noch gut zur Hälfte gefüllt.

»Hier. Ich habe ihr vorgestern erst frisches Wasser von unten geholt.«

Lükka Tammling nahm ein Glas aus dem Küchenschrank und füllte es unter dem roten Ablasshahn auf. Sie schnupperte vorsichtig daran.

»Um ehrlich zu sein«, gab sie zu, »rieche ich nichts

Ungewöhnliches. Etwas Plastik vielleicht, eventuell ein wenig Metall.« Sie zuckte die Achseln. Wahrscheinlich waren ihre Geruchsnerven durch das jahrelange Rauchen doch etwas abgestumpft, auch wenn sie vor einiger Zeit von Tabak auf die E-Zigarette umgestiegen war.

Der Arzt nickte. »Nun, hätte das Wasser sehr stark gestunken, hätte Frau Poppinga sich bestimmt keinen Tee damit zubereitet.«

»Es *muss* etwas mit dem Wasser gewesen sein«, beharrte Noah Poppinga. Seine Stimme klang heiser. »Andi Bruns hat mir vorhin ein paar seiner Pflanzen gezeigt, als ich vom Einkaufen kam. Sie sind alle verdorrt, nachdem er sie gegossen hatte. Ich bin dann sofort in Oma Thedas Wohnung gelaufen, um nach ihr zu sehen. Sie hatte ja noch nach mir gerufen. Aber da war es schon zu spät.«

»Der Lauchgeruch tritt vor allem in der Ausatemluft zutage«, erklärte der Arzt. »Er ist charakteristisch für die Intoxikation mit Alkylphosphaten. Aber die meisten dieser Mittel sind praktisch geruchlos.« Er sah den Bauern herausfordernd an. »Deswegen waren sie lange Zeit nicht nur zur Unkrautvernichtung so beliebt, sondern hießen im Volksmund auch Schwiegermuttergift.«

Noah Poppinga schwankte. Dann sank er schluchzend auf einen Küchenstuhl.

Sie stellten außer dem Kanister und dem Teerest auch den Wasserkessel sicher. Die Kollegen vom Fachkommissariat 5 würden die Proben nach Hannover zum Landeskriminalamt schicken, aber Lükka Tammling vertraute der Spürnase des alten Arztes. Den Brunnen verschlossen sie und klebten ein amtliches Siegel darauf.

Die Bestattungsunternehmerin schickte einen unauffälligen weißen Kombi. Gleich morgen früh würde sie Theda Poppinga nach Oldenburg ins Rechtsmedizinische Institut bringen.

Vielleicht hätten sie Noah Poppinga mitnehmen müssen. Roman Sturm und Lükka Tammling hatten darüber diskutiert, sahen aber beide keinen hinreichenden Grund dafür, einen Haftbefehl zu beantragen. Selbst wenn sich ein Anfangsverdacht konstruieren ließ, bestand keine Fluchtgefahr, dafür waren dem Bauern sein Hof und die Tiere zu wichtig. Und warum um alles in der Welt hätte Poppinga seine Großmutter vergiften sollen? Ein besseres Arrangement gab es für ihn doch gar nicht.

Höchstens, flüsterte ein kleines Stimmchen in Lükkas Ohr, wenn Noah Poppinga den Hof erbte und damit machen konnte, was er wollte, ohne auf seine Großmutter Rücksicht nehmen zu müssen.

Nein. Ausgeschlossen. Ein Verbrechen aus Habgier passte nicht zu Poppinga. Er hätte außerdem nicht seine ganze Existenz aufs Spiel gesetzt, um an den Hof zu kommen. Das Wasser in Theda Poppingas Teekanne hatte ihr Enkel selbst aus dem eigenen Brunnen geholt. Aus demselben Brunnen pumpte er das Wasser, mit dem er seine Pflanzen goss, die er in jahrelanger Arbeit gesammelt und vermehrt hatte.

Es war schon beinahe dunkel, als sie durch den regennassen Garten zu den Gemüsebeeten gingen, aber die Zerstörung war unübersehbar. Ob Salat oder Zuckererbsen, alles hing braun und welk, die komplette Ernte war vernichtet. Undenkbar, dass Noah, der Pflanzenretter, das kostbare Grünzeug absichtlich selbst vergiftet hatte.

»Wer kann es gewesen sein?«, fragte Roman, während sie im dunklen Wagen den Lichtfingern der Scheinwerfer durch die Nacht folgten. Auch diesmal saß er am Steuer.

»Die erste Frage ist doch: War es nicht vielleicht ein Betriebsunfall?«

Roman warf ihr einen Seitenblick zu. »Meinst du das ernst?«

Lükka antwortete nicht. Sie wusste es ja selbst nicht.

Ihr Kollege pfiff durch die Zähne. »Das würde bedeuten, dass Noah Poppinga auf seinem Hof Gift einsetzt und den Umweltbewussten nur spielt? Dass er allen ganz fürchterlich die Hucke vollgelogen hat? Wenn das stimmt, und vor allem, wenn das rauskommt, ist er erledigt.«

38.

Nach dem Regen sahen die Überreste der Pflanzen noch trauriger aus als gestern. Der Schauer hatte die weiße Schicht von den Tomaten gespült und auf den harten

Boden einen Schleier gelegt. Die Blätter waren braun und eingerollt, der würzige Duft der sonnengereiften Früchte verflogen. Der Salat sah aus, als hätten ihn schwere Stiefel in den Boden gedrückt, und die Ranken der Erbsen und Bohnen glichen bleichen Bastfäden.

Es war ein Schlachtfeld, dachte Clara. Diese Pflanzen waren Opfer in einem Krieg der Industrie gegen die traditionellen Bauern. Und diese Opfer brauchten ein Gesicht, brauchten Namen. Nur dann würden die Menschen aufwachen und erkennen, was die Chemiekonzerne anrichteten.

Sie dachte an die Aufnahmen der brennenden Regenwälder am Amazonas, an das Video eines Orang-Utans, der in Borneo mit einem Stock bewaffnet einen Bulldozer attackierte, der seine Heimat zerstörte. An ausgemergelte Menschen, die ihr Trinkwasser in ausgespülten Giftkanistern aufbewahrten. All diese Bilder gingen um die Welt, wurden millionenfach gesehen und weiterverbreitet, aber auch schnell wieder vergessen, verdrängt. Borneo war weit weg, der südamerikanische Regenwald ebenfalls.

Aber den Krieg und die Opfer praktisch vor der eigenen Haustür zu sehen, das musste doch ein Umdenken bewirken, da hatten Kämpfer wie Powerpongo völlig recht. Die Verbraucher würden dann endlich an den Ladenkassen abstimmen, würden nicht mehr blindlings die Produkte der Großkonzerne kaufen, genetisch veränderten Designerfraß, vollgepumpt mit Gift und gedüngt mit dem Blut der Armen in aller Welt.

Die Opfer brauchten ein Gesicht.

Andi Bruns hatte sich leider geweigert, sich fotografieren zu lassen, obwohl seine Verzweiflung gestern so echt, so unverblümt gewesen war.

Ein Video von Noah Poppinga zwischen seinen vernichteten Pflanzen würde den Hof auf einer Sympathiewelle tragen und den Gedanken von »Buy local« und regionaler Erzeugung voranbringen.

Clara fühlte sich unendlich müde. Es war ein hartes Stück Arbeit gewesen, Dennis Mulder zu beruhigen. Die Vorstellung, dass er womöglich vom Poppinga-Hof die ganze Zeit belastetes Gemüse gekauft hatte, war ihm in die Knochen gefahren.

Endlich hatte sie ihn davon überzeugen können, seinem alten Freund zu vertrauen, der niemals selbst Gift auf seine Pflanzen kippen würde. Trotzdem hatte er das schöne Gemüse, das Clara ihm geliefert hatte, in den Restmüllcontainer geworfen. Es war zwar nichts daran zu sehen, aber wer wusste schon genau, ob der Anschlag auf den Hof vor oder nach der Ernte erfolgt war. Mulder wollte kein Risiko eingehen.

Als sie schließlich spät in der Nacht zum Poppinga-Hof zurückgekehrt war, hatte alles schon in tiefem Schlaf gelegen. Auch sie war kurz darauf erschöpft ins Bett gefallen und hatte geschlafen wie tot.

Das Weckerklingeln hatte sie aus wirren Träumen gerissen und erst im letzten Moment war ihr eingefallen, dass sie ihrem Ex versprochen hatte, Djure ganz früh bei ihm abzuholen, weil er einen Termin beim Kinderarzt hatte.

Jetzt ging es schon auf den Mittag zu und sie hatte außer dem Arzttermin noch nichts geschafft. Neben dem Hofladen parkte ein fremdes Auto, wahrscheinlich wartete schon jemand ungeduldig darauf, dass sie endlich öffnete. Sei's drum, eine gute Stunde blieb ihr noch. Die Öffnungszeiten standen im Internet und an der Ladentür. Das musste reichen.

Sie sah sich nach Djure um, der aus dem Auto gesprungen und sofort verschwunden war. Sie wollte vor der Arbeit schnell noch mit ihm mittagessen. Bestimmt war er schon wieder bei den Schweinen oder nach oben in Oma Thedas Wohnung gelaufen, um ihr vor dem Essen noch einen Neujahrskuchen abzubetteln.

Sie beschloss, erst einmal im Haus nach ihm zu sehen, und öffnete die linke Tür, die zur oberen Wohnung führte. Tatsächlich polterte ihr Sohn gerade die Treppe herunter.

»Langsam, fall nicht!«, ermahnte sie ihn. »Und mach nicht so einen Krach. Was soll Oma Theda denn von dir denken?«

»Oma Theda ist gar nicht da«, erklärte Djure und verbarg sich hinter ihrem Bein.

Oben auf dem Treppenabsatz war eine Frau im pastellfarbenen Hosenanzug aufgetaucht, in der Hand einen Zollstock. Sie blickte von oben auf Clara und Djure herunter und rief über die Schulter zurück in die Wohnung: »Michael, hier ist noch so eine!«

Im nächsten Augenblick erschien ein stiernackiger Mann mit Anzughose und gestreiftem Hemd hinter ihr. Eine schwarzgerahmte Brille ließ sein fülliges Gesicht noch runder erscheinen. Er schickte Clara einen strafenden Blick durch die lächerlich kleinen runden Gläser.

»Was habt ihr hier zu suchen?«, blaffte er, während er gravitätisch die Stufen herabkam. Unter seinem linken Arm klemmte ein Aktenordner.

Die Fremde hinter ihm machte eine scheuchende Handbewegung und stieß einen Laut aus, der klang wie »Ksch, ksch!«

Clara starrte den Unbekannten völlig verblüfft an. »Das sollte ich wohl eher Sie fragen.« Sie musterte ihn vom braunen Bürstenhaarschnitt bis zu den blankgeputzten schwarzen Schuhen. »*Wir* wohnen hier.«

Die Pastellfarbene, die nun auch die Treppe heruntergekommen war, stieß ein ungläubiges Schnauben aus. Sie musterte die milchkaffeebraune Frau mit den schwarzen Locken und ihren kleinen Sohn mit einem angewiderten Blick und leicht entblößten zu gleichmäßig wirkenden Schneidezähnen, als hätte sie Schaben in der Küche entdeckt.

»Sicher nicht mehr lange.« Der Mann lachte verächtlich. »Jetzt, wo die olle Schabracke endlich weg ist, machen wir Schluss mit dem Affenzirkus.« Er wandte sich der Frau zu. »Wenn ich gewusst hätte, dass die Alte hier ein Asylantenheim einrichtet, statt Landwirtschaft zu betreiben, hätten wir dein Erbteil schon viel früher eingefordert. Reich mir mal den Zollstock!«

39.

Fokko Ukena öffnete nach dem zweiten Klingeln die Haustür und führte die beiden Polizeibeamten in sein Büro statt in die gute Stube oder gar in eine gemütliche heimische Bauernküche. Roman Sturm registrierte den ausladenden Schreibtisch mit den ordentlichen Ablagekörbchen und drei verschieden großen Bildschirmen, unter dem Tisch surrten die Lüfter mehrerer Rechner. In einem hohen Aktenregal standen Dutzende Ordner sorgfältig in unterschiedlichen Farben sortiert und akkurat beschriftet. An der Wand daneben hing ein dreiteiliger Kalender mit dem Botanisan-Logo und eingedruckten Terminen – vermutlich für Aussaat, Düngen und Spritzen mit den Produkten des Konzerns. Auch die weiße Tasse auf dem Tisch trug, wie erwartet, die sattsam bekannte grüne Pflanze.

Ukena wies auf zwei schlichte Stahlrohrstühle und setzte sich in seinen hochlehnigen Drehsessel. Mit den Armen auf den Lehnen wirkte er in seiner Schaltzentrale wie ein Raumschiffkapitän auf der Brücke.

Roman bemerkte wieder einmal, wie wenig er von moderner Landwirtschaft verstand. Der Poppinga-Hof hatte noch eine gewisse Ähnlichkeit mit den Bauernhöfen seiner Kindheit. Aber hier bei Ukena hätte er ebenso gut im Büro eines Versicherungsmaklers oder der Kanzlei eines Steuerberaters sitzen können.

Fokko Ukena drehte sich mit dem Kommandosessel, um einen Blick auf einen Monitor zu werfen und ein paarmal mit der Maus zu klicken, dann wandte er sich wieder den Besuchern zu.

»Sie müssen entschuldigen, auf einem Hof hört die Arbeit eigentlich nie auf. Auch wenn ich nicht dauernd mit Mist an den Stiefeln durch Ställe stapfe oder mit dem Mähdrescher über den Weizenacker brumme. Die meiste Arbeit findet mittlerweile im Büro und am Computer statt.« Seine Lippen kräuselten sich spöttisch. »Zumindest bei modernen Agronomen.«

»Sie meinen, im Gegensatz zu Ihrem altmodischen Nachbarn?« Lükka Tammling hielt sich nicht mit Vorgeplänkel auf.

Ukena zeigte sich unbeeindruckt. »Das haben *Sie* gesagt. Also, worum geht es?«, fragte er schroff.

»Markus Hagedoorn«, erklärte Lükka ebenso knapp.

»Kenne ich. Und?«

»Sie gehören zu seinen Kunden und er war vor ein paar Wochen bei Ihnen.« Sie nannte den Zeitraum, den sie aus dem Bewegungsmuster des Vertreters bei Google Maps eingegrenzt hatten.

»Kommt etwa hin. Genau weiß ich das nicht mehr. Er kam ohne einen festen Termin vorbei. Und weil ich nichts zu bestellen hatte, habe ich auch keine Auftragsbestätigung von ihm im PC, mit der ich den genauen Termin überprüfen könnte.« Er runzelte die Stirn. »Sind Sie nicht wegen Poppingas Reifen hier? Der Hornochse ist doch überzeugt, dass ich ihm dauernd Nägel und Schrauben auf den Weg kippe, damit er sich die Reifen kaputtfährt. So ein Blödsinn! Da, wo die liegen, muss ich doch selber lang. Das sind irgendwelche Idioten, die grundsätzlich was gegen Landwirtschaft haben.«

Roman zählte innerlich bis drei, er ahnte, was jetzt kam. Greta, Fridays for Future, naive Gutmenschen.

Fokko Ukena enttäuschte ihn nicht.

»Diese Ökoaktivisten sind doch inzwischen so schlimm wie die Salafisten«, bellte der Bauer. »Immer nur dagegen, aber fressen wollen sie auch. Und zwar möglichst billig. Aber wehe, wir sprühen was anderes auf unsere Felder als Einhornpupse und glitzernden Feenstaub!«

»Nun ja, die meisten Blockaden und Nötigungen der letzten Zeit gingen wohl eher von den Bauerndemos aus als von den Schülern«, erinnerte ihn Lükka betont sachlich. »Und Ihre Einhornpupse bekommen Sie von Markus Hagedoorn, um mal wieder aufs eigentliche Thema zurückzukommen.«

Ukena nickte.

»Aber bei seinem letzten Besuch haben Sie nichts bestellt. Warum nicht?«

»Ich sagte doch, er kam unangemeldet«, brauste Ukena auf. »Ich habe meinen genauen Plan, was ich brauche und wann ich das bestelle. Da hat mir keiner reinzureden. Wenn sich ein Vertreter dann einen unnützen Weg macht, ist das sein Problem, nicht meins.«

Das klang nicht so, als wäre der Besuch von Markus Hagedoorn auf dem Hof seines Stammkunden besonders harmonisch verlaufen, fand Roman. »War er verärgert, weil Sie ihm nichts abgekauft haben?«, fragte er, aber Ukena wehrte mit einer abfälligen Handbewegung ab. »Ein Vertreter, der einem nichts verkaufen will, hat seinen Beruf verfehlt.« Er lachte freudlos. »Und Hagedoorn ist ein guter Vertreter. Aber er ist eben auch misstrauisch. Immer unterstellt er, dass man ihm was vorenthält und womöglich anderswo was kauft, wofür er keine Provision bekommt. Oder dass mit dem Saatgut was nicht koscher ist.«

»Und wenn er den Verdacht hat, dass etwas nicht stimmt, dann lässt er sich dafür bezahlen, dass er das nicht an Botanisan verrät, was noch deutlich teurer würde«, sagte Roman Sturm. Es war ein Schuss ins Blaue, aber er traf.

Ukena senkte den Kopf. »Man kann sich mit ihm … arrangieren«, gab er zu.

»Es scheint sich wirtschaftlich für ihn gelohnt zu haben«, sagte Lükka in leichtem Ton. »Aber mit einem solchen Geschäftsmodell macht man sich nicht unbedingt Freunde, stimmt's?«

Ein grimmiges Grinsen stahl sich in Ukenas Gesicht, das ihm etwas Wölfisches verlieh. »Ich habe schon von dem einen oder anderen gehört, der ihn am liebsten bei Nebel ins Watt jagen würde.«

Lükka hob die rechte Augenbraue und klappte ihr Notizbuch auf. »Dann erzählen Sie uns doch bitte eben ausführlich, wer das am ehesten getan haben könnte. Abgesehen von Ihnen selbst.«

Fokko Ukena wurde erst rot, dann wich alle Farbe aus seinem Gesicht.

40.

»Es ist einfach nicht zu fassen!« Noah Poppinga stützte das Kinn schwer in die Hand und starrte durchs Küchenfenster in den nassen Garten. Er fühlte sich, als hätte man ihn ausgehöhlt und statt des Lebens und des Tatendrangs Watte in sein Inneres gestopft. Nein, eher Steinwolle mit Hunderttausenden kleinen Mineralfasern, die sich schmerzhaft in seine Eingeweide und sein Hirn bohrten und ihn trotz seiner Erschöpfung nicht zur Ruhe kommen ließen.

Dennis Mulder legte ihm kurz die Hand auf den Unterarm, dann schob er ihm die gut gekühlte braune Bierflasche hin. Er ließ den Bügelverschluss seiner eigenen Buddel mit einem satten Ploppen aufschnappen und tickte sie auffordernd gegen Noahs.

Sein Freund hob seine Flasche automatisch und trank wie ferngesteuert drei große Schlucke. Kühl, malzig und herb rann das dunkle Landbier durch seine Kehle und kam im leeren Magen an.

Auch Dennis trank wortlos einen Schluck und wartete, bis Noah leise weitersprach.

»Hier bricht gerade alles zusammen. Der Hof über mir, der Boden unter mir. Oma Theda ist noch nicht unter der Erde, da taucht hier meine Tante Wiebke mit ihrem arroganten Ekel von Ehemann auf und fängt kackfrech an, unser Haus auszumessen. Die Pläne für den Umbau zu Ferienwohnungen hatten sie schon fix und fertig dabei, kannst du dir das vorstellen?« Er stieß ein bitteres Lachen aus, das sich eher nach einem Schluchzen anfühlte. »Die müssen die ganze Zeit auf diesen Moment gelauert und alles dafür vorbereitet haben. All die Jahre haben sie sich nicht hier blicken lassen. Nur als mein Vater gestorben ist, waren sie zur Beerdigung da und natürlich zur Testamentseröffnung. Du hättest sie mal erleben sollen, als sie wieder leer ausgingen wie damals, als Opa Brunke gestorben ist. Tante Wiebke hat geschäumt vor Wut.« Er setzte die Flasche an und leerte den Rest. »Landwirtschaft wollte sie mit ihrem Stadtaffen hier selbstverständlich nicht betreiben, deswegen gab es überhaupt kein Vertun, der Hof gehörte Oma Theda. Seitdem war völlige Funkstille, da kamen nicht mal mehr Anrufe zum Geburtstag oder Weihnachtskarten. Aber jetzt konnten sie gar nicht schnell genug hier sein! Weiß der Teufel, woher die das überhaupt so schnell wussten.«

Er erhob sich und wollte zum Kühlschrank gehen, um sich ein weiteres Bier zu holen, aber Dennis drückte ihn auf seinen Stuhl zurück.

»Lass es mal langsam angehen«, empfahl er. »Was hast du denn heute überhaupt gegessen?«

Noah überlegte offenbar einen Moment zu lange.

»Das dachte ich mir.« Dennis ging hinüber zum Kühlschrank und musterte die Bestände. Dann begann er in Windeseile zu schnippeln und zu putzen und nach kurzer Zeit durchzog der Duft von angeschmorten Zwiebeln, Rotwein und Knoblauch die Küche. Jetzt erst bemerkte Noah, wie hungrig er war. Er konnte es kaum erwarten, bis endlich der Teller mit einem großen Berg dampfender Pasta und aromatisch duftender Tomatensauce vor ihm stand, mit frischen Basilikumblättern verziert.

41.

Eigentlich hatte Dennis Mulder seinen alten Freund Noah noch am Abend nach Claras Besuch zur Rede stellen wollen. Wie um alles in der Welt konnte Gift auf Poppingas Pflanzen geraten und dann noch in einer so großen Menge, dass alles verdorrte? Das sollte ihm der Landwirt verdammt noch mal erklären!

Aber im »Gewächshaus« war abends der Bär los gewesen und es wurde spät, ehe Mulder endlich Feierabend machen konnte.

So stressig wie gestern hatte er seine Arbeit selten empfunden. Clara schwor Stein und Bein, dass Noah niemals Gift auf seinem Hof einsetzen würde.

Dennis kannte Noah seit vielen Jahren und vertraute ihm. Doch er wusste auch, dass der Ertrag auf einem ökologisch bewirtschafteten Hof wesentlich geringer war als auf einem konventionellen – die Erhaltungskosten für einen großen, alten Bauernhof aber ganz und gar nicht. Die Bäume wuchsen nicht in den Himmel und das Gemüse ohne Kunstdünger und Schädlingsbekämpfung auch nicht. War der Bauer da womöglich schwach geworden, ganz nach dem Motto: Das macht doch nichts, das merkt doch keiner?

Dennis Mulder wollte sich das nicht vorstellen, konnte den Gedanken aber nicht völlig verdrängen, dass er womöglich die ganze Zeit über gespritztes Gemüse statt giftfreiem Superfood gekauft hatte.

Und dann stichelte Birte Habben auch noch die ganze Zeit und lief mit einem hämischen Grinsen durch die Küche, das Dennis ihr am liebsten mit der Drahtbürste aus dem Gesicht geschrubbt hätte.

»Willst du Balsamico über den Salat oder lieber noch einen Spritzer Glyphosat?«, hatte sie gefragt, als Marina in die Küche gekommen war, um die angerichteten Teller für die Gäste abzuholen.

»Sollen die Zucchini unter den Salamander oder in den Sondermüll?« – »Jetzt hätte ich die Zuckererbsen ja doch ohne Umweg entsorgen können. Aber du wolltest ja unbedingt, dass ich die Schoten vorher in Stücke schneide. Mir kann's egal sein, solange du meine Arbeitszeit bezahlst.« So ging das in einer Tour.

Schließlich hatte sie in der größten Hektik auf die Uhr geschaut und verkündet, dass sie jetzt ihre Pause nehmen müsste. Sie hatte ihre Kochjacke ausgezogen, sodass jeder den Aufdruck »Vegetarier: indianisches Wort für ›schlechter Jäger‹« auf ihrem braunen T-Shirt lesen konnte, sich im Gastraum gut sichtbar hingesetzt und ein Leberwurstbrot ausgepackt.

Personal war in Ostfriesland schwer zu bekommen, das stimmte. Aber irgendwann war Schluss.

Dennis Mulder hatte seiner Küchenhilfe noch vor dem ersten Bissen den Restaurantschlüssel abgenommen und sie achtkantig rausgeworfen. Ihr fassungsloses Gesicht hatte ihn darüber hinweggetröstet, dass er den Rest des Abends komplett ohne Hilfe in der Küche stehen musste.

Als dieser total vermurkste Tag endlich vorüber war, hatte sich Dennis Mulder nur noch auf die Couch fallen lassen und war vor dem Fernseher eingeschlafen.

Zum Glück hatte er heute seinen Ruhetag im »Gewächshaus«. Was natürlich nichts anderes hieß, als dass er sich um den Einkauf im Großmarkt, um die Buchhaltung, Überweisungen und den ganzen anderen Papierkram kümmern musste, der in einem Restaurant anfiel.

Und jetzt also auch noch darum, eine neue Küchenhilfe aufzutreiben, die Bock aufs Arbeiten hatte und auch noch etwas davon verstand. Einen Veganer oder zumindest Vegetarier für seine Küche zu finden, brauchte er in Ostfriesland vermutlich gar nicht erst zu versuchen. So groß war die Auswahl hier weder an Köchen noch an Vegetariern, und die Schnittmenge beider Bereiche musste man mit der Lupe suchen.

Aber wenigstens sollte der oder die Neue nicht ständig seine Verachtung für Ernährung ohne Tierleid als Demonstrationsbanner vor sich hertragen, wie Birte Habben Bargholt das in der letzten Zeit getan hatte. Hatte sie es wohl auf diesen Rauswurf angelegt, um nicht durch eine eigene Kündigung eine Sperre beim

Arbeitslosengeld zu kassieren? Oder war sie so überzeugt davon gewesen, dass Dennis nicht ohne sie zurechtkam?

Na, da hatte sie sich am Ende doch verrechnet.

Bis er die wichtigsten Arbeiten erledigt hatte, war es bereits Nachmittag gewesen. Erst dann war er über die Ems gefahren, um mit Noah Poppinga über seine totgespritzten Beete und über Claras verrückten Verdacht zu sprechen, es könnte jemand einen Anschlag auf den Hof verübt haben.

Seit er die ersten Sätze mit seinem Freund gewechselt hatte, kamen ihm alle seine eigenen Probleme völlig unbedeutend vor. Theda Poppinga war für ihn fast wie eine eigene Oma gewesen. Er hatte sich gerne mit ihr unterhalten und sie hatte ihm viel beigebracht. Auch wenn sie immer wieder den Kopf darüber geschüttelt hatte, dass er von ihr so viel über alte ostfriesische Gerichte wissen wollte, aber sich überhaupt nicht dafür interessierte, wo es dafür den besten Speck, die leckersten Mettwürste und Pinkel gab. Ein ordentliches Essen brauchte ein anständiges Stück Fleisch, hatte sie ihm immer wieder einreden wollen. Und wenn jemand das nicht kauen könne, dann müsse man halt Gehacktes untermischen oder wenigstens eine kräftige Brühe.

Sollte er tatsächlich nie wieder in ihrer gemütlichen Küche sitzen und mit ihr und Noah zusammen Tee trinken? Gut, sie war beinahe achtzig geworden, aber Dennis fand, man hatte ihr das Alter nicht angemerkt, sie war ihm immer munter, wach und unternehmungslustig erschienen. Noah hatte nichts darüber gesagt, wie Oma

Theda gestorben war und er hatte nicht zu fragen gewagt, aber Dennis stellte sich vor, dass ihr Herz einfach aufgehört hatte zu schlagen und stehengeblieben war wie ein altmodischer Wecker, den man vergessen hatte aufzuziehen. Immerhin war ihr ein monatelanges Dahinsiechen erspart geblieben, aber verdammt, er würde die alte Bäuerin vermissen.

Er schob diesen Gedanken und seine eigene Trauer weit von sich. Jetzt musste er sich erst einmal um Noah kümmern. Sein Freund sah aus, als hätte er weder geschlafen noch gegessen, das Gesicht wirkte bleich und fleckig und ebenso zerknittert wie das durchgeschwitzte T-Shirt. Ein Bier zur Beruhigung war schon in Ordnung, aber jetzt hatte er erst mal was Anständiges zu essen nötig, sonst würde ihm der Freund aus den Latschen kippen. Zum Glück hatte Noah genug Vorräte in den Schränken, aus denen Dennis ihm ein schnelles Pastagericht zusammenhauen konnte.

Wahrscheinlich hätte er sich gar nicht so viel Mühe mit dem Kochen geben müssen, so ausgehungert verschlang Noah das Essen. Nach dem zweiten Teller dirigierte Dennis ihn auf das rot gestreifte Ostfriesensofa und holte ihm ein zweites Landbier aus dem Kühlschrank. Dann machte er sich daran, den Tisch abzuräumen und die Teller abzuwaschen. Na fein, da konnte er ja schon mal für die Arbeit üben.

Ach Quatsch, schalt er sich, was sollte das Selbstmitleid! Er musste eben eine von den Servicekräften zum Abwaschen in die Küche holen. Spülen würde auch die rehäugige Marina hinbekommen, wahrscheinlich fühlte sie sich dabei sogar wohler als bei der Arbeit mit den Gästen, so schüchtern, wie sie war.

Ein gleichmäßiges Schnarchen verriet ihm, dass Noah endlich eingeschlafen war. Dennis breitete eine Decke über ihn und verließ leise die Küche.

Die Tür ins Treppenhaus zu Theda Poppingas Wohnung stand offen. Dennis Mulder widerstand der Versuchung, nach oben zu gehen, um herauszufinden, dass Noah sich geirrt oder einen bösen Scherz erlaubt hatte.

Solange er nicht mit eigenen Augen sah, dass Theda Poppinga nicht mehr da war, solange konnte sie ebenso gut noch am Leben sein. Schrödingers Oma sozusagen.

Der Koch wandte sich ab, um auf die Suche nach Clara zu gehen. Für sie und auch für den Kleinen musste der Vormittag wirklich hart gewesen sein. Erst die Konfrontation mit dieser unausstehlichen Tante, von der Noah ihm erzählt hatte. Und dann gleich darauf die Nachricht von Oma Thedas Tod, von dem sie noch gar nichts mitbekommen hatten. Dabei steckte Clara sicherlich noch der gestrige Schock über das vergiftete Gemüse in den Knochen.

Er klingelte an Claras Wohnungstür, doch sie öffnete nicht, obwohl ihr Auto auf dem Hof stand. Verwundert ging er am Wohngebäude entlang bis zum Hofladen. Tatsächlich brannte Licht im Geschäft und er sah Clara an einem der Regale stehen und Waren einräumen.

Er drückte die Tür auf und Clara drehte sich um, als die Ladenglocke klingelte.

»Moin, komm rein!«, empfing sie ihn freundlich lächelnd. »Was kann ich für dich tun?«

»Moin, Clara.« Dennis versuchte, die Antwort nicht wie eine Frage klingen zu lassen, aber das fiel ihm schwer.

Clara Sturm erschien unbeschwert, als sei überhaupt nichts geschehen.

»Geht es dir gut?« Er nahm sie in den Arm. Ihre Schultern fühlten sich angespannt an, aber sonst wirkte sie beinahe fröhlich.

Sie trat einen Schritt zurück und sah ihn an, als wüsste sie, nicht, was er meinte. »Sicher, warum?«

»Na ja. Wegen allem hier.« Dennis breitete die Arme aus in einer allumfassenden Geste. »Noahs Oma, das Gemüse … Und dann erzählte Noah mir, dass seine Tante hier aufgekreuzt ist und euch so übel rassistisch angemacht hat. Also, ich hätte erwartet, dass du erst mal mindestens einen Tag freinimmst und vielleicht mit Djure irgendwohin fährst, damit ihr beide auf andere Gedanken kommt.«

Hatte Clara die vergangenen vierundzwanzig Stunden aus ihrem Gedächtnis gelöscht? Bei Computern führte man bei schweren Störungen eine Systemwiederherstellung durch. Ging so etwas auch beim menschlichen Gehirn? Dennis verstand weder von Computern noch von Psychologie sonderlich viel. Aber bei Clara musste doch ein Erdbeben das gesamte Gebäude ihrer Zukunftsplanung erschüttert haben. Gut, sie kannte Theda Poppinga erst seit dem Sommer und trauerte vielleicht deswegen nicht so, wie Dennis es erwartet hatte. Aber immerhin hingen ihr Arbeitsplatz und sogar ihre Wohnung davon ab, dass es hier auf dem Hof überhaupt etwas für sie zu tun gab, selbst wenn die Verstorbene für sie nichts weiter als eine fast fremde alte Frau gewesen war.

»Wo ist Djure überhaupt?« Er blickte sich suchend um. Hinter dem Tresen führte eine Tür in ein Büro, dort tauchte jetzt der Junge auf und lächelte zaghaft. Er sah im Gegensatz zu seiner Mutter nicht so aus, als wären die Katastrophen spurlos an ihm vorübergegangen, sondern wirkte verstört. Er schien sich aber zu freuen, Dennis zu sehen. Noch ehe er einen Schritt in den Laden machen konnte, fuhr Clara ihn scharf an: »Ich habe dir gesagt, du bleibst da drin!« Sie zielte mit dem Zeigefinger auf ihn wie mit einer Pistole.

Djure zuckte zurück und verzog den Mund, als würde er gleich anfangen zu weinen.

»Hat er was angestellt?«, erkundigte sich Dennis. Der verängstigte Kleine tat ihm leid.

»Nein, wieso?«

Allmählich wurde Dennis ungeduldig. »Warum verpasst du ihm dann Hausarrest, Clara? Draußen scheint die Sonne, siehst du das überhaupt?« Sanfter fügte er hinzu: »Für den Jungen ist das doch alles noch viel schwerer als für uns Erwachsene, meinst du nicht? Lass ihn spielen gehen, damit er abgelenkt ist.«

In Claras Augen flackerte es. »Dann geht er womöglich an den Brunnen oder an die Zisterne. Oder er vergiftet sich im Garten. Hast du überhaupt schon mal Bilder von den Kindern in Lateinamerika gesehen, die bei den Sojafeldern vergiftet wurden?« Ihr Ton wurde schärfer. »Willst du, dass ihm das auch passiert?«

Dennis fühlte sich, als hätte sie ihn geohrfeigt. Lass sie, sagte er sich. Sie steht unter Schock, sie weiß gar nicht, was sie da sagt, und schlägt nur um sich, weil sie Angst hat. Nimm das bloß nicht ernst. Er atmete tief durch.

Beruhigend sagte er: »Djure ist doch schon vernünftig. Wenn du ihm sagst, dass er nicht ans Gemüse gehen darf, dann macht er das auch nicht. Stimmt's, Djure?«

Der Junge nickte eifrig.

»Und den Brunnen hat die Polizei abgesperrt und versiegelt«, fuhr der Koch fort. »Da kann also auch nichts passieren. Aber wenn es dir lieber ist, gehe ich gemeinsam mit ihm raus. Sind die Hühner und Schweine heute überhaupt schon versorgt worden? Das könnten wir ja zusammen übernehmen«, bot er an. Dann stockte er. »Das Wasser für die Tiere kommt doch aus der öffentlichen Leitung, oder nicht?« Er spürte einen Anflug von Panik. Was, wenn nicht nur Poppingas Pflanzenberegnung verseucht war, sondern auch die Viehtränken aus dem Hauswasserwerk gespeist wurden? Würde er gleich im Hühnergehege lauter elend krepierte Vögel finden?

»Also wirklich, wir sind hier doch zivilisiert!«, sagte Clara entrüstet. »Natürlich kommt hier das Trinkwasser völlig normal aus der Leitung wie in ganz Leer. Aber um die Tiere kümmere ich mich schon selbst. Du würdest den Hennen ja nicht mal die Eier wegnehmen und irgendwas muss ich im Hofladen ja zum Verkaufen haben, wenn schon kein frisches Gemüse da ist.« Sie ballte kämpferisch die Faust. »Die wollen uns fertigmachen, aber von so einem Giftanschlag durch die Büttel der Agrarindustrie lassen wir uns nicht unterkriegen. Wir machen weiter. Jetzt erst recht!«

Jaja, venceremos! Ach, Clara, wenn du dich da mal nicht irrst, dachte Dennis Mulder. Auch wenn das mit dem Anschlag stimmte und Noah mit teuren Untersuchungen und Gutachten nachweisen konnte, dass er auf seinem Hof kein Gift einsetzte, irgendwas blieb immer hängen. Es würde harte Arbeit werden, das Vertrauen der Kunden zurückzugewinnen. Dennis war Noahs bester Freund, und selbst er hatte heute Vormittag das Gemüse für sein Restaurant anderswo gekauft. Sogar die Sorten, von denen er von Noahs letzter Lieferung eigentlich noch genug im Kühlhaus hatte.

Hoffentlich bekam niemand Wind von der ganzen Angelegenheit, ehe der Fall aufgeklärt war. So ein Verdacht ging leicht viral und schon mancher Laden war in Schieflage geraten, wenn irgendwer Gerüchte über Hygienemängel gestreut hatte. Pestizide auf einem Ökohof – das wäre der GAU.

Hoffentlich löste sich alles bald in Wohlgefallen auf. Wenn nicht, würden womöglich im nächsten Jahr die Bagger anrücken und den ganzen Hof und die Äcker für ein neues Baugebiet plattmachen. Und Noahs Tante hätte gewonnen.

Mulder beschloss, Clara ihre Zuversicht nicht jetzt schon zu rauben. »In Ordnung«, sagte er in bemüht leichtem Ton. »Geh du die Hennen bestehlen, ich bleibe bei deinem Küken und passe auf den Laden auf.«

Clara zögerte kurz, dann nickte sie und verließ das Geschäft.

Dennis schlenderte hinüber zum Büro. Vielleicht gab es dort ein paar Kinderbücher, aus denen er Djure vorlesen konnte. Mal schauen, was für Spielzeug der Junge hier hatte.

Neugierig sah er sich im Büro um. Auf dem Schreibtisch lag ein Kassenbuch und Dennis widerstand der

Versuchung, mal eben zu schnüffeln, wie die Geschäfte hier so liefen.

Djure hatte auf dem Fußboden einen Urwald aus kleinen Kunststofffiguren und Bäumchen aufgebaut und ließ gerade einen kräftigen Plastikgorilla über eine schräge Rampe laufen. Dennis stutzte. Diese Rampe gehörte nicht zum Baukasten.

»Sag mal, hast du das Handy von deiner Mama verbaut?«, fragte er.

Djure wurde rot. »Nein, das hat sie doch immer dabei. Das ist meins.«

Nicht zu fassen, dachte Dennis. Der Bengel geht noch nicht mal in die Schule! Hat der wirklich ein eigenes Smartphone?

»Echt? Darf ich mal sehen?« Er nahm das Gerät in die Hand. Es sah ein bisschen mitgenommen aus, das Display war verkratzt. Vermutlich hatte Clara es ausrangiert und sich ein moderneres geholt. Sie nutzte es ja beruflich.

Was stellte Djure damit wohl an? Kinderfilme angucken? Oder hatte er Spiele-Apps darauf, mit denen er sich die Langeweile vertrieb, wenn Clara mal wieder keine Zeit für ihn hatte? Neugierig drückte er auf den Knopf, aber der Bildschirm leuchtete nicht auf.

»Das geht gar nicht mehr«, sagte Djure bedauernd.

»Wahrscheinlich ist bloß der Akku leer«, tröstete ihn Dennis. »Hey, da liegt ein Ladegerät. Pass auf, wir hängen das mal an den Strom und gucken, ob es dann angeht.«

Er stöpselte das Ladekabel in die Buchse und tatsächlich stiegen sofort vom unteren Rand des Displays muntere grüne Blasen auf und eine Leuchtdiode am Gehäuse begann zu blinken.

Ach ja, dachte Dennis und seufzte, wenn sich doch alle Probleme so leicht lösen ließen wie dieses.

42.

Wenn schon Fokko Ukena als treuer Botanisan-Kunde so schlecht auf Markus Hagedoorn zu sprechen war, wie groß musste dann erst der Hass eines Bauern sein, dem der Vertreter mit seinen Schnüffeleien richtig schaden konnte?

Der luxuriöse Lebensstil von Markus Hagedoorn legte die Vermutung nahe, dass der Vertreter sich mit Erpressung ein kräftiges zweites Standbein gezüchtet hatte. Das Geld aus diesen Quellen würden sie bestimmt nicht auf seinem Girokonto finden. Doch die Kollegen von den Eigentumsdelikten gruben und forschten beharrlich, unterstützt von der Datenverarbeitungsgruppe, und Roman Sturm war sicher: Wenn es etwas zu finden gab, dann lag es auch über kurz oder lang auf seinem Tisch.

Nach der Identifizierung des Toten aus der Ems waren die eher dahindümpelnden Ermittlungen deutlich in Fahrt gekommen. Der Chef hatte darauf verzichtet, ihnen für ihre Arbeit den Lageraum im ersten Stock der Polizeiinspektion zuzuweisen, was Roman sehr recht war. Aber er hatte offiziell eine Mordkommission eingerichtet, der irgendein Scherzbold den Namen »Moko Seehund« gegeben hatte.

Na gut. Nicht irgendeiner. Das hatte Roman selbst übernommen. Immerhin war der ganze Fall ja nur ins Rollen geraten, weil ein Urlauber auf der Wache einen toten Seehund am Emsufer gemeldet hatte. Da war das nur logisch.

Jetzt saßen sie in ihren angestammten Büros, arbeiteten aber eng mit den Fachkommissariaten 2 und 5 zusammen. Lükka Tammling war nicht begeistert gewesen, dass Dixi Baukloh sich freudestrahlend als einer der Ersten für die Mordkommission gemeldet hatte. Nach seiner Überzeugung war sein FK2 ohnehin das Fachkommissariat mit dem größten Aufgabenbereich. Sie beackerten dort auch wirklich eine Menge, eigentlich alles vom Fahrraddiebstahl über Wohnungseinbrüche bis hin zum Drogenhandel. Aber hätten sie nicht jemand anderen zur Moko abstellen können als ausgerechnet diesen Maulhelden?

Gemeinsam mit den Kollegen trugen sie jetzt alles zusammen, was an Spuren aufzutreiben war, gleichgültig, ob real oder virtuell.

Dieser Teil der Arbeit machte Roman kribbelig. Er wusste, sie brauchten alle Informationen über die Konten des Toten und über sämtliche Geldeingänge.

Und irgendwo musste ein Erpresser ja auch das belastende Material aufbewahren, die Grundlage für seine Arbeit. Material, mit dem er seine Opfer wirklich unter Druck setzen konnte.

»Was kann es gewesen sein«, murmelte Roman leise vor sich hin, während er zum werweißwievielten Mal in der Akte las, ohne etwas Neues zu finden.

Nicht leise genug, denn Lükka Tammling hatte ihn trotzdem gehört.

»What issss it, precioussss? What'ssss in itsss nasssssty little pocketsesss?«, zischelte sie.

»Du siehst eindeutig zu viele Fantasyfilme«, kommentierte Roman geistesabwesend. Während er selbst bekennender Science-Fiction-Fan war, begeisterte seine so nüchtern wirkende Kollegin sich für bildgewaltige Märchen mit tapferen Helden, vor allem aber für Elben und Hobbits. Wahrscheinlich hatte sie die Verfilmungen des »Herrn der Ringe« noch öfter gesehen als er die gesamte Star-Trek-Serie. Und das sollte etwas heißen.

»Gollum«, sagte Roman. Er verstand ja durchaus ihre Sprache.

Plötzlich hob er den Kopf und starrte seine Kollegin an, Mund und Augen aufgesperrt. »Du bist ein Genie!«, rief er fassungslos. »Ich könnte dich knutschen!«

»Besser du als Dixi. Aber lass mal lieber«, wehrte Lükka ab. »Woher kommt diese plötzliche Erkenntnis denn?«

»Pocketsessss«, entgegnete Roman. »In Hagedoorns Hosentasche steckten doch verschiedene Pflanzenteile und Samen. Die haben wir vollkommen aus dem Blick verloren und uns nur noch um dieses Plastikscheibchen gekümmert.«

»Das hat uns ja auch geholfen, ihn zu identifizieren. Aber du hast recht. Es wäre interessant zu wissen, von welchen Pflanzen die Samen stammen und ob er die auf einem der Bauernhöfe eingesteckt hat.«

»Wenn du Beweise sammelst, was tust du dann damit?«, wollte Roman wissen. Lükka war ihm noch zu ruhig, er selbst fühlte sich wie elektrisiert.

»Ich tüte sie ordentlich ein und beschrifte sie, damit ich sie eindeutig einem Fundort zuordnen kann«, sagte Lükka bedächtig.

»Richtig, denn du bist ein Profi«, stimmte Roman zu. »Und Hagedoorn war vermutlich auch ein Profi. Es würde mich nicht überraschen, wenn über kurz oder lang ein Safe oder Schließfach auftaucht, in dem alle Proben, die er gesammelt hat, um Landwirte zu erpressen, sorgfältig archiviert und katalogisiert sind.«

»Das leuchtet ein«, gab Lükka zu. »Und weil diese Samen in der Hosentasche steckten und nicht ordentlich verpackt und beschriftet sind …«

»… stammen sie von seiner letzten Station. Der allerletzten. Er hat sie am Tatort eilig eingesteckt, ehe er dabei überrascht und getötet wurde«, ergänzte Roman.

»Oder«, gab Lükka zu bedenken, »sie haben rein gar nichts mit dem Mord zu tun und sind nur zufällig in die Tasche geraten. Vielleicht war er so ein nervöser Fummler, der alles Mögliche auseinanderpult und zerpflückt.«

Achselzuckend griff Roman zum Telefonhörer. »Wir sind nicht in der luxuriösen Lage, irgendeine Sackgasse links liegen zu lassen. Ich will jetzt ganz genau wissen, bis in die letzte Gensequenz, wenn es sein muss, wassss in ssseiner hässssslichen Tasche war. Gollum!«

43.

Eigentlich war es Aufgabe der Fahndungsgruppe, die sozialen Netzwerke im Auge zu behalten. Tatsächlich hatten die Kollegen damit schon gute Erfolge erzielt. Lükka staunte immer wieder, wie leichtsinnig oder einfach strunzdumm manche Täter waren. Einen hatten sie mal nach längerer vergeblicher Fahndung im Nachbarort eingesammelt, weil er es sich nicht verkneifen konnte, sich bei Facebook einzuloggen, und dabei seinen Standort öffentlich geteilt hatte.

Das Profilfoto eines anderen Verdächtigen mit Kampfanzug und Machete hatte die Polizisten gerade noch rechtzeitig gewarnt, als sie eigentlich nur zu einer Routinebefragung bei ihm reinschauen wollten und er sie bis an die Zähne bewaffnet erwartet hatte.

Aber für diese Hintergrundrecherche brauchte man zuallererst einen Verdächtigen, den man in den Netzwerken stalken konnte. Auf blauen Dunst konnten die Fahnder nicht tätig werden.

Außerdem hatte Lükka mitunter eine diebische Freude daran, unerkannt durch die Flure von Facebook und Instagram zu schleichen und sich in aller Ruhe umzuschauen. Offiziell ermitteln durfte sie natürlich nicht, wenn sie mit ihrem Tarnumhang unterwegs war. Doch wenn sie dabei privat auf etwas stieß, konnte sie wie jeder andere Bürger die Polizei darüber informieren. Auf dem kurzen Dienstweg sozusagen. Beim Blick in den Spiegel.

Heute wollte sie vor allem wissen, ob die Vorfälle auf dem Bauernhof schon im Netz gelandet waren. Sie tippte »Poppinga-Hof« ein und scrollte wenig später verblüfft durch eine schier endlose Liste von Treffern. Es gab zwar keinen offiziellen Account für den Bauernhof und auch Noah Poppinga selbst war nicht erkennbar in den Medien aktiv, aber eine ganze Reihe von Postings befasste sich mit dem Anbau von alten Gemüsesorten, mit dem neu gestalteten Hofladen bei Leer und mit gesunder Ernährung.

Die meisten Beiträge kamen im Original vom Nutzer »EinfachClara«. Ein Blick aufs Profil zeigte Lükka, dass dieser Account Romans kleiner Schwester gehörte. Das war keine allzu große Überraschung. Clara Sturm hatte sich offenbar als Influencerin mittlerweile voll auf den Hof geworfen und bereits eine fünfstellige Zahl an Abonnenten gesammelt. Lükka gesellte sich mit einem Klick dazu und folgte Claras Profil unter ihrem Pseudonym.

Die Kommissarin holte sich einen frischen Becher Kaffee und warf einen Blick nach draußen. Der Himmel vor dem Bürofenster war fahlgrau, dunklere schiefergraue Wolkenschleier eilten vorbei. Obwohl das Gebäude noch Wärme gespeichert hatte, fröstelte Lükka bei dem Anblick. Das Gewitter schien den Schalter von »Hochsommer« auf »Herbst« umgelegt zu haben, die Temperatur war schlagartig um mindestens zehn Grad gefallen. Sie hängte sich eine dünne Jacke um die Schultern und setzte sich wieder vor den Computer. Sie war allein im Raum, Roman Sturm war unterwegs, er wollte beim FK 5 noch einmal einen Blick in die Untersuchungsergebnisse werfen. Sie konnte sich also ganz auf ihre Recherche konzentrieren.

Am meisten interessierten Lükka die aktuelleren Posts, deshalb sortierte sie die Trefferliste chronologisch. Was hatte Roman so richtig gesagt? Wenn der Verdacht aufkam, dass auf dem Poppinga-Hof Pestizide eingesetzt wurden, war Noah erledigt. Der Bauer konnte nur hoffen, dass bisher niemand von der Katastrophe Wind bekommen hatte und alles unter dem Deckel blieb, bis der Fall gelöst war.

Aber schon das erste Foto, das auf Lükkas Bildschirm erschien, zeigte gelbe, verdorrte Ranken. Auf dem nächsten waren Tomaten zu sehen, die mit weißem Pulver überzogen waren. Es folgten gerade Reihen niedergestreckter welker Salatpflanzen.

So viel zum Thema Geheimhaltung. Lükka seufzte. Das konnte für Noahs Hof das Aus bedeuten. Wer um alles in der Welt hatte das Desaster aufgenommen und gnadenlos veröffentlicht? Versehen waren all diese entsetzlichen Bilder mit den Hashtags #poppingahof #bigpharma #giftanschlag #NoSoy, und sie waren schon dutzendfach geteilt worden. Lükka folgte den Links bis zum Ursprung und sog vor Überraschung scharf die Luft ein. Dort stand schwarz auf weiß als Urheberin: EinfachClara.

Lükka lehnte sich in ihrem Drehstuhl zurück und stützte kopfschüttelnd das Kinn in die Hand. Was hatte dieses dumme Ding sich bloß dabei gedacht? Die Kommissarin war bisher überzeugt gewesen, dass Clara Sturm aus echter Begeisterung für Noahs Bauernhof warb und sich mit seiner Arbeit identifizierte. Offenbar hatte sie sich da gewaltig geirrt. Clara ging es wohl doch immer nur um Sensation, viele Klicks und schnelle Likes. Aufmerksamkeit hatte sie mit diesem Verrat an ihrem Vermieter, Geschäftspartner und Freund auf jeden Fall erzeugt. Unter jedem dieser Fotos standen unzählige Kommentare.

Wie dieser hier lasen sich viele davon:

Beefeater4ever

Schau an. Gift auf dem ach so tollen Poppinga-Hof? Ich dachte, da ist alles so ökologisch. <sarcasm>

#allesluege #NoSoy #sojaistkacke #pflanzenfresse

Andere Teilnehmer schlugen in dieselbe Kerbe und die meisten Sprüche waren noch deutlich übler: »Scheinheiliger Ökofritze« wurde Poppinga genannt, »verlogener angeblicher Pflanzenretter«, »schamloser Betrüger«. Ein anderer hatte schon längst geahnt, dass es auf dem Hof nicht mit rechten Dingen zuging. Er schrieb: »Super Strategie. Da macht man einfach einen Bio-Kleber drauf, verlangt das Doppelte und lacht über die Naivität der Moral-Exhibitionisten.«

Es war noch schlimmer, als Lükka befürchtet hatte. Hass und Häme wurden kübelweise über den bedauernswerten Noah Poppinga ausgekippt. Dass er das nicht einmal mitbekam, weil er gar nicht auf dieser Plattform angemeldet war, machte es nicht besser, fand Lükka. Die Oberkommissarin sammelte Screenshots und notierte sich alle Kommentatoren, die mehr oder weniger deutlich dazu aufriefen, dem Bauern die Bude abzufackeln, ihm seine eigene Medizin zu kosten zu geben oder ihn nach angeblichem altem ostfriesischem Recht mit einem Tau um den Bauch durch den nächsten Kanal zu ziehen.

Früher hatte sie immer wieder versucht, derartige Posts an den Betreiber der Plattform zu melden. Aber sie hatte jedes Mal die Antwort bekommen, der Inhalt verstoße nicht gegen die Gemeinschaftsstandards und sie könnte ja den anderen Nutzer blockieren, wenn sie sich von seinen Texten beleidigt fühlte. Seitdem hielt sie sich erst gar nicht mit Fisimatenten auf, sondern zeigte solche Drohungen sofort an. Das wirkte zumindest für ein Weilchen.

Wenigstens fand sie keine hämischen Kommentare zum Tod von Theda Poppinga. Das lag allerdings vermutlich nur daran, dass sie auch keinen einzigen Hinweis auf diesen Todesfall fand. Sie sah sich die Fotos noch einmal genau an und stutzte. Die verdorrten Pflanzen standen auf trockener Erde. Die Bilder waren demnach vor dem Gewitter aufgenommen worden, das alles durchnässt hatte. Eigenartig. Lükka überprüfte die Daten. Tatsächlich, Clara hatte die Fotos bereits am Nachmittag veröffentlicht. Fast genau zu diesem Zeitpunkt hatte Noah die Leiche seiner Großmutter gefunden. War Romans Schwester auf dem Hof gewesen, ohne davon etwas mitzubekommen? Trotzdem hatte sie auch sofort die Anschlagsthese aufgestellt. Konnte das sein?

Unwillig schüttelte Lükka den Kopf. Vermutlich war die Erklärung viel einfacher. Clara hatte die Pflanzen fotografiert und danach den Hof verlassen. Hochgeladen hatte sie sie dann eben später. Die Kommissarin machte sich eine Notiz, Clara zu fragen, wie sie den Tag genau verbracht hatte. Dann las sie weiter.

Immerhin prügelten nicht alle blindlings auf Noah Poppinga ein, stellte sie fest. Es gab eine Vielzahl anderer Kommentare. Nicht alle waren besonders intelligent oder passend.

Veganglücklich Was ist mit den Hühnern? #tierwohl

Powerpongo Da stimmt doch die Warnung der Veganermutter: Kinder, kommt an den Tisch, das Essen wird welk. #NoSoy #buylocal #dielocal

RobertAh <traurig>

Da sind bestimmt viele Bienen und Käfer gestorben. Kommt gut über die Regenbogenbrücke!

Mett Flanders Jetzt organisieren die Vegetarier gleich einen Gemüseauflauf!

Nichts konnte so dramatisch sein, dass die Trolle und Scherzbolde dazu ihre Mäuler hielten. Waren das denn alles empathielose Hohlköpfe, Psychopathen ohne jedes Gefühl? Viele, die auf diese dämlichen Kommentare antworteten, waren davon überzeugt und schossen auch gleich übers Ziel hinaus, indem sie den Sprücheklopfern die Pest an den Hals wünschten.

Früher hätte Lükka dieses Urteil bedenkenlos unterschrieben. Inzwischen hatte sie, auch durch die Zusammenarbeit mit Roman Sturm, gelernt, dass böse Witze häufig nur Angst und Hilflosigkeit kaschierten. Was auf den ersten Blick wie ein Grinsen aussah, entpuppte sich bei näherem Hinschauen als abwehrendes Zähnefletschen. So fern war der Mensch den anderen Primaten halt doch nicht.

Lükka schaltete die Schreibtischlampe ein, denn der Himmel hatte sich noch weiter verfinstert. Eine Böe warf einen prasselnden Wasserschwall gegen die Scheibe und ließ den Fensterrahmen ächzen und knarren.

Als die Bürotür sich öffnete, sah sie flüchtig auf. Roman Sturm kam ins Zimmer, um seine Weste zu holen. Sie nickte ihm wortlos zu und er hob ebenfalls nur grüßend die Hand, als er bemerkte, wie tief sie in die virtuelle Realität eingetaucht war.

Als ihr Kollege leise die Tür hinter sich schloss, richtete sie den Blick dankbar wieder auf den Bildschirm. Es hatte Vorteile, dass sie beide schon so lange zusammenarbeiteten. Er wusste nicht nur, wann sie am liebsten ungestört war, sondern richtete sich auch danach.

Sie kehrte wieder an den Bildschirm zurück, auch

wenn das Surfen für sie heute längst kein unbeschwertes Umherstromern im Netz mehr war.

Es gab auch andere Stimmen zu den schlimmen Bildern. Tröstende, bedauernde, ermutigende. Es würde sich bestimmt alles aufklären, Clara und Noah sollten bloß nicht aufgeben. Man stand wahlweise schützend vor oder voll hinter ihnen oder an ihrer Seite.

Systematisch las Lükka die unterschiedlichen Kommentare und blätterte auch die verschachtelten Antworten auf. Dabei versuchte sie, sich nicht in den Fäden des Netzes zu verheddern, indem sie auch noch den Links folgte, die bei einigen Posts dabeistanden. Sie kopierte sich aber einige davon in eine Textdatei, um sich später damit zu beschäftigen. Als sie zu dem ständig wiederkehrenden Hashtag »NoSoy« eine Gruppe angezeigt bekam, stellte sie eine Beitrittsanfrage.

Sie gähnte und ihre Augen brannten. Ein Blick auf die Uhr zeigte ihr, dass heute ganz bestimmt niemand mehr ins Büro zurückkommen würde. Kurz flackerte der Gedanke auf, dass sie auch Feierabend machen sollte, aber sie schob ihn achselzuckend beiseite und las weiter.

Nicht wenige griffen tatsächlich Claras Verdacht auf, den sie unter dem Hashtag »Giftanschlag« in den Raum gestellt hatte.

Die meisten von ihnen vermuteten Neider aus den Reihen der Landwirte, aber plötzlich stolperte Lükka Tammling über einen ganz anderen Ansatz.

Gorillaguerilla <wütend>

Der Noah Poppinga war wohl zu erfolgreich ohne Chemie. #thinkglobal #NoSoy #stopptbotanisan #giftanschlag #venceremos

Lükkas Müdigkeit verflog.

Botanisan. Das war der Konzern, für den ihr Mordopfer Markus Hagedoorn als Vertreter gereist war, ehe ihn jemand getötet und in die Ems geworfen hatte.

Der Konzern, der patentiertes Saatgut gemeinsam mit den passenden Düngern und Spritzmitteln verkaufte. Der angeblich eifersüchtig darauf achtete, dass kein Landwirt Pflanzen aus anderen Quellen anbaute.

War es auch der Konzern, der widerspenstige Bauern mit kriminellen Methoden bekämpfte?

Lükka erinnerte sich an die Zeitungsartikel über südamerikanische Ureinwohner, die von Söldnern gejagt wurden, damit der Regenwald, in dem sie lebten, gerodet werden konnte. Über die Sprühflugzeuge der Großfarmer, die rücksichtslos regelrechte Giftangriffe auf die Felder der brasilianischen Kleinbauern flogen, um ihre Ernten zu vernichten und sie zum Aufgeben zu zwingen, damit mehr Fläche für den gewinnbringenden Soja-Anbau zur Verfügung stand. Schließlich brachten die Pestizide alle Pflanzen um, außer denen, die eigens resistent dagegen gezüchtet worden waren.

Ihr fielen auch die Berichte über Bauern im brasilianischen Mato Grosso wieder ein, die aus Angst um ihre Familien nachts auf ihren Feldern Streife gingen, weil ihre Nachbarn bereits erschossen, gefoltert und erschlagen worden waren. All das, um die Interessen der Großkonzerne wie Botanisan durchzusetzen.

War Botanisan also der Konzern, der einen Giftanschlag auf den Hof eines widerborstigen ostfriesischen Kleinbauern verübt oder in Auftrag gegeben hatte?

Lükka kam der Gedanke auf einmal überhaupt nicht mehr so abwegig vor.

Sie abonnierte das Profil von Gorillaguerilla und nahm sich vor, als Nächstes alles zu lesen, was sich hinter dem Verweis auf »No Soy« verbarg.

Wenn Botanisan tatsächlich hinter dem Attentat auf Noah Poppingas Bauernhof steckte, mussten sie die Rolle von Markus Hagedoorn noch einmal aus einer ganz anderen Perspektive betrachten. Denn dann war der Landhandelsvertreter nicht nur ein Mordopfer, sondern auch ein Mörder, der Theda Poppinga auf dem Gewissen hatte.

44.

»Ein Anschlag also?« Roman versuchte, nicht allzu erleichtert zu klingen, als Lükka Tammling ihm von ihren Rechercheergebnissen berichtete. Dass ausgerechnet Clara die brisanten Neuigkeiten über Gift auf dem Poppinga-Hof im Internet verbreitet hatte, war für ihn im ersten Augenblick ein gewaltiger Schock gewesen. Das zeugte von einer unvorstellbaren Sensationslust oder Naivität.

Aber vielleicht hatten sie sich in seiner kleinen Schwester getäuscht und sie war besonders raffiniert. »Ich glaube, Clara hat sich schon was dabei gedacht, dass sie das alles gleich veröffentlicht hat«, erklärte er. »Sieh mal, rausgekommen wäre das ohnehin. Leer ist trotz seiner fünfunddreißigtausend Einwohner ein Dorf. Und statt dass sie versucht, die Nachricht unterm Deckel zu halten, geht sie in die Offensive und macht sofort klar, dass es nur ein Attentat gewesen sein kann.«

»Flucht nach vorne.« Lükka nickte. »Damit ihnen niemand Vertuschung vorwerfen kann.« Sie war blass und hatte schwarze Schatten unter den Augen. Gestern Abend war sie zwar um kurz vor zehn nach Hause gefahren, hatte dann aber fast die gesamte Nacht daheim vor dem Computer verbracht.

Dirk Baukloh, der auch heute vor Dienstbeginn offenbar wieder in einen Eimer mit Rasierwasser gefallen war, stand mit einem Pappbecher in der Hand am Fenster und hörte ebenfalls interessiert zu. Er hatte verächtlich abgelehnt, als Roman ihm großzügig frischen Kaffee aus seiner geliebten Stempelkanne angeboten hatte. Vermutlich fühlte er sich überlegen und großstädtisch, weil er das gekaufte Gebräu durch einen Plastikdeckel schlürfte, auch wenn das vermutlich nicht einmal mehr warm war. Dixi sagte nichts, blickte aber skeptisch, als die Oberkommissarin ihnen schilderte, was ihre Nachtarbeit ergeben hatte.

Roman konnte es ihm nicht verübeln. Ein Angriff eines internationalen Chemiekonzerns auf einen ostfriesischen Bauernhof wirkte tatsächlich auf den ersten Blick haarsträubend und unglaubhaft, aber je mehr Lükka über ihre Nachforschungen berichtete, desto eher konnte Roman sich vorstellen, dass an dem Verdacht etwas dran war. Ihm war der Gedanke ehrlich gesagt wesentlich lieber als die Vorstellung, Noah Poppinga wäre ein dreister Lügner und hätte selbst Pestizide eingesetzt, um seine Erträge zu steigern.

Nun war seines Wissens kein Soja-Anbau in großem Stil in der norddeutschen Tiefebene geplant. Dazu musste der Klimawandel wohl noch deutlich weiter fortschreiten. Aber auch für Mais, Weizen und Raps galt, dass größere zusammenhängende Flächen wesentlich effizienter zu bewirtschaften waren als verstreut liegende Felder, bei denen man auch noch Rücksicht auf giftfrei anbauende Nachbarn nehmen musste. Eine Flurbereinigung durch Verdrängung des unbequemen Ökofreaks konnte also die Gewinne steigern.

Allerdings gehörte der Nachbarhof nun nicht Botanisan, sondern dem Landwirt Fokko Ukena. Aber auch der stand unter Druck und vielleicht wollte der Konzern sich die ganzen Flächen unter den Nagel reißen und die

Wasserrechte gleich mit? Der Unterhalt von Wasserwerken, Brunnen und Leitungen war teuer. Eine chronisch klamme Kommune wie Leer könnte durchaus in Versuchung geraten, die Trinkwasserversorgung zu privatisieren, wenn dadurch kurzfristig Haushaltslöcher gestopft werden konnten, befürchtete Roman. In den vergangenen Jahren und Jahrzehnten hatte der Staat überall im großen Stil das Tafelsilber verschleudert und hinterher saßen dann alle mit großen Augen da, weil die Privatisierung nur Nachteile gebracht hatte und kein Weg zurückführte, der nicht nach Enteignung und Sozialismus aussah.

»Irgendwas passt da aber trotzdem nicht.« Er sah stirnrunzelnd zu Lükka hinüber, die jetzt anscheinend auf einem USB-Stick kaute und nach Erdbeeren duftete. »Ist Hagedoorn zweigleisig gefahren oder war er etwas blöd?«

Seine Kollegin schaute ihn abwartend an.

»Wir waren uns doch einig, dass unser Opfer ein Erpresser war.«

Lükka nickte.

»Er hat also Beweise für illegalen Anbau von nicht registrierten Pflanzen auf den Höfen gesammelt. Falls das Material, das wir bei ihm gefunden haben, tatsächlich vom Poppinga-Hof stammte, was wir ja noch nicht wissen, bleibt eine Frage offen.«

»Mist. Du hast recht«, seufzte Lükka. »Warum sollte er diese Pflanzen vernichten, wenn er sie andererseits als Beweismittel brauchte, um Noah Poppinga zu erpressen?«

»Vielleicht war das alles ja gar nicht so geplant«, schaltete sich Dixi ein. »Entweder er ist bei dem Anschlag erwischt worden und hat Poppinga gedroht, ihn wegen der Sorten an Botanisan oder an dieses Sortenamt zu verpfeifen. Oder er hat sich die Pflanzen als Druckmittel gesichert, Poppinga hat sich nicht erpressen lassen, Hagedoorn hat aus Rache das Gift in den Brunnen gekippt und der Bauer hat ihn vor Wut umgebracht.«

»Ach, Unfug. Das kann ich mir beides nicht vorstellen«, sagte Roman unwirsch. Poppinga hatte sich geweigert, die Leiche selbst mit dem Schlickschlitten aus dem schlammigen Fluss zu bergen, das stimmte. Aber er hatte dabei nicht den Eindruck erweckt, als ginge es dabei um sein eigenes Mordopfer, das er nicht wieder an Land ziehen wollte. Sein Verhalten hatte viel zu gelassen gewirkt, als dass er irgendetwas damit zu tun haben könnte. Oder nicht? War er vielleicht doch so abgebrüht, so ein verdammt guter Schauspieler? Roman hasste den Gedanken, dass sein Lebensretter ein paar Tage zuvor einen Menschen getötet haben könnte. Und noch mehr hasste er den Gedanken, seine kleine Schwester und seinen Neffen einem Mörder ausgeliefert zu haben.

Stopp, nun werd hier nicht hysterisch, rief er sich innerlich zur Ordnung. Denk nach, du Dramaqueen.

Alle drei schwiegen jetzt. Lükka starrte Löcher in die Luft. Dixi knibbelte am Plastikdeckel seines Bechers herum und Roman starrte aus dem Fenster auf die windzerzausten Bäume an der Uferpromenade. Seine Gedanken hüpften von Ast zu Ast wie Eichhörnchen, knabberten hier an einem Zweiglein und schnupperten da an einem Blatt. Plötzlich drehte sich eins davon um und schaute ihn aus seinen schwarzen Knopfaugen spöttisch an.

»Natürlich!«, rief Roman. »Stimmt ja!«

Die anderen beiden fuhren zusammen.

»Ich hab doch gar nichts gesagt«, wandte Dixi ein. Er kannte Roman nicht so gut wie Lükka, die offenbar gar nichts dabei fand, sondern nur abwartete, welche Idee ihr Kollege diesmal ins Haus schleifte.

»Als wir die Leiche gefunden haben, müsste nach dieser Theorie das Wasser bereits vergiftet gewesen sein, richtig?«

Die anderen nickten synchron.

»Das Zeug müsste auch darin gewesen sein, wenn Poppinga selber spritzen würde und das Gift dadurch in den Brunnen gelangt ist. Deine Idee vom Betriebsunfall, Lükka.«

»Genau«, bestätigte sie.

»Du erinnerst dich vielleicht, dass meine Klamotten nach dem Einsatz voll Schlick waren.«

Lükka lachte kurz auf. »Nicht nur deine Klamotten. Du sahst aus wie frisch aus der Fangopackung. Wie hast du das Zeug eigentlich jemals aus deinen Haaren und Ohren rausbekommen?«

»Wer sagt denn, dass alles raus ist?«, witzelte Roman. »Jedenfalls hat Noah Poppinga meine Sachen damals in einem Zuber eingeweicht. Mit Brunnenwasser. Wir waren noch zusammen dort, um sie abzuholen.«

»Ist schon ein Weilchen her, aber ich erinnere mich dunkel.« Lükka sah ihn fragend an, aber da brach Dirk Baukloh auch schon in schallendes Gelächter aus. »Jetzt sag bloß, du hast deine dreckigen Klamotten seit Wochen nicht gewaschen?«

Roman rieb sich mit dem Fingerknöchel verlegen die Nase, sagte aber nichts.

Lükka hakte ein: »Du meinst im Ernst, die sind immer noch in diesem ollen blauen Müllsack? Und der steht seit Wochen bei dir in der Wohnung rum?«

»Nein. Nein, natürlich nicht«, verteidigte sich Roman. »Der steht selbstverständlich nicht in der Wohnung, sonst hätte ich die Sachen doch längst gewaschen. Der Beutel liegt im Kofferraum. Ist doch praktisch, oder? Jetzt können wir ihn gleich ins Labor bringen. Falls Noah selbst auf dem Hof routinemäßig Gift eingesetzt hat, muss das damals schon im Wasser gewesen sein. Wenn Hagedoorn den Brunnen vergiftet hat, ehe er getötet wurde, dann ebenfalls. Aber wenn die Klamotten sauber sind, wurde das Wasser erst nach dem Mord vergiftet.«

45.

Immer dieses Gequengel, dachte Clara gereizt. Sie hatte das Gefühl, überhaupt noch nicht geschlafen zu haben, aber Djure hörte nicht auf, an ihrer Bettdecke zu reißen und ihre Schulter zu rütteln.

»Nun lass mich doch mal *einen* Moment in Ruhe!«, fauchte sie ihren Sohn an.

»Wenn ich doch aber Hunger habe?!« Seine Stimme war eine Mischung aus Trotz und unterdrückten Tränen.

Mühsam richtete Clara sich auf und versuchte, sich ihren Ärger nicht anmerken zu lassen. »Nimm dir einen Apfel«, schlug sie vor. Hatte der Junge wieder einen Wachstumsschub, sodass er früh morgens schon etwas essen musste? Zum Glück gab es gleich in der Kita ein ausgiebiges gemeinsames Frühstück für die Kinder. Sie schlug die Decke widerwillig zurück und schwang die Beine aus dem gemütlichen warmen Bett. »Lass mal, ich komme schon.« Sie schleppte sich mehr in die Küche, als dass sie ging. Ihr Kopf schmerzte, als hätte sie einen gewaltigen Kater, die Schultern waren verspannt und der rechte Ellenbogen zwickte. Vermutlich hatte sie von der Computerarbeit einen Tennisarm bekommen oder so was in der Art.

Clara drückte den Knopf der Kaffeemühle, das Mahlwerk begann mit lautem Rattern, die kräftig gerösteten Bohnen zu zerkleinern, ein belebender Duft breitete sich in der Küche aus und kroch ihr in die Nase. Früher sollte fair gehandelter Kaffee ja ein ganz fürchterliches Zeug gewesen sein, nur aus politischer Überzeugung überhaupt herunterzuwürgen. Aber der Fairtrade-Kaffee, den sie kaufte, schmeckte Clara ausgezeichnet. Sie goss Wasser in den Tank. Dann leerte sie das duftende Pulver in den Papierfilter, schwenkte den Halter über die Kanne und schaltete die Maschine an. Dieses Morgenritual brauchte sie zum Aufwachen, da konnte Djure noch so ungeduldig sein.

Jetzt erst warf sie einen Blick auf die Wanduhr über der Küchentür und erschrak. Nein, das konnte nicht sein, so lange hatte sie auf keinen Fall geschlafen. Bestimmt war die Batterie leer und die Uhr war gestern Abend stehen geblieben, während sie noch gearbeitet hatte.

Aber auch ihr Handy behauptete unverschämt, es sei schon weit nach zehn. Verdammt, sie hatte ja wirklich gewaltig verschlafen! Kein Wunder, dass der Kleine Hunger hatte. Fürs gemeinsame Kita-Frühstück war es jetzt schon zu spät, auch wenn sie ohne Kaffee und Duschen in die Kleider sprang und ihn sofort mit dem Auto hinbrachte. Dann konnte sie ihm ebenso gut noch eine vernünftige Mahlzeit zubereiten. Sie schickte ihn ins Bad, waschen und anziehen konnte er sich schon allein. Währenddessen holte Clara Eier und Milch aus dem Kühlschrank und rührte mit Mehl und einer Prise Salz schnell einen Teig an. Mit Pfannkuchen konnte sie Djure immer wieder eine Freude machen, auch wenn er richtig schlechte Laune hatte.

Hoffentlich fiel ihr spätes Aufstehen Noah nicht auf. Aber der hatte im Augenblick andere Sorgen, als sich um nicht gewischte Böden oder einen unordentlichen Laden Gedanken zu machen. Dass seine Oma ausgerechnet jetzt gestorben war, wo der Anschlag auf den Hof und die dadurch entstandene Aufmerksamkeit so viel Arbeit mit sich brachten, war wirklich ein unglückliches Zusammentreffen.

Sie brauchte sich nicht darüber zu wundern, dass sie so lange gepennt hatte, dachte Clara. Schließlich hatte sie die halbe Nacht damit verbracht, mit ihren Abonnenten zu diskutieren. Es war unglaublich, was einige von sich gaben. Sicher, die blöden Veganerwitze von Leuten wie Beefeater4ever waren meistens flach und oft so geschmacklos wie Tofu. Aber auch ihr gingen diese kompromisslosen Tierrechtsaktivisten mittlerweile gewaltig gegen den Strich. Über jeden toten Käfer regten sie sich auf, für eingesperrte oder geschlachtete Kälbchen, Lämmchen und Schweinchen zündeten sie Gedenkkerzen im Internet an und fluteten die Seiten mit tränenüberströmten Heulis. Smileys waren das ja wirklich nicht.

Schön und gut. Konnte man ja alles machen. Industrielle Tierhaltung war ja auch wirklich häufig Mist.

Aber wenn der Amazonas in Flammen stand und die Indianer für Soja-Anbau vertrieben, enteignet und ermordet wurden, dann ging das diesen »Salatisten« offenbar voll am Arsch vorbei. Keinen Mucks machten die dann!

Clara stellte die Pfanne auf die Platte, goss etwas Sonnenblumenöl hinein und schaltete den Herd an. Die Kaffeemaschine zischte und blubberte noch einmal und schaltete sich dann mit einem letzten Fauchen aus. Clara füllte sich eine Tasse und gab einen Schuss Milch dazu.

Die Veganer auf ihrer Liste wie das Tofu-Leckermäulchen SuSahni oder die ewig betroffene RobertAh fühlten sich so großartig, weil sie sich mit ihrer Nusscreme keine böse Kuhmilch aufs Brot schmierten. Dafür wurde in Kamerun gerade die Heimat der letzten Berggorillas abgeholzt und in Borneo wurden die Orang-Utans erschossen oder bei lebendigem Leib verbrannt, damit Plantagen für Palmöl angelegt werden konnten. Aus dem ganzen Zeug wurden dann ihre ach so tierleidfreien Nahrungsmittel hergestellt. Das war doch so eine verlogene Bande! Da hatte Powerpongo mit seinem tollen Orang-Utan-Bild vollkommen recht. Der war sicher nicht ganz so gründlich informiert wie ihr Freund Gorillaguerilla, von dem sie wirklich viel gelernt hatte. Aber Powerpongo war ein echter Kämpfer, nicht so sachlich und nüchtern wie der Gorilla. Dabei galten doch sonst die Orang-Utans als besonders sanfte Denker des Dschungels und Gorillas eher als Macker. Clara grinste. Auf ihre Art waren ihr beide prima Freunde geworden, auch wenn sie sie noch nie persönlich getroffen hatte und nicht einmal wusste, wo sie wohnten.

Von den anderen, die sowieso nur nervten, hatte sie heute Nacht mehrere von der Liste gekickt und blockiert.

Ein Blick auf die schlierige Oberfläche des Öls zeigte ihr, dass die Pfanne heiß genug war. Sie ließ eine Kelle des dünnflüssigen Teiges hineingleiten, der sich zischend ausbreitete.

»Du kommst gerade rechtzeitig«, sagte Clara, als Djure frisch gewaschen und angezogen die Küche betrat. Sie stellte zwei Teller auf den Tisch und legte Messer und Gabeln daneben. »Dein erster Pfannkuchen ist gleich fertig. Was möchtest du darauf haben? Sirup? Oder ausnahmsweise Hagelslag?« Sie schüttelte die niederländische Pappschachtel, in der es verführerisch raschelte. Dennis hatte neulich eine große Packung mitgebracht. Die kleinen dunkelbraunen und weißen Schokostreusel durfte Djure nur selten essen, deshalb leuchteten seine Augen auf, als er sich eilig an den Küchentisch setzte.

»Woraus sind eigentlich Pfannkuchen«, fragte er, während er in ungeduldiger Vorfreude mit den Beinen zappelte und den leeren Teller näher an sich heranzog.

»Das weißt du doch.« Clara nahm den Pfannenwender und dreht den Kuchen um. Warum hieß es überhaupt Pfannenwender?, überlegte sie. Man wendete doch damit gar keine Pfannen. »Die sind aus Mehl, Milch und Eiern.« Sie rüttelte an der Pfanne und ließ den flachen Fladen auf dem Pfannenboden hin- und hergleiten, bis sie meinte, dass er auch auf der Unterseite so schön goldgelb war wie oben. »Vorsicht, Nase weg!«, warnte sie. »Der ist heiß.« Sie legte den Eierkuchen auf Djures Teller und bestreute ihn mit Hagelslag. »Guten Appetit.« Dann goss sie auch für sich Teig in die Bratpfanne.

Zögernd griff der Junge nach Messer und Gabel, schnitt langsam ein Stück aus der runden Teigscheibe, aß es aber nicht, sondern pulte unschlüssig mit dem Besteck daran herum.

»Was ist denn los? Du hattest doch gerade so einen Hunger?«

Djure sah aus, als würden ihm gleich die Tränen kommen. »Sind da denn dann auch Federn im Pfannkuchen drin?«, fragte er zaghaft.

»Igitt, nee! Wie kommst du denn bloß auf so was?« Noch während sie fragte, ahnte Clara die Antwort.

Und wirklich: »Weil, der Dennis, der sagt, in Eiern sind Küken drin. Und die sind doch niedlich und haben Federn.«

Na klasse, jetzt konnte sie sich auch noch zu Hause mit der Diskussion über Tierrechte rumschlagen.

Verärgert stellte sie die Streuselschachtel auf den Schrank zurück. Dabei fiel ihr Blick auf die klein gedruckte Zutatenliste. Hinter Zucker, Kakao und Reismehl stand »Palmöl«. Diesem Dennis Mulder würde sie was erzählen, was schleppte der ihr so einen Dreck ins Haus!

»Los, geh dich anziehen«, fauchte sie. »Sofort!« Mit einem wütenden Ruck zog sie Djure den Teller weg. Der halbe Pfannkuchen klatschte auf den Küchenboden und ihr Sohn rannte schluchzend in sein Zimmer.

46.

Eigentlich sollte ich mich freuen, dachte Roman Sturm, als er die Nachricht auf seinem Smartphone gelesen hatte. So aussagekräftige Untersuchungsergebnisse bekommt man nicht alle Tage. Die Samen und Blattkrümel aus der Hosentasche ihrer Emsleiche stammten von verschiedenen Süßgräsern, Leguminosen und Kreuzblütlern. Die Isotopenanalyse hatte zweifelsfrei ergeben, dass die heimischen Kulturpflanzen aus dem Geestbereich nahe der Ems stammten. Jetzt benötigten sie nur noch Vergleichsmaterial von den Bauernhöfen, auf denen Markus Hagedoorn laut Bewegungsprofil in den letzten Tagen seines Lebens gewesen war.

Natürlich war das erforderlich, weil sonst jeder Richter ihre Indizienkette in ihre Einzelteile zerlegen würde. Aber Roman wusste auch so, wo sie mit den Referenzproben anfangen mussten. Die genetische Untersuchung zeigte, dass sie nicht zu den beim Bundessortenamt registrierten Züchtungen gehörten. Das bedeutete, der Vertreter musste sie auf dem Hof von Noah Poppinga eingesteckt haben.

Verdammter Mist.

Ein anderes Ergebnis würde vor allem Dirk Baukloh freuen. Unter den Pflanzen befand sich Hanf mit einem ziemlich hohen Gehalt an Tetrahydrocannabinol. Vielleicht war Noah nur der Tabaksbeutel umgefallen, aber Roman vermutete, dass Poppinga sein Gras auf dem eigenen Hof anbaute. Er seufzte und steckte das Telefon ein.

Lükka setzte den Blinker und bog von der Durchgangsstraße in die Siedlung ein, in der sie ihre nächste Befragung erwartete. Der Kontrast zur Wohngegend von Markus Hagedoorn war deutlich. Statt schicker, moderner Gebäude und überkandidelter Villen standen hier schlichte Backsteinhäuschen in verschiedenen Rottönen mit Satteldächern auf ordentlichen Grundstücken, die von weißen Friesenzäunen oder von dunkelgrünen Hecken aus Scheinzypressen umgeben waren. Die Siedlung war in den Siebzigern des zwanzigsten Jahrhunderts entstanden. Manche Häuschen trugen noch die ersten rauen Dachpfannen in Graubraun mit Moosbewuchs, auf anderen leuchteten bereits glasierte Tonpfannen und glänzende Solarpaneele.

Auch sonst machten die Gebäude keinen einheitlichen Eindruck. Hier war ein Einfamilienhaus einem neuen Bau für sechs Parteien gewichen. Dort gähnte wie eine Zahnlücke eine unkrautüberwucherte Freifläche mit windschiefem Bauzaun und einem von der

Sonne ausgebleichten Schild, das offenbar schon sehr lange ein neues Doppelhaus ankündigte. All das deutete Roman als Zeichen eines kontinuierlichen Generationswechsels.

Auch an der Grundstückseinfriedung ließ sich gut ablesen, wann zuletzt ein neuer Besitzer eingezogen war. Einige Hecken wirkten struppig, hatten braune Spitzen und kahle Stellen. Hier waren entweder die Besitzer zu alt, um sie regelmäßig zu schneiden, oder die Pflanzen hatten das Mauerdasein satt und wollten lieber Bäume werden. Eine andere Hecke bestand auf vielen Metern Länge aus verkohlten Stöcken. Hier war offensichtlich der junge Feuerteufel am Werk gewesen. Er hatte Leer monatelang in Atem gehalten, ehe er nach einer größeren Brandstiftung endlich erwischt worden war. Die Eigentümer hofften wohl noch immer auf ein Austreiben der schwarzen Strünke.

Wieder andere Hausbesitzer mochten wohl nicht endgültig aufs Grün verzichten und hatten ihre Hecken durch metallene Doppelstabmatten mit in verschiedenen Höhen eingeflochtenen dunkelgrünen Gewebestreifen ersetzt. Irgendwie konsequent, dachte Roman, aber gruselig.

Das Haus, vor dem Lükka Tammling jetzt anhielt, stand an einer Straßenecke und trug ringsum einen dunkelgrünen Mattenzaun. Allerdings hatte man auf die Kunststoffbahnen verzichtet und so die Optik eines Bauzauns unverbrämt erhalten. Ein Schild warnte vor unbefugtem Eindringen. Ein Teil des Geländes war mit grauen Betonsteinen gepflastert, der Rest bestand aus kurzgeschorenem Rasen. Ein paar rechteckige Erdflächen waren mit aufeinandergestapelten Ziegelsteinen eingefasst und mit Stiefmütterchen bepflanzt wie einfallslos angelegte Grabstellen.

Roman schritt neben Lükka über die regenfeuchte Auffahrt zur Haustür und hatte das deutliche Gefühl, dass ihn die hundegroße graue Ente aus Beton neben dem Weg misstrauisch beäugte. Aber wahrscheinlich bildete er sich das nur ein und die wahren Wächter waren die fünf weißen Möwen, die auf Holzpfählen entlang der Hauswand aufgereiht neben einer weiß gestrichenen Gartenbank saßen.

Wiebke Schwarz, geborene Brunken Poppinga, hatte zweifellos hinter der Gardine gelauert, denn sie öffnete direkt nach Lükkas Klingeln. Allerdings nur so weit, wie es die vorgelegte Sperrkette an der Tür zuließ.

»Ja?« Sie klang wie eine ihrer Holzmöwen und ihre Augen hatten einen ähnlich freundlichen Ausdruck.

Lükka Tammling grüßte betont höflich, hielt ihren Dienstausweis auf Augenhöhe vor das verkniffene Gesicht und bat um Einlass.

»Ich muss Sie nicht hereinlassen«, wehrte die Frau ab. »Oder haben Sie dafür einen richterlichen Beschluss?«

Die Leute verwechseln Polizisten anscheinend immer wieder mit Vampiren, dachte Roman. Die durfte man ja auch nicht ins Haus bitten, sonst hatte man sie buchstäblich am Hals. Er beschloss, dass seine Geduld heute nicht für Machtspielchen reichte. Nach einem kurzen Blickwechsel mit seiner Kollegin schob er sich in das Sichtfeld von Wiebke Schwarz und sog deren ablehnenden Blick auf sein braunes Gesicht und die langen schwarzen Haare wie ein Stärkungsmittel auf.

»Selbstverständlich können wir uns auch gerne hier draußen unterhalten«, sagte er betont lässig. »Es ist doch gemütlich hier im Garten und man hat so einen schönen Ausblick auf die Nachbarhäuser.« Der Kommissar wies auf die weiße Bank, auf der Regentropfen perlten. »Wenn Sie gleich zu uns rauskommen, bringen Sie bitte einen Lappen mit, die Bank ist ganz schmutzig.«

»Sprechen Sie doch leiser«, forderte Wiebke Schwarz mit gehetztem Blick.

»Aber gerne.« Roman Sturm hob die Stimme. Aus dem Augenwinkel sah er, dass sich gegenüber hinter der Gardine etwas bewegte, jetzt wurde ein Fenster geöffnet. Auf dem anderen Nachbargrundstück tauchte ein Hund auf und trottete Richtung Zaun. Ein hochgewachsener Mann mit Schnauzbart schlenderte hinterher und rief ihn mit wenig Überzeugungskraft zu sich, worauf die Töle natürlich nicht reagierte. Der Mann kam ebenfalls zum Zaun und tat so, als wollte er seinen Hund wegholen, schaute dabei aber mit unverhohlener Neugier zu ihnen herüber.

Noch immer machte Wiebke Schwarz keine Anstalten, die Tür zu öffnen. Nur ihr Blick flackerte unruhig in Richtung Nachbarhaus.

Nun gut, wie sie wollte.

»Es wird auch nicht lange dauern«, versprach Roman mit kräftiger Stimme. »Die Frau Kriminaloberkommissarin Tammling und ich, wir haben nur noch ein paar Fragen zum unnatürlichen Tod Ihrer Mutter.«

Wiebke Schwarz zuckte zusammen und machte eine hektische Bewegung mit der Hand, als wollte sie einen Basketball dribbeln.

»Pscht jetzt!« Sie schob die Haustür zu und Roman holte schon Luft, um zu fragen, wer außer ihr wohl ein Motiv haben könnte, Theda Poppinga zu töten. Aber im nächsten Moment rasselte die Kette und die Frau öffnete die Tür. Widerwillig winkte sie die Polizisten hinein. Schade eigentlich, dachte Roman, als er Lükka in den dämmerigen Flur folgte. In der Siedlung ist so wenig los, da hätte ich den Nachbarn schon ein Unterhaltungsprogramm gegönnt.

Das Wohnzimmer war in denselben Pastelltönen gehalten wie die Bluse ihrer Gastgeberin. Sofern man ihr diese Rolle überhaupt zugestand. Von Gastfreundschaft jedenfalls konnte keine Rede sein. Kein Tee, keine Kekse, nicht einmal ein Glas Wasser kam auf den Tisch. Wiebke Schwarz saß kerzengerade auf der Vorderkante ihres altrosa gepolsterten Sessels, die Hände gefaltet im Schoß. Obgleich Lükka inzwischen das Gespräch übernommen hatte, fixierte sie nahezu unausgesetzt Roman, der ihr gegenübersaß. Vielleicht rechnete sie damit, dass er jeden Augenblick eine der bunt bemalten Porzellanfiguren vom Sideboard werfen oder seine großen Füße auf den weißen Couchtisch legen würde. Zwischen das Gesteck aus rosa und cremefarbenen Trockenblumen und Lükkas Telefon, mit dem sie die Unterhaltung aufzeichnete. Aber vielleicht tat er der Frau unrecht und sie überlegte nur, ob sie seinen Sessel nachher desinfizieren musste oder ob einfacher Polsterschaum genügte, um ihn zu dekontaminieren.

Er ermahnte sich innerlich, der Befragung wieder zu folgen. Lükka machte sich zusätzlich zur Tonaufnahme wie üblich Notizen, also achtete Roman weniger auf den genauen Inhalt als auf die Zwischentöne. Was er nicht wahrnahm, war Trauer über den Tod von Theda Poppinga. Dabei hatte diese Frau mit dem graublonden, mit Haarspray lackierten Pagenschnitt doch ihre Mutter verloren. Er erwartete ja nicht, dass sie Schwarz trug und in Tränen aufgelöst vor ihnen saß. Das Verhältnis in der Poppinga-Sippe war offenbar sehr unterkühlt bis angespannt und Noah schien als Einziger an Oma Theda und am Poppinga-Hof zu hängen.

Einzig die Fingerknöchel der gefalteten Hände verrieten eine gewisse Anspannung. Ob wenigstens die vom Verlust der Mutter kam, wusste Roman nicht.

Ansonsten ging es bei ihren Antworten in erster Linie um Wiebke Schwarz, um ihren erfolgreichen, derzeit leider abwesenden Mustergatten Michael und um den mangelnden Geschäftssinn ihres älteren Bruders Elso, der es nicht gewagt hatte, sich über den letzten Willen ihres Vaters Brunke Poppinga hinwegzusetzen.

»Bauernland hat doch so keine Zukunft«, verkündete sie im Brustton der Überzeugung. »Der Ort will wachsen. Schon damals, als unser Vater starb, wurde Bauland gebraucht. Und Bungalows für die Touristen bringen so viel mehr ein als diese Drecksarbeit auf dem Acker.«

Aber gegen diese sturen Ostfriesen mit ihren Traditionen sei nun mal kein Kraut gewachsen. Sie seufzte theatralisch und bemerkte im nächsten Moment ihren Fauxpas. Schließlich saß sie in einer Befragung, in der es um einen Giftmord ging.

»Ihr Vater Brunke Poppinga hat also verfügt, dass der Hof nicht verkauft werden darf?«, fragte Roman nach. Er erinnerte sich, dass Noah etwas in der Art erzählt hatte.

Wiebke Schwarz nickte, schüttelte aber gleich darauf den Kopf. »Das ist alles noch viel älter«, sagte sie und begann zu referieren: »Mein Vater hatte einen älteren Bruder, den Habbo Poppinga, dem der Hof gehörte. Als der im Zweiten Weltkrieg umkam, war seine Tochter Amke noch ein Baby. Dass ihre Mutter als Frau den Hof allein bewirtschaften konnte, stand nicht zur Debatte. Sie musste weg und sich in der Stadt Arbeit suchen. Sie kam wohl auch mit ihrem Schwager nicht zurecht, meinem Vater also. Onkel Habbo hat in seinem Testament vorgeschrieben, dass nur derjenige den Hof bekommt, der auch wirklich Landwirtschaft betreibt. Deswegen fiel das Land dann an seinen jüngeren Bruder Brunke Poppinga, meinen Vater, und später eben an meinen Bruder Elso Brunken Poppinga.«

Lükka kritzelte in ihrem Notizbuch, strich hier etwas durch, zog Linien. So unordentlich waren ihre Aufzeichnungen sonst nicht. Anscheinend versuchte sie vergeblich, einen Familienstammbaum der Poppingas zu malen.

»Diese Tochter heißt Amke Poppinga?«, fragte Lükka. Ihr Kugelschreiber schwebte hilflos ein paar Zentimeter über dem Papier.

»Genauer gesagt Amke Habben Poppinga«, korrigierte Wiebke Schwarz. »Nach ihrem Vater Habbo. Die anderen haben alle brav ihre ostfriesischen Zwischennamen weitergeführt, obwohl sie in die Stadt gezogen sind. Meine Cousine Amke hat später einen Wiard Bargholt geheiratet und ihren Sohn auch traditionell Habbo

Wiards Bargholt genannt.« Sie stieß ein verächtliches Schnauben aus. »Dass ich mich nach der Heirat einfach Wiebke Schwarz genannt habe, fanden die Alten unmöglich. Schließlich hieß ich nach meinem Vater Wiebke Brunken Poppinga. Ich habe mit dieser Familientradition gebrochen. Seitdem herrschte Funkstille.«

»Aber das Interesse am Familienhof haben Sie trotzdem nicht verloren«, sagte Lükka Tammling trocken. »Ganz offenbar haben Sie sich gedanklich gut auf die Übernahme vorbereitet. Es war von Bauplänen für das alte Gulfhaus die Rede, die Sie direkt nach Theda Poppingas Tod fertig dabeihatten.«

Wiebke Schwarz wurde rot, was überhaupt nicht zu Bluse und Einrichtung passte. »Jetzt sitzt da dieser studierte Bengel und spielt Bauer. Es wird Zeit, dass aus dem Land was Vernünftiges wird.«

47.

Noah Poppinga schabte mit dem Esslöffel den letzten Rest aus seinem Suppenteller und ließ ihn genießerisch auf der Zunge zergehen. Eigentlich war die ostfriesische

Erbsensuppe eher etwas für Herbst und Winter, aber seit dem Gewitter war es draußen kalt und ungemütlich, das konnte man ohne Weiteres schon für Herbst durchgehen lassen.

Kalt und ungemütlich empfand Noah es auch im Haus, seit Oma Theda nicht mehr hier war. Eine Portion des herzhaften Eintopfs zu Mittag zu essen, den sie gekocht hatte, war wenigstens ein kleines bisschen tröstlich und anheimelnd. Kurz hatte er überlegt, ob man es ihm als Erbschaftsunterschlagung auslegen könnte, an Omas Gefrierschrank im Keller zu gehen. Sein Trotz und der Appetit auf eines seiner Lieblingsgerichte hatten gesiegt. Wer sollte denn schließlich Anspruch auf eingefrorenen Eintopf erheben, etwa seine widerwärtige Tante Wiebke mit ihrem schnöseligen Mann? Nee, selbst wenn die sich alles unter den Nagel reißen wollten, Omas Essen war für die viel zu schade. Da aß er lieber selbst so viel davon, bis er Bauchschmerzen bekam.

Und der andere Zweig der Familie von Großonkel Habbos Seite hatte sich überhaupt noch nie blicken lassen, solange Noah sich zurückerinnern konnte. Oma Theda hatte nicht oft von diesen Verwandten gesprochen. Vielleicht hatte sie ein schlechtes Gewissen, weil sie auf dem Hof lebte, obwohl ihr Mann als jüngerer Sohn eigentlich gar nicht der Hoferbe gewesen wäre. Noah wusste nur, dass Opa Brunkes älterer Bruder kurz vor Ende des Krieges umgekommen war. Damals war der Hof an Brunke Poppinga gegangen, weil dieser ihn bewirtschaften konnte. Aber wie es jetzt weiterging, wusste Noah ganz und gar nicht. Womöglich würden die Nachkommen des älteren Bruders auf einmal auf der

Matte stehen und ihre Rechte geltend machen, jetzt, wo Oma Theda fort war. Habbo Poppinga hatte eine Tochter namens Amke gehabt, das wusste Noah wohl. Als sein eigener Vater Elso geboren wurde, war diese Amke schon fast erwachsen und ihr Sohn Habbo war kaum jünger als Elso. Wie waren diese Leute überhaupt mit ihm verwandt? War die Tochter seines Großonkels seine Tante oder doch eher eine Cousine? Und deren Sohn dann ein Cousin soundsovielten Grades, dessen Tochter seine Cousine oder gar seine Nichte?

Noah stand auf und trug sein Geschirr hinüber zur Spüle. Tante, Cousine, Nichte, schietegal. Die waren für ihn nichts als verblasste Fotos zwischen Pergamentblättern im dicken, grünen Album in Oma Thedas Regal. Und von ihm aus konnten sie das auch gerne bleiben.

Der Teller klapperte und schabte auf dem Boden der Spüle, nahezu gleichzeitig hörte Noah ein Geräusch von draußen. Eine Autotür klappte zu. Vermutlich war Clara nach Hause gekommen, er hatte sie heute noch gar nicht getroffen. Ein bisschen Erbsensuppe war übrig geblieben, vielleicht sollte er sie ihr anstandshalber anbieten.

Ein Blick aus dem Fenster verriet ihm, dass auf dem Hof nicht der Kleinwagen seiner Mieterin stand, sondern das Auto ihres Bruders. Roman Sturm stieg aus, auf der Beifahrerseite erschien ein bleicher Mann mit kupferrotem Haarschopf, den Noah nicht kannte. Von Lükka Tammling war nichts zu sehen.

Im nächsten Augenblick kurvten weitere Fahrzeuge aufs Gelände und parkten so, dass sie die Einfahrt blockierten. Was sollte das denn jetzt? Verärgert eilte Poppinga aus der Wohnung, um diese rücksichtslosen

Autofahrer zur Rede zu stellen. Auf dem Treppenabsatz draußen blieb er stehen, als sei er gegen eine Wand gelaufen. Vor dem Haus standen neben Romans Auto mehrere Polizeiwagen, Männer und Frauen in dunkelblauen Uniformen quollen daraus hervor, eine junge Blonde öffnete die Heckklappe eines Kombis und Noah sah im Laderaum einen Hundekäfig.

»Sag mal, Roman, was ist denn mit euch los?«, fuhr Noah den schwarzhaarigen Kriminalbeamten an, der verlegen wirkte, als er mit dem Fingerknöchel über sein Nasenloch wischte.

Poppinga stürmte die Stufen hinab und auf das vorderste Auto zu, aber zwei Uniformierte schoben sich zwischen ihn und Roman Sturm. Ihre Hände wanderten in Richtung der Pistolentaschen und Noah stoppte ab. Unsicher blickte er von Sturm zu dem unbekannten Rothaarigen, der mit ihm im Auto gekommen war. Er bemühte sich um einen ruhigen Ton, um die bewaffneten Beamten nicht zu provozieren. Trotzdem merkte er, dass seine Stimme gereizt klang, als er sich an Sturm wandte.

»Was geht hier eigentlich ab? Reicht es euch nicht, dass meine Großmutter gerade gestorben ist und meine gesamte Ernte vernichtet wurde?« Er sah zu dem Schäferhund hinüber, der aus dem Käfig gesprungen war und von der blonden Polizistin ein schmales Halsband angelegt bekam. »Müsst ihr ausgerechnet jetzt auf meinem Hof eine Drogenrazzia machen oder was wird das hier?« Er sah Roman Sturm vorwurfsvoll an. Er hatte sich nichts dabei gedacht, in Gegenwart des Mannes einen Joint zu rauchen. Und für den schien das damals auch kein Problem gewesen zu sein. »Ich dachte, wir sind Freunde.« So konnte man sich täuschen. Bulle blieb halt Bulle. Jetzt würden sie Andis Hanfplantage ausheben oder das, was davon noch übrig war. Und er hatte den Ärger damit, weil der alte Stall mit der Pflanzung auf seinem Grund und Boden stand. Verdammter Mist.

»Wir sind nicht wegen ein bisschen Cannabis hier«, sagte Sturm zu Noahs großer Überraschung.

Der Rothaarige hob den Zeigefinger, als wollte er sich melden, und widersprach grinsend: »Ich schon!«

Noah starrte ratlos von einem zum anderen. »Weswegen bist du denn dann hier?«

»Der Kollege Baukloh ist tatsächlich von der Drogenfahndung. Ich habe einen Durchsuchungsbeschluss für deinen Hof und die Gebäude«, erklärte Sturm ihm ruhig und nestelte ein Formular aus seiner geräumigen Westentasche. »Wir ermitteln in einem Todesfall.« Er wandte sich der Hundeführerin zu, die neben dem Wagen wartete und ihrem Hund das Nackenfell kraulte. Ein junger schwarzgelockter Polizist in Uniform gesellte sich zu ihr, ein Tablet in der Hand.

Roman Sturm nickte den beiden zu und auf ein leises Kommando der Frau hin setzte der Hund sich eifrig in Bewegung.

48.

Roman fand es immer wieder faszinierend, mit welcher Begeisterung die Diensthunde bei der Sache waren, sobald es etwas zu suchen gab. Meike Sieben hielt ihre Schäferhündin an der Leine, und das große Tier schien einen Riesenspaß daran zu haben, mit der Nase am Boden über den Vorplatz des Bauernhofs zu streifen. Roman und die anderen Kollegen hielten Abstand, um den Hund nicht unnötig abzulenken. Sehr zielgerichtet wirkte das Schnüffeln allerdings bislang nicht. Der junge Kommissaranwärter mit dem Tablet sagte etwas zu Meike und sie führte den Hund näher ans Haus. Der schwarzlockige Kollege lächelte Roman schüchtern zu und jetzt erst erkannte er Chalid Bihal, der tatsächlich sein Abitur geschafft hatte und sich erfolgreich für den Polizeidienst beworben hatte. Dabei hatten sie ihn nach dem Feuer im alten Zollhaus, bei dem zwei seiner Geschwister umgekommen waren, sogar als Brandstifter verdächtigt. Roman lächelte aufmunternd zurück.

Dirk Baukloh bewegte sich in die entgegengesetzte Richtung wie der Hund. Er machte den Eindruck, als hätte er seinerseits eine Witterung aufgenommen. Als er erfahren hatte, dass in der Hosentasche ihres Mordopfers auch Cannabiskrümel gefunden worden waren, hatte er darauf bestanden, zum Poppinga-Hof mitzufahren. Roman tat es leid, Poppinga deswegen in Schwierigkeiten zu bringen. Hätte der sich doch auf seine Erbsen und den alten Grünkohl beschränkt. Musste es denn ausgerechnet auch noch Weed sein? Eine Hanfplantage auf seinem Hof wäre keine Kleinigkeit und er hatte sowieso genügend Probleme am Hals. Heute Vormittag hatten die Kollegen von der Fahndung Alarm geschlagen, denn ganz überraschend war das Signal von Markus Hagedoorns Handy im System registriert worden. Die Daten aus der Cloud, mit der der Vertreter sein Smartphone synchronisiert hatte, waren längst ausgewertet, seine Termine abgegrast. Aber das Gerät hatten sie nach der langen Zeit für so tot gehalten wie den Besitzer selbst. Kein Akku hielt heutzutage länger als ein paar Tage durch, ohne geladen zu werden.

Und doch war es auf einmal aufgetaucht und die Kollegen von der Datenverarbeitungsgruppe hatten sein Signal am anderen Ufer der Ems geortet. Roman hatte auf der Karte gesehen, wo der Punkt erschienen war. Ausgerechnet auf dem Bauernhof von Noah Poppinga. Tja, man kann sich seine Verdächtigen wirklich nicht aussuchen, dachte Roman.

Die Hündin bellte aufgeregt und tappte nachdrücklich mit der Vorderpfote gegen eine Tür zwischen Wohnhaus und Laden.

»Kann uns bitte jemand aufschließen«, rief Meike Sieben und Roman winkte Noah Poppinga heran, der einen Schlüsselbund aus der Tasche zog und die Tür öffnete.

Sofort schoss der Hund durch die geöffnete Tür und die Treppe hinauf. Roman wechselte einen verwunderten Blick mit dem Bauern. Dann folgte er der Hundeführerin in die Wohnung seiner Schwester.

Fröhlich wedelnd stand die Hündin im Kinderzimmer vor einem Regal mit alten Comics und vergilbten Kinderbüchern. Auf dem mittleren Bord blinkte das Smartphone, das Chalid Bihal gerade mit einer SMS aus dem Ruhezustand geweckt hatte.

Die große Hündin spielte begeistert wie ein Welpe mit einem Gummihuhn. Die Wohnung bot nichts Spannendes mehr und Meike Sieben hatte ihre vierbeinige Kollegin mit ihrem Lieblingsspielzeug für die gute Arbeit belohnt. Für die Hündin hatte sich der Sucheinsatz auf jeden Fall ausgezahlt.

Roman war sich noch nicht sicher, was er von diesem Erfolg halten sollte. Wie kam das Telefon eines ermordeten Landhandelsvertreters ins Kinderzimmer seines fünfjährigen Neffen? Clara konnte er nicht fragen. Ihr Auto stand nicht auf dem Hof und Noah Poppinga behauptete, sie seit dem Tag vor dem Anschlag nicht mehr gesehen zu haben, obwohl sie nach Lükkas Recherchen Fotos der vernichteten Pflanzen gepostet hatte. Roman schaute auf die Uhr. Es war fast drei Uhr nachmittags. Er nahm an, dass Clara ihren Sohn bald aus der Kita abholen und nach Hause kommen würde, aber sicher war er nicht. Sollte er ihr eine Nachricht schreiben und fragen?

Er rief sich zur Ordnung. Sie hatten ein Beweisstück in einem Mordfall in ihrer Wohnung gefunden. Damit gehörte sie zum Kreis der Verdächtigen, so absurd das auch war und so wenig es ihm schmeckte.

Natürlich ging Roman davon aus, dass er sie erst nach dem Mord an dem Vertreter auf den Bauernhof gebracht hatte. Der Rechtsmediziner hatte gesagt, Hagedoorn hätte vier Tage bis zwei Wochen im Wasser verbracht, ehe sie ihn geborgen hatten, und erst am folgenden Tag waren Clara und Djure bei Poppingas eingezogen.

Aber bei jeder Fremden würde er davon ausgehen, dass sie womöglich schon vorher Kontakt zum Bauern und seinem Hof gehabt hatte und nur so tat, als sei das alles neu für sie. Dass sie mit der Tat etwas zu tun hatte, als Täterin, Komplizin, Mitwisserin. Und die konnte er ja nicht einfach anrufen und sagen: Hey, übrigens, ich habe da etwas gefunden, was dich mit einem Mord in Verbindung bringt. Wollen wir uns mal gemütlich zusammensetzen und darüber reden?

Also konnte er Clara jetzt nicht kontaktieren, sondern musste weiterermitteln, wie er es bei jedem anderen Verdächtigen auch tun würde.

Er nahm den Spurenbeutel mit dem Smartphone und stieg langsam die Treppe hinab. Draußen warteten die anderen.

Poppinga stand etwas abseits, die Hände in den Hosentaschen, die Schultern gegen den kalten Wind hochgezogen.

»Wo ist denn mal eine Jacke?«, fragte Roman.

»Hängt im Flur«, antwortete Noah.

»Da hätte doch echt eben einer mit ihm reingehen können«, schimpfte der Kriminaloberkommissar in Richtung der uniformierten Kollegen, als er dem Bauern einen Anorak brachte.

»Schon gut«, wehrte Poppinga ab, zog die Jacke aber schnell an.

Dirk Baukloh kam von der nächsten Hausecke zurück. »Hast du alles, was du brauchst?«

Roman nickte und zeigte ihm den Beutel mit dem gefundenen Smartphone.

»Na wunderbar. Dann kriege ich jetzt Meike und ihre hübsche Spürnase.« Er ging zur Tür und wollte nach oben gehen, aber die Kollegin kam ihm bereits mit dem Hund entgegen.

»Vergiss bloß nicht, dass unter der süßen Spürnase spitze Zähne sitzen«, riet sie ihm.

Er zwinkerte ihr zu. »Wenn dein Hund so gut riecht wie du … hören kannst, dann nehme ich die Zähne in Kauf. Könnt ihr da drüben anfangen?« Er wies auf den Hofladen und Meike Sieben führte ihre Hündin zum Eingang, die es sichtlich kaum erwarten konnte weiterzuspielen. Noah Poppinga schloss auf Bauklohs Aufforderung hin die Ladentür auf und das sechsbeinige Ermittlerteam verschwand im Geschäft. Es dauerte nicht lange, bis die beiden zurückkamen, die Polizistin schüttelte den Kopf. »Hier ist alles sauber«, sagte sie. »Wo weiter?«

»Eigentlich brauchen wir den kompletten Hof«, gab Dixi zu und Meike Sieben schaute ihn mitleidig an. »Mit einem einzigen Hund? Du hast vielleicht Ideen. Der ermüdet doch bei dieser anstrengenden Arbeit.« Sie lobte den Hund und ließ ihn absitzen, dann ging sie zu einem Kollegen, der bei den Autos stand. Dieser öffnete die Klappe und ließ einen schwarzen Labrador herausspringen. »So, jetzt können Debra und Dexter sich die Arbeit teilen. Dann haben wir die Chance, vor der Dämmerung noch was auf die Reihe zu bringen.

Und du solltest ein bisschen Abstand halten, Kollege. Dein Rasierwasser betäubt die Geruchsnerven.« Während sie mit ihrer schlanken Debra am Laden vorbei weiter zu den Ställen ging, pflügte der stämmige Labrador mit der Nase am Boden so stürmisch nach links an den Gebäuden vorbei, dass sein Besitzer Mühe hatte, ihn zu halten.

Roman Sturm blieb auf dem Vorplatz zurück. Drogen interessierten ihn nicht besonders und da hinten würde er nur stören. Er stellte sich neben Poppinga, der auf seinem eigenen Hof seltsam verloren wirkte.

»Du willst mir nicht zufällig verraten, was das ganze Theater hier soll?«, fragte Poppinga. »Der Rothaarige sucht Marihuana, okay, so viel habe ich kapiert. Aber was zum Henker habt ihr in Claras Wohnung gemacht?«

Wie viel konnte, wie viel musste Roman ihm sagen? »Es hat mit dem Leichenfund am Emsufer zu tun«, verriet er schließlich. »Wir verfolgen eine Spur, die auf deinen Hof führt.«

Poppinga sah ihn an, als zweifelte er an seinem Verstand. »Was sollen wir hier denn mit einer Leiche zu schaffen haben? Ich weiß bis heute nicht mal, wen ihr da überhaupt rausgezogen habt.«

»Einen Mann aus Emden«, erklärte Roman, während er Noah genau beobachtete. »Markus Hagedoorn.«

Poppinga zuckte nicht zusammen, runzelte aber die Stirn. Dann schnippte er mit den Fingern. »Ach, dat was de Naam, de mi annerdaags neet infallen wullt! Als du damals mit diesem Einkaufswagen-Chip hier warst, kam ich doch nicht darauf, wie dieser Vertreter heißt.«

Roman nickte.

Erst jetzt schien Noah Poppinga vollständig zu begreifen. »De ist dood bleven? Wat een Malöör.« Ein schmales Lächeln umspielte seine Mundwinkel, von den roten Barthaaren fast verdeckt. »För hum tominnst. Na, ik bün hum quiet.«

»Verdammt, Poppinga, du redest dich hier um Kopf und Kragen!« Roman konnte sich nicht mehr beherrschen. »Der Vertreter, mit dem du Schwierigkeiten hattest, ist tot. Und du sagst mir, du bist froh, ihn los zu sein? Soll ich das jetzt als Geständnis verbuchen?«, brüllte er den Bauern an.

Die Uniformierten rückten näher an die beiden Männer heran, sie bildeten nunmehr einen Halbkreis, aus dem so leicht kein Entkommen wäre.

Noah Poppinga war nicht entgangen, dass ihm mehrere Bewaffnete jetzt den Weg verstellten. Sein Lächeln verschwand. »So, Sheriff, ziehst du auch gleich den Colt? Komm mal wieder runter! Da ist ein Mistkerl abgesoffen, mit dem hier fast jeder Stress hatte. Ich kenne keinen, aber auch wirklich keinen Einzigen, der dem miesen Erpresser eine Träne nachweint.«

Aus der Ferne hörten sie Hundegebell. Es klang aufgeregt.

»Mitkommen«, forderte Roman Sturm den Bauern knapp auf und eilte mit langen Schritten am Haus vorbei. Poppinga folgte widerspruchslos, zwei der Polizisten liefen mit, die Dienstwaffen in den Händen.

Meike Sieben und Debra standen etwas abseits. Dirk Baukloh daneben wirkte selbst auf die Entfernung zufrieden. Das wilde Gebell kam von Dexter, der beim Stall kläffte und kratzte und nur mühsam daran gehindert werden konnte, sich in den Misthaufen zu stürzen.

»Was ist los?«, fragte Roman.

Baukloh kam herüber, jetzt trug auch er einen Spurenbeutel und sah mit seinen roten Haaren, dem runden Gesicht und den grünen Augen aus wie Garfield, der eine große Portion Lasagne entdeckt hatte. »Eine hübsche kleine Hanfplantage haben die hier eingerichtet. Obwohl – gar nicht mal so klein. Gut ausgestattet. Die Pflanzen sind leider alle hinüber.« Er hielt Roman eine Tüte mit welken Blättern unter die Nase. »Was der Köter jetzt noch hat, weiß ich nicht. Beim Dope gerade ist er nicht so abgegangen.«

Roman Sturm ging zu dem schwarzen Labrador, der sich mit der Nase förmlich am Boden neben der Scheune festgesaugt hatte.

Der Hundeführer lobte den aufgeregten Hund enthusiastisch, klopfte ihm die kräftigen Flanken und schaffte es schließlich, ihn ein Stück vom Misthaufen und der Scheunenwand entfernt zum Sitzen zu bewegen. »Der gute Dexter hier ist noch nicht so lange Rauschgiftspürhund«, erklärte er. »Sein Spezialgebiet ist eigentlich Blut.« Er sah den Oberkommissar an. »Es ist dein Einsatz, Kollege. Aber ich empfehle, jetzt das große Besteck vom FK5 anzufordern. Hier ist definitiv eine größere Menge Blut im Boden.«

Die Handschellen um Noah Poppingas kräftige behaarte Handgelenke klickten im selben Augenblick, in dem Roman »Zugriff« sagte.

49.

»Ihr könnt mich doch nicht einfach so hier wegholen!« Noah Poppinga wand sich vergeblich im Griff der beiden Polizisten, die ihn zum Wagen führen wollten. Sein geliebter Hof wimmelte jetzt von Fremden. Gespenstische Gestalten in weißen Anzügen schienen an diesem düsteren Nachmittag in jedem Winkel zu spuken. »Ich muss mich um die Viecher kümmern. Sollen die denn auch noch verrecken?« Er hatte das Gefühl, in einer Kieskuhle zu versinken. Je mehr er strampelte, um ans Ufer zu gelangen, desto schneller brach die Sandkante unter seinen Füßen weg. Verzweifelt wandte er sich an Sturm, der ihn mit grimmiger Entschlossenheit ansah. »Sheriff, das ist doch nicht dein Ernst. Wo soll denn hier Blut herkommen?«

Der schwarze Hund beschnüffelte jetzt den Pick-up und begann zu bellen. Der Misthaufen, an dem er vorhin gekläfft hatte, war von mehreren Weißgekleideten mit Sonden und Metallsuchgeräten umzingelt.

Eine der weißen Gestalten bückte sich und hob etwas auf, eine weitere fotografierte den Gegenstand und den genauen Fundort. Roman Sturm ging hinüber zum Misthaufen.

Noah bemerkte aus den Augenwinkeln eine Bewegung drüben bei der Buschreihe am Bingumer Tief. Als er unauffällig genauer hinsah, erkannte er eine vierschrötige Gestalt mit Camouflage-Hose und ebenso gefleckter Jacke, die sich rasch entfernte. Andreas Bruns verschwand so wieselflink in der herabsinkenden Dämmerung, dass ihn sonst vermutlich keiner entdeckt hatte. Nicht einmal die Hunde schlugen Alarm.

Jetzt, wo seine Hanfplantage ausgehoben war, zog ihn so bald sicher nichts mehr hierher zurück. Vermutlich würde er seine Bienen einfach sich selbst überlassen und sich an die Abmachungen mit dem Hofbesitzer nicht mehr gebunden fühlen. Wer würde die Schweine und die Hühner füttern? Auch Clara Sturm hatte sich schon den ganzen Tag nicht blicken lassen. Noah Poppinga fühlte sich plötzlich einsam und todmüde.

Roman Sturm hatte mit seinen Kollegen beim Misthaufen gesprochen und kehrte jetzt zu Noah zurück. In der Hand hielt er etwas Langes, dreckverschmiert und fleckig. Noah starrte es an und seine Knie drohten nachzugeben. Seine Kiefer verkrampften sich und die Muskeln seiner Arme begannen zu zucken, als ein unkontrollierbares Zittern ihn packte.

Er roch plötzlich den Duft frisch gebackenen Brotes, sah sich zur Teezeit in Oma Thedas gemütlicher Küche stehen und die Besteckschublade aufziehen.

»Welches Messer soll ich für die Wurst mitbringen?«, hörte er sich fragen. *»Dafür nimmst du doch sonst immer das mit dem schwarzen Griff, aber das sehe ich gar nicht.«*

Und Oma Thedas Antwort, ärgerlich über sich selbst und ein bisschen verlegen: *»Das muss ich irgendwo verkramt haben. So bei Kleinem werd ich wohl doch tüdelig, da gibt's kein Vertun. De oll Daag kummt!«*

Das vermisste alte Messer mit dem schwarzen Griff in der Hand eines Polizeibeamten zu sehen, ließ ihm Oma Thedas Tod plötzlich so greifbar real und endgültig erscheinen, wie es nicht einmal der Transportsarg der Bestatterin vermocht hatte. Hätten ihn die beiden Polizeibeamten nicht mit kräftigen Griffen aufrecht gehalten, wäre Noah Poppinga auf dem schmutzigen Pflaster hinter der alten, nach Ammoniak stinkenden Scheune zusammengebrochen.

50.

Clara saß schon seit Stunden in dem kleinen Café vor ihrem Laptop. Zum Glück war Nebensaison und sie musste nicht befürchten, dass ihretwegen Gäste weggeschickt wurden. Es war genug frei. Ab und zu kam der freundliche Kellner an den Tisch, räumte die leere Tasse ab und stellte kurz darauf einen neuen Milchkaffee auf die glänzende schwarze Platte neben den Computer.

Auf ihren verschiedenen Seiten gab es im Moment so viel zu moderieren, dass die Arbeit sie fast überwältigte. Immer wieder stellte jemand allen Ernstes in Frage, dass Botanisan für die Vertreibung und Ermordung von Bauern verantwortlich war. Auch den Zusammenhang zwischen veganer Ernährung und der Brandrodung von Urwäldern überall auf der Welt für Sojabohnen und Palmöl musste Clara ständig aufs Neue aufzeigen. Ein paar von diesen Dummköpfen zweifelten einfach alles an, was sie schrieb.

Sogar Gorillaguerilla versuchte heute, ihr den Mund zu verbieten. Dabei hatte der ihr doch überhaupt erst die Augen dafür geöffnet, was der Soja-Anbau weltweit für entsetzliche Folgen hatte. Und was tat er jetzt? Fragte immer wieder hartnäckig nach Quellen und Belegen. Sie war kurz davor, ihn von ihrer Freundesliste zu entfernen wie die anderen Blindgänger und Schlafschafe. Aber vielleicht war er nur vorübergehend vom Weg abgekommen. Sie verpasste ihm deshalb nur eine befristete Sperre für Kommentare.

Als Aktivist von »No Soy« hatte er sie jetzt wirklich enttäuscht. Womöglich würde er nicht einmal verstehen, wie wichtig Claras Aktion gegen Botanisan war, um den Menschen die Gefahr des Gifteinsatzes auf den Feldern klarzumachen. In der nächsten Nachbarschaft zu sehen, wie Ernten vernichtet und Existenzen gefährdet wurden, war die beste Methode, Leute aufzurütteln. Dafür musste man auch mal aus der eigenen Komfortzone heraustreten und sich etwas trauen. Was waren schon ein paar verdorrte Pflanzen gegen den Schaden, den die Chemieriesen überall aus Profitgier anrichteten?

Wenigstens Powerpongo hielt weiterhin zu ihrer gemeinsamen Sache. Sein Profilbild mit dem Orang-Utan war etwas, an dem Clara sich festhalten konnte, seine Kommentare auf der Seite oder in der Chatgruppe und noch mehr seine vielen persönlichen Nachrichten bestätigten ihr, dass sie auf dem richtigen Weg war und etwas bewegen konnte. Er gab ihr auch wertvolle Ratschläge für die Umsetzung ihrer Ideen, wenn sie das Gefühl hatte, vor einer zu hohen Hürde zu stehen.

Wie hatte sie je glauben können, dass ihre Beziehung mit Dennis Mulder eine Zukunft hätte? Sicher, er gab sich immer liebevoll, auch wenn sie ihm die kalte Schulter zeigte. Er umwarb sie, brachte kleine Geschenke und etwas zum Naschen für Djure mit, wenn er auf den Hof kam. Aber galt das alles wirklich ihr? Manchmal hatte sie fast das Gefühl, er hätte am liebsten Djure adoptiert und sie selbst lediglich in Kauf genommen, so wenig Leidenschaft strahlte er aus. Womöglich hatten Leute wie Mett Flanders ja doch recht und die Phytoöstrogene aus dem Soja waren schlecht für die Männlichkeit.

Dafür brachte er ihrem Sohn die Liebe zu jeder Art von Tieren bei, egal, wie viele Beine diese hatten.

Aber war diese bedingungslose Tierliebe denn überhaupt ernstzunehmen? War sie nicht heuchlerisch, wie Powerpongo immer sagte? Schließlich gab es nicht nur in Ostfriesland und auf deutschen Bauernhöfen Tiere, die am Leben bleiben wollten. Und waren Menschenrechte nicht ohnehin noch viel wichtiger als Tierrechte?

Powerpongo hatte vermutlich recht, wenn er mit dem Hashtag »No Soy« unter jeden Veganer-Post ein neues Schockbild von brennenden Wäldern, endlosen öden Bohnenfeldern, verelendeten Bauern, missgebildeten Kindern oder verstümmelten Menschenaffen setzte. Er hatte sie auch eindringlich gewarnt, Djure nicht von normaler artgerechter Mischkost wegdriften zu lassen.

Djures übertriebene Reaktion auf die Eier im Pfannkuchen zeigte Clara, dass diese Mahnung durchaus berechtigt war. Bislang hatte ihr kleiner Sohn vertrauensvoll alles gegessen, was sie ihm vorgesetzt hatte. Aber jetzt geriet er zunehmend unter fremde Einflüsse und drohte ihr zu entgleiten.

Als der Messenger mit einem hellen Glockenton eine Nachricht ankündigte und das bekannte Foto des zotteligen roten Menschenaffen auf dem Bildschirm erschien, zuckte Clara wie ertappt zusammen. Dann lächelte sie. Als hätte er gemerkt, dass sie gerade an ihn dachte. Es wäre sicher spannend, Powerpongo in Wirklichkeit zu treffen. Gemeinsam könnten sie so viel erreichen.

Powerpongo @EinfachClara

Lässt du deinen Sohn eigentlich jetzt auf Veganer umschulen?

Clara runzelte die Stirn, als sie die Nachricht las. »Wie kommst du darauf?«, fragte sie.

Im nächsten Moment erschien ein Foto auf ihrem Smartphone.

Powerpongo @EinfachClara

Das ist er doch, oder etwa nicht?

Das Gesicht des Kindes auf dem Bild war abgewandt, trotzdem hatte Clara keinen Zweifel. Die Aufnahme zeigte ihren Sohn.

»Wo hast du Djure gesehen?!«, wollte sie wissen. Ihr Herz pochte heftig und ihre Hände wurden feucht.

Das nächste Bild, das Powerpongo ihr schickte, zeigte einen lachenden Dennis Mulder.

Claras Puls raste. Was hatte das zu bedeuten? Hatte der Koch den Jungen entführt? Er hatte ja neulich schon ihre Erziehungsmethoden in Frage gestellt und verbrachte inzwischen sehr viel Zeit mit ihrem Sohn. Und der schien seine Gesellschaft der seiner eigenen Mutter vorzuziehen.

Powerpongo @EinfachClara

Bei allen Sekten und Diktaturen ist es so, dass sie ihre Anhänger möglichst früh an sich binden wollen. Kinder sind noch formbar.

Clara atmete mit geöffnetem Mund ein und presste die Fingerspitzen auf ihr Brustbein. Sie spürte ein Stechen unter den Rippen und hatte das Gefühl, keine Luft zu bekommen. Fühlte sich so ein Herzanfall an oder war das eine Panikattacke?

»Ist bei dir alles in Ordnung?«, fragte der Kellner. Er war an den Tisch getreten, ohne dass sie es bemerkt hatte, und sah sie freundlich an.

Sie las Besorgnis in seinem Blick und wehrte schnell ab. »Alles gut.«

Er schien skeptisch und unschlüssig, ob er sich zurückziehen sollte. »Darf es noch ein Kaffee sein? Sonst mache ich jetzt die Maschine sauber.«

Clara sah sich um, das Café war leer, sie war der letzte

Gast. So spät war es schon? »Bring mir noch einen Sambuca«, bat sie und zog ihr Portemonnaie aus der Tasche. »Dann bist du mich los.« Sie klappte ihren Laptop zu und packte ihn mit tauben Fingern in ihre Umhängetasche.

Der Kellner brachte Schnaps und Rechnung und machte sich daran, das Lokal aufzuräumen.

Clara stürzte den scharfen Alkohol in einem Zug hinunter, zerkaute die Kaffeebohne und legte einen Zwanzigeuroschein unter das leere Gläschen.

Als sie durch die blaue Tür auf den efeubewachsenen Innenhof des Cafés trat, ertönte wieder der Glockenton ihres Telefons. Sie warf einen raschen Blick darauf.

Powerpongo hatte ein weiteres Bild geschickt. Es zeigte ein Gebäude, das sie gleich erkannte, das Restaurant »Gewächshaus« beim Leeraner Bahnhof.

Clara stolperte auf dem Kopfsteinpflaster des Rathausparkplatzes, als sie zu ihrem Auto rannte, und knickte mit dem Fuß um. Sie ignorierte den Schmerz, warf ihre Tasche ins Auto und ließ sich auf den Fahrersitz fallen. Als sie mit quietschenden Reifen rückwärts aus der Parklücke schoss, sah sie im Rückspiegel das überraschte Gesicht des Kellners, der gerade das Eingangstor abschloss.

51.

Der kleine Besprechungsraum am Ende des Flurs war nahezu kahl. Ein Fenster gab es nicht, auch keine Uhr an der Wand. Nur seine zunehmende Müdigkeit verriet Roman Sturm, dass es immer später wurde. Noah Poppinga saß beinahe regungslos auf dem unbequemen Stuhl. Im künstlichen Licht wirkte seine Haut grau. Kein Wunder. Während die Polizisten sich schon ein paarmal abgewechselt hatten, musste der Bauer die Befragung ohne Pause aussitzen.

Egal, was sie ihm vorlegten, er wich nicht von seinen Beteuerungen ab, weder mit der Plantage noch mit dem entdeckten Blut etwas zu schaffen zu haben. Erregung, Hilflosigkeit, Wut, alles hatte er durch. Jetzt schien er bei Resignation angekommen zu sein.

»Hör zu, Noah«, sagte Roman. Er sah auf den Zettel, den ihm ein Kollege vom FK5 gerade hereingebracht hatte. »Wir haben die Bestätigung, dass auf der Ladefläche deines Pick-ups menschliches Blut gefunden wurde. Es ist identisch mit dem Blut bei der Scheune und im Misthaufen und stammt zudem ohne Zweifel von Markus Hagedoorn. Für uns sieht es so aus, dass Hagedoorn versucht hat, dich wegen deiner Anbaumethoden zu erpressen. Ihr seid in Streit geraten, du hast ihn mit dem Küchenmesser erstochen und die Leiche dann mit deinem Pick-up zur Ems gebracht. Vielleicht hast du ihn bei der Marina ins Wasser geworfen, vielleicht auch direkt bei der Nortmer Fähre. Oder bist du ganz bis zur Knock gefahren? Auf jeden Fall hast du dich mit der Strömung verrechnet. Du bist Bauer, kein Fischer. Die Ems bringt mittlerweile wesentlich mehr stromaufwärts, als dass sie was in die Nordsee abtransportiert. Schlick oder Leiche, völlig egal. Deswegen ist Hagedoorn kurz darauf praktisch vor deiner Haustür wieder angeschwemmt worden.«

Noah Poppinga nahm einen Schluck aus dem Wasserbecher, den sie ihm hingestellt hatten. Dann sah er Roman kopfschüttelnd an. »Und dann komme ich genau mit diesem Pick-up und helfe euch, mein eigenes Opfer zu bergen? Schon blöd von mir oder nicht?«

Roman antwortete nicht. Dieselben Gedanken hatte er sich ja auch schon gemacht.

Noah fuhr fort: »Ich hätte doch einfach warten können. Wir hatten auflaufendes Wasser, als ihr da am Ufer standet. Ein bisschen länger, dann hätte die Flut die Leiche mitgenommen und ihr hättet sie so bald nicht wiedergefunden. Die ganze Aktion mit meinem Schlickschlitten hätte ich mir einfach sparen können. Dann hätte ich heute noch meinen schönen Kreier und ihr keine Ahnung, was da eine Ebbe lang für eine Wasserleiche am Ufer gelegen hat.«

»Wir wussten ja, dass sie da war, und hätten weitergesucht. Irgendwann hätten wir sie trotzdem geborgen und identifiziert. Es hätte länger gedauert. Aber wir hätten trotzdem früher oder später auf deinem Hof gestanden«, widersprach Roman.

»So kommen wir nicht weiter«, sagte Noah verärgert, als würde er die Ermittlung leiten. »Nur, weil das

Blut in meinem Wagen war, muss ich die Leiche noch lange nicht transportiert haben. An den Schlüssel konnte schließlich jeder rankommen.«

»Wer zum Beispiel?« Roman war inzwischen so müde und frustriert, dass er seinen Spott nicht herunterschlucken konnte. »Deine Großmutter vielleicht? Es war ja wohl auch ihr Küchenmesser, mit dem Hagedoorn getötet wurde.«

Poppingas Gesicht lief rot an und er ballte wütend die Fäuste. »Lass Oma Theda aus dem Spiel, verstanden?«, zischte er drohend.

Die Tür öffnete sich und Dixi Baukloh betrat den Raum. »Ganz schön dicke Luft«, stellte er fest. »In verschiedener Hinsicht.« Er schnupperte. »Schon blöd, dass man hier nicht mal lüften kann.«

Musste der ausgerechnet jetzt hereinkommen? Vielleicht hätte der Ärger über die Provokation Poppingas Widerstand endlich geknackt, dachte Roman erbost.

»Ich hätte auch noch ein paar Fragen an unseren Kandidaten«, wandte Baukloh sich an Roman. »Ist es gestattet?«

Der machte eine einladende Geste. Er selbst kam ohnehin gerade nicht weiter. Deshalb stand er auf, überließ Dixi Baukloh seinen Stuhl und lehnte sich mit verschränkten Armen an die Wand neben der Tür.

»Wir haben da ein Paket in Ihrer Scheune gefunden«, begann Baukloh. Er zeigte Poppinga ein Foto auf seinem Smartphone und drehte den Bildschirm dann so, dass auch Roman darauf gucken konnte. »Schöne moderne Lampen«, lobte er. »Hochmodern sogar, effizient für den Indoor-Anbau und nicht gerade billig. Damit würde die Plantage deutlich bessere und gehaltvollere Pflanzen produzieren und auf der anderen Seite weniger Strom für die Beleuchtung fressen. Clevere Investition.«

Noah Poppinga zuckte die Schultern. »Danke für die Blumen. Aber die Scheune habe ich vermietet, das Gras ist nicht meins.«

Zu Romans Überraschung nickte Dixi. »Das haben Sie schon gesagt. Mehrmals. Und jetzt«, er zeigte mit dem Finger auf Poppinga, »glaube ich Ihnen das sogar. Das Paket war zwar an Ihren Hof adressiert, aber die Lieferunterlagen darin nennen als Auftraggeber einen gewissen Andreas Bruns.« Er drehte sich zu Roman um. »Diesen Bruns hatten wir schon eine Weile auf dem Radar, aber wir konnten ihn nie bei den Eiern kriegen. Das Bürschchen ist ein echtes Wiesel. Aber diesmal windet er sich da nicht mehr so leicht raus.«

»Ihr werdet auch im Pick-up seine Fingerabdrücke finden«, mischte sich Poppinga ein. »Er hat häufig Lieferfahrten für mich gemacht, wenn Gemüse zu den Kunden gebracht werden musste.« Er wandte sich wieder an Roman. »Er war derjenige auf dem Hof, der jederzeit an den Autoschlüssel herankam. Ich wollte ihn nicht hinhängen, aber jetzt seid ihr ja selbst darauf gestoßen, dass es seine Plantage ist. Manchmal hat er den Lieferwagen auch ein paar Tage bekommen, wenn er irgendwo was Größeres zu besorgen hatte oder mit seinem kleinen Sportwagen nicht auffallen wollte.«

»Wann hatte er ihn denn zuletzt für eine längere Zeit?«, fragte Roman.

Poppinga überlegte. »Warte mal. Da musste ich in die Südheide. Ich wollte mir einen gebrauchten Kartoffelroder angucken und nicht mit der großen Karre so weit fahren. Deswegen haben Andreas und ich die Autos getauscht. Das war im Sommer.« Er stutzte und runzelte die Stirn. »Eine bis zwei Wochen vor dieser Geschichte mit der Wasserleiche. Ich bin eine ganze Woche unten geblieben, weil ich bei der Gelegenheit noch den Hof eines Kollegen besuchen wollte, der auch mit alten Sorten arbeitet.« Er straffte sich, als sei ihm gerade ein Zentnersack Kartoffeln von den Schultern geglitten. »Ich könnte mir vorstellen, dass ihr gerne seine Adresse und meine Tankquittungen hättet, oder?«

52.

Das »Gewächshaus« war nur schummerig beleuchtet, als Clara ihren Kleinwagen neben dem Gebäude parkte und den Motor abstellte. Das Abendgeschäft hatte noch nicht begonnen, aber im hinteren Teil des Restaurants brannte Licht und ein Fahrrad lehnte an der Hauswand nahe dem Hintereingang. Dennis Mulders Wagen sah sie nicht.

Clara warf einen letzten Blick auf ihr Handy. Mehrere

Benachrichtigungen über Diskussionen auf ihrer Seite und in der No-Soy-Gruppe, die sie im Chatprogramm eingerichtet hatten, aber nichts Neues von Powerpongo. Und gerade jetzt hätte sie seine Unterstützung so dringend gebraucht. Sie spürte, wie ihre Nase kribbelte, als die Augen feucht wurden. Zornig kniff sie sich in den Nasensteg, als wollte sie mit Daumen und Zeigefinger die Tränen zurückdrängen. Es half tatsächlich.

Sie rief das Chatprogramm auf und tippte hastig auf das Bild mit dem Orang-Utan. Routiniert wischte sie mit dem Zeigefinger über die virtuelle Tastatur ihres Smartphones und ließ das Programm ihren Text vervollständigen.

»Bist du sicher, dass er im Restaurant ist? Sein Auto ist nicht da.«

Im Nachrichtenfenster erschienen drei wabernde Pünktchen. Dann tauchten in kurzer Folge Antworten auf.

»Wen suchst du?«

»War das für uns?«

»Sorry, hab nicht aufgepasst. Was ist los?«

»Untreuer Ehemann oder Aktion?«

Ach, verdammt, da war sie mit dem Finger versehentlich eine Zeile zu tief gelandet und hatte ihre Frage nicht nur an Powerpongo gestellt, sondern an die gesamte No-Soy-Gruppe. Sie wurde rot und war froh, dass niemand sie sehen konnte. Dämlicher Anfängerfehler, wie hatte sie früher immer über User gelästert, die den Unterschied zwischen einer privaten Unterhaltung und einem öffentlichen Posting nicht begriffen. Das passierte nur Newbies oder Grufties.

Und jetzt also auch ihr. Applaus für Clara.

Immerhin war die Nachricht nicht komplett öffentlich rausgegangen, sondern nur an den engen Kreis ihrer Aktivistengruppe. Besonders verfänglich war sie auch nicht.

»Kein untreuer Ehemann«, beteuerte Clara schnell und setzte ein Emoji mit zugezogenem Reißverschluss als Mund dahinter. Sollten die anderen doch ruhig denken, dass sie zu einer politischen Aktion unterwegs war.

Und schließlich: Was war das hier auch anderes? Es ging darum, Kinder vor Indoktrinierung zu schützen und den weiteren Siegeszug der Soja-Industrie zu stoppen.

Die Kommentare zeigten, dass die anderen ihre Aktion unterstützten. Viele schickten einfach nur hochgereckte Daumen, geballte Fäuste, kräftig angespannte Bizepse.

»Wenn du Hilfe brauchst, sach was …«, bot einer an und setzte eine schwarze, kugelrunde Comicbombe dahinter.

»Füllt eure Wasserpistolen mit Wurstwasser. Wir gehen Veganer jagen!«

Jetzt kam auch eine persönliche Nachricht mit der Antwort von Powerpongo: »Bist du beim ›Gewächshaus‹?«

»Ja«, schrieb sie zurück. »Wo ist Djure????«

»Natürlich nicht im Lokal«, kam die schnelle Erwiderung. »Was sollte er denn da mit ihm? Du wirst schon rauskriegen, wo er ist!«

Oh ja, das würde sie, schwor sich Clara. Und dann würde sie diesem Sojafresser und Palmölschmierer beibringen, sich ein für alle Mal von ihrem Sohn fernzuhalten!

Sie fühlte sich wie ein Indianer auf dem Kriegspfad und fand, ihr Spiegelbild mit dem entschlossenen braunen Gesicht unter den buschigen schwarzen Haaren im schwarzglänzenden Display passte sehr gut zu dieser Rolle.

Sie pustete die Locken aus der Stirn, steckte das Telefon ein und atmete noch einmal tief durch, bevor sie ausstieg und mit energischen Schritten zum Hintereingang des Restaurants lief.

53.

Um ein Wiesel zu fangen, musste man eine Falle aufstellen. Die Falle war da. Aber hatten sie noch einen Köder, der verlockend genug wirkte?

Den Nachmittag über hatte reger Betrieb auf dem Poppinga-Hof geherrscht. Die Spurensicherung war irgendwann abgerückt, doch zwei Kollegen vom MEK, die selbst aus der Landwirtschaft kamen, hatten sich bereit erklärt, die Hühner und Schweine zu versorgen, während sie den Hof observierten.

Jetzt aber musste der Hof unbewacht erscheinen, damit Bruns sich wieder zurücktraute. Deswegen waren die beiden Kollegen demonstrativ und laut redend in ihr Auto gestiegen und über die Bingumgaster Straße davongefahren.

Seit Einbruch der Dunkelheit saß Roman Sturm mit Dirk Baukloh zusammen in der Scheune hinter dem halbhohen Mäuerchen eines alten Schweinekobens verborgen und wartete. Im fahlen Mondlicht, das durch schulheftgroße Scheiben hereinsickerte, waren nur unterschiedlich tiefe Schatten zu erkennen. Schon von draußen hatte das alte Gemäuer ekelerregend gestunken. Nach Staub, kalkigem Mörtel und Hektolitern von aggressiver Pisse, die Generationen von Nutztieren hier vergossen hatten. Roman mochte nicht darüber nachdenken, wie es die Generationen von Bauern damit gehalten hatten. Der Hof war groß und das Klo war weit. Oder wie ging noch mal das alte Sprichwort, das seine Oma früher immer zitiert hatte?

Immerhin hatten sie es hier drinnen trocken und waren vor dem frischen Wind geschützt, der gegen Abend ordentlich aufgebrist und die letzten Regenwolken verjagt hatte. Die Kollegen vom Sondereinsatzkommando waren da schlechter dran. Sie hatten sich draußen auf dem gesamten Bauernhof in den Schatten verteilt und warteten auf Andreas Bruns.

Wenn er denn überhaupt kam. Sie hatten ihn zur Fahndung ausgeschrieben, mitsamt seinem kleinen japanischen Flitzer. Vermutlich war er längst über die Grenze in die Niederlande verschwunden, dachte Roman. Noah Poppinga hatte ausgesagt, dass er Bruns am Nachmittag während ihres Einsatzes auf dem Gelände gesehen hatte. Ihr Verdächtiger wusste also, dass die Polizei seine

Plantage ausgehoben hatte. Die neu gelieferten Lampen waren zwar teuer, aber dafür würde Bruns bestimmt nicht das Risiko eingehen, geschnappt zu werden. Angesichts des Polizeiaufgebotes musste ihm klargeworden sein, dass man ihn mit dem Mord in Verbindung brachte.

»Der kommt wieder«, mümmelte Baukloh, der gerade von einer langen, dünnen Mettwurst abgebissen hatte. »Ich wette mit dir, dass er hier irgendwo noch seine Altersvorsorge versteckt hat. Für schlechte Zeiten. Die lässt er sich nicht durch die Lappen gehen. Gerade, wenn er sich absetzen will, braucht er die Kohle.«

Romans Magen knurrte wütend, als der Duft der Räucherwurst zu ihm herüberzog. Seit dem Frühstück hatte er nichts Vernünftiges mehr zu essen bekommen. Jetzt lief ihm das Wasser im Mund zusammen und er griff dankbar zu, als Dixi ihm eine weitere Wurst hinstreckte mit den Worten: »Hier, sonst verscheuchst du mit deinem Geknurre noch den Bruns.«

Eine Weile kauten sie in einträchtigem Schweigen. Roman konnte sich nicht erinnern, jemals so viel Zeit mit Dirk Baukloh verbracht zu haben wie in den letzten Tagen. So übel war der trotz seines Rasierwassers vielleicht doch gar nicht, wenn er nicht gerade den Superbullen rauskehrte, der nur durch eine böse Laune des Schicksals noch nicht in der Landeshauptstadt gelandet war oder wenigstens in Osnabrück bei der Polizeidirektion. Das tat er allerdings leider unfehlbar, sobald Lükka Tammling in der Nähe war, deswegen hatte die gute Zusammenarbeit wenig Aussicht auf Bestand.

Aber Lükka war nicht hier, die war wieder in ihre geliebten Hintergrundrecherchen abgetaucht. Streng genommen surfte sie im Internet, vermutete Roman. Und so konnte er mit Dixi bei Räucherwurst echte Männerkumpanei ausleben. Es fehlte nur ein Bier zum Klischee. So leicht war er also zu bestechen, wenn er Hunger hatte.

Auf jeden Fall hatte Dixi deutlich mehr Erfahrung bei der Observation und deutlich mehr Proviant als Roman. Der hatte nämlich außer einer Schachtel Hustenbonbons gar nichts Essbares und leider auch nichts zu trinken dabei. »Wasser hast du nicht zufällig mitgebracht?«, fragte Roman leise.

Tatsächlich zog der Kollege eine Flasche aus seiner Messengertasche, die neben ihm auf dem Stallboden stand. Er schüttelte sie. »Alles alle. Leider.« Er sah sich um und spähte über das Mäuerchen. Alles war still und dunkel, also erhob er sich. »Da hinten ist ein Wasserhahn, ich hol uns mal was.«

Gerade rechtzeitig hinderte Roman ihn daran. Das wäre echt ein krasser Fall für den Darwin-Award geworden. Tod durch ungewöhnliche Dummheit. Sie saßen schließlich neben einer Hanfplantage, die durch Gift im Wasser vernichtet worden war. Und bestimmt hatte Andreas Bruns sein Wasser zum Gießen nicht über den ganzen Hof geschleppt, sondern es aus der nächstgelegenen Leitung gezapft, die an das Hauswasserwerk angeschlossen war. Unkraut-Ex inklusive. Na denn Prost.

»Dann hoffen wir mal, dass unser Kunde bald kommt und sich einsammeln lässt, ehe wir verdursten. Anschließend gehen wir zünftig einen trinken«, kündigte Baukloh an.

Also doch Bier, dachte Roman. Er zog seine zerknitterte Bonbonschachtel aus der Westentasche und reichte sie dem Kollegen. »Hier, das hilft nicht wirklich gegen den Durst, tut aber so.«

Dixi nahm sich einen Bonbon und warf die Packung zurück. Roman griff zu kurz und die kostbaren Drops klöterten auf den Boden.

»Sorry«, flüsterte Baukloh verlegen, während sie auf Händen und Knien gemeinsam nach den Bonbons fahndeten. »Weißt du inzwischen eigentlich, wie das mit dem Wasser genau war? Bruns können wir ja als Täter vermutlich ausschließen. So dumm ist nicht mal der, dass er seine eigenen Pflanzen mit Unkraut-Ex begießt.«

»Noch nicht«, gab Roman zu. »Das kann aber nicht mehr lange dauern. Im Schuppen hinten auf dem Grundstück standen einige Kanister mit Chemikalien. Noah Poppinga hat mir mal erzählt, dass sein Großvater und sein Vater früher genauso viel Chemie verwendet haben wie alle anderen. Davon sind offenbar noch Reste vorhanden. Die passen aber nicht zu dem Gift, an dem Theda Poppinga gestorben ist. Damit ist sicher …« Er unterbrach sich, als er ein leises Scharren hörte.

Dixi neben ihm hatte es offenbar auch gehört. Er richtete sich aus dem Vierfüßerstand auf und seine Silhouette zeichnete sich einen Moment lang gegen das hellere Grau der gekalkten Scheunenwand ab, ehe er mit einem dumpfen Laut neben Roman auf den Stallboden fiel.

Roman spürte eher einen Luftzug, als dass er eine Bewegung sah, und rollte sich instinktiv zur Seite. Die

Schaufel krachte mit einem metallenen Klirren gegen die Einfriedung des Schweinekobens, prallte zurück und der Angreifer stieß einen Schmerzenslaut aus, als der zweite wuchtige Schlag, der den Kommissar treffen sollte, hart gestoppt wurde und eine Schockwelle in seinen eigenen Arm sandte.

Der Schreckmoment währte nicht lang, aber er reichte Roman, um auf die Füße zu kommen und seine Dienstwaffe aus dem Holster zu reißen.

»Hände hoch, Polizei«, brüllte er und richtete die Pistole in die Richtung, aus der der Schlag gekommen war. »Waffe auf den Boden, los, los, los!«

Verdammt, wo blieben die Kollegen vom SEK? Nach hinten konnte er nicht ausweichen, dazu war der Schweinekoben zu klein. Außerdem lag der bewusstlose Kollege im Weg.

Der Umriss des Mannes auf der anderen Seite der kleinen Mauer verharrte einen Wimpernschlag lang, dann hoben sich die Arme mit der Schaufel wieder über Kopfhöhe.

Roman Sturm krümmte den Finger und der Schuss hallte ohrenbetäubend durch die Nacht.

54.

Der Flur war schwach erleuchtet, doch am Ende des Ganges sah Clara Licht durch die Milchglasscheibe der Küchentür scheinen und hörte ein Klappern. Sie ignorierte das Vibrieren ihres Telefons in der Tasche und ging entschlossen den dämmerigen Flur entlang.

Als sie die Schwingtür zur Restaurantküche aufstieß, mussten ihre Augen sich nach der Dunkelheit im Auto und auf dem Parkplatz erst an die gleißende Helligkeit gewöhnen, in die mehrere LED-Schienen an der Decke den weißen und edelstahlglänzenden Raum tauchten. Über dem sechsflammigen Gasherd röhrte die riesige Dunstabzugshaube, die Lampe der Esse beleuchtete mehrere Töpfe auf dem Herd, aus denen würziger Duft aufstieg. Trotz der Entlüftung war die Küche heiß wie eine Sauna. Sämtliche Flammen brannten erwartungsvoll, auch wenn nicht auf allen Kochstellen Pfannen oder Töpfe standen. Weder Koch noch Küchenhilfe waren zu sehen, aber auf der Arbeitsfläche lag ein Schneidebrett mit einem großen Messer und halb gehackten Kräutern.

Clara ging an dem Edelstahlschrank vorbei, der zwischen Tür und Herd stand. Eine dicke Metalltür war nur angelehnt, Sie zog sie auf und kalte Luft empfing sie, als sie das Kühlhaus betrat. Ringsum standen hohe Regale mit Lebensmitteln, abgedeckten Behältern und Töpfen.

»Wer ist da?« Dennis Mulder trug eine weiße Kochjacke und schwarz-weiß karierte Hosen. In den Händen hielt er eine Stahlwanne, groß wie ein Kuchenblech und mit einer zweiten Wanne abgedeckt. Sein Gesicht war gerötet und wirkte erschöpft. Trotzdem entspannte sich seine Miene etwas, als er die unerwartete Besucherin erkannte.

»Clara, schön, dich zu sehen. Aber es passt gerade nicht besonders gut.« Er lächelte schief. »Es sei denn, du willst mir in der Küche helfen. Wir sind heute Abend ausreserviert und ich habe noch nicht alles vorbereitet.«

Er versuchte, mit dem offensichtlich schweren Blech in die Küche zu gelangen, aber Clara versperrte ihm den Weg.

»Lass mich doch mal eben vorbei«, forderte er irritiert. »Das Ding ist sauschwer und ich muss es rüber zum Konvektomaten bringen.«

Clara rührte sich keinen Zentimeter von der Tür fort und fragte: »Wo ist er?«

»Wo ist wer?«

»Djure. Wo hast du ihn hingebracht?«, fauchte Clara.

»Im Ernst, Clara, spinnst du? Ich bin den ganzen Tag nicht aus dieser verdammten Küche rausgekommen. Was sollte ich überhaupt hier mit deinem Sohn anfangen?« Ungeduldig drehte er den Oberkörper und drängte sie mit seiner breiten Schulter aus dem Weg. Er war zwar nicht groß, aber kräftig.

Clara folgte ihm wütend zurück in die dampferfüllte Küche und ließ die Kühlhaustür offen stehen. »Was du mit ihm anstellen willst? Ihn gegen mich aufhetzen, wie du es die ganze Zeit schon tust!«, zischte sie. »Du mit deiner ach so tollen Tierliebe und deinem verfluchten Tofudreck.«

Dennis Mulder hatte den Gastroeinsatz auf der Arbeitsfläche abgestellt, nahm den Deckel ab und öffnete die Tür eines großen Ofens. Dampf quoll hervor und hüllte ihn ein. Er kniff die Augen zusammen. Dann schob er das hohe gefüllte Blech in den Garraum und drückte auf eine Taste. Erst jetzt wandte er sich wieder zu Clara um. Schweiß lief ihm übers Gesicht und perlte zwischen den kurzen Haaren. Er wischte mit dem Ärmel über die Stirn.

»Wieso hetze ich ihn auf? Clara, du bist total durchgedreht. Wenn du dich nur sehen könntest, wie du hier stehst mit deinem wutverzerrten Gesicht! Das bist doch nicht du!« Er schüttelte den Kopf und bemühte sich um einen besänftigenden Ton. »Schau, wahrscheinlich bist du überarbeitet und von der ganzen Geschichte mit dem Gift im Wasser völlig fertig. Geh nach Hause, schlaf dich aus und morgen reden wir weiter, ja?« Er schob sich wieder an ihr vorbei in Richtung Kühlhaus und kam im nächsten Moment mit einer weiteren großen Wanne zurück, in der marinierte und gewürzte Tofuscheiben lagen.

»Und dann solltest du dir endlich wieder Zeit für Djure nehmen. Der arme Kleine ist doch völlig verstört. Auf dem Hof passieren lauter schlimme Dinge, Oma Theda stirbt. Und seine Mutter hängt die ganze Zeit im Internet rum und versucht, Menschen gegeneinander aufzubringen mit ihrem völlig überzogenen Hass auf Veganer und auf Soja.« Auch Dennis Mulder klang jetzt aufgebracht und stampfte hinüber zum Herd, wo er die Sojaschnitzel mit einem Knall auf die Arbeitsplatte stellte. »Und übrigens: Wer sich so für Umweltschutz starkmacht wie du, kann doch verdammt noch mal auch eine Kühlhaustür schließen.« Er wartete ihre Reaktion nicht ab, sondern ging selbst hin und griff nach der Tür. »Wenn dir deine Scheinrealität so viel wichtiger ist, solltest du deinen Jungen vielleicht doch jemandem überlassen, dem er etwas bedeutet.«

Clara bemerkte kaum, dass sie das große Messer von der Arbeitsplatte genommen hatte. Wie aus weiter Ferne sah sie auf der weißen Kochjacke von Dennis Mulder, die doch nur eine Armlänge entfernt war, eine rote Blume erblühen, die schnell größer wurde.

Sie riss die Hand mit dem Messer zurück, als hätte sie sich verbrannt, und ließ die Klinge zu Boden fallen. Rote Tropfen verteilten sich auf den weißen Fliesen wie verschütteter Kirschsaft, als Dennis Mulder rückwärts ins Kühlhaus taumelte und gegen ein Regal stürzte. Er blieb reglos liegen.

Clara warf keuchend die Kühlhaustür zu und verriegelte sie mit zitternden Händen. Dann rannte sie durch die Schwingtür aus der Küche, den Flur entlang Richtung Ausgang. Weg, nur weg!

»Nicht so hastig, junge Frau.« Birte Habben stand mitten im Gang, breit wie ein Fels und ebenso unnachgiebig. Warum kam die Küchenhilfe jetzt erst zur Arbeit? Dennis hatte doch so viel zu tun, dachte Clara.

»Wo hast du denn unsere kleine Biotonne gelassen?«, erkundigte sich die Frau angelegentlich. »Da wird doch wohl keine Schweinerei passiert sein?« Sie lachte und drängte Clara zurück in Richtung Küche. Rückwärts stolperte sie durch die Schwingtür und stieß gegen den Edelstahlschrank. Birte Habben folgte ihr. Sie strich sich das fuchsrote zottige Haar aus der Stirn und bleckte die Zähne zu einem bösen Lachen, als sie das Blut sah. »Dachte ich's mir doch. Eine riesige Schweinerei. Dabei sollte in Mulders Küche ja eigentlich kein Blut fließen. Wer soll das nur wegputzen?« Sie schüttelte in gespieltem Mitleid den Kopf. »Tse, tse, tse. Man darf seine Angestellten einfach nicht entlassen. Das zahlt sich wirklich nicht aus. Und dann musste er mir noch so ein beschissenes Zeugnis ausstellen mit dem Zusatz ›Kündigung wegen Störung des Betriebsfriedens‹, das geht gar nicht.« Ihr Blick huschte vom Herd mit den brodelnden Töpfen in Richtung Kühlhaus. »Da ist der Veganer wohl ›kohlabiert‹, habe ich recht?«

»Lass mich vorbei«, bat Clara. Sie tastete nach ihrer Tasche und zog ihr Smartphone hervor, ohne die ältere Frau aus den Augen zu lassen.

»Ei, was will denn die kleine Bloggerin jetzt posten?«, spottete die Küchenhilfe. »Willst du vielleicht deine Aktivistenfreunde zu Hilfe holen?« Sie legte den Kopf schief und sah ungerührt zu, wie Clara das Gerät anschaltete. »Nur zu. Der Handyempfang ist hier drin aber lausig, das weiß ich aus Erfahrung. Und wer sollte schon kommen? Den armen Gorilla hast du auf Snooze geschaltet, stimmt's? Außerdem ist der weit weg. Und die anderen sind fast alle Maulhelden. Oder Trolle, so wie ich.«

Clara drückte das Icon für die Aufzeichnung einer Sprachnachricht und hoffte, dass ihr Gegenüber es nicht erkannte.

»Aber du, liebe EinfachClara, du bist so schön einfach gestrickt und meinst es so ernst mit deinem Einsatz«, fuhr Birte Habben ungerührt fort. »Ein paar schöne Bildchen oder auch nicht so schöne, und schon tust du ganz genau, was von dir erwartet wird. Du merkst nicht einmal, wenn dir einer Kinderbilder schickt, die du selber mal hochgeladen hast. – Hey, bleib schön da«, warnte sie, als Clara seitlich an ihr vorbeiblickte, um den Abstand zur Tür abzuschätzen.

Die Frau hielt jetzt eine Pistole mit kurzem Lauf in der Hand. Als sie Claras entsetzten Blick bemerkte, lachte sie. »Du weißt doch, dass Orang-Utans sehr gut darin sind, Werkzeug zu benutzen. Und dieses Werkzeug ist etwas ganz Besonderes. Ein altes Familienerbstück.« Sie warf einen beinahe liebevollen Blick auf das klobige Stück Metall in ihrer Rechten. »Eine Sauer 38H. Sie hat meinem Urgroßvater gehört, stellt dir das mal vor. Ich habe den niemals kennengelernt, er ist kurz vor Kriegsende umgekommen, da war er noch ganz jung. Frisch verheiratet und eben erst Vater geworden. Aber seine Waffe ist noch da, und die hilft mir jetzt dabei, seinen Hof zurückzubekommen.« Sie lachte wieder. »Obwohl, nein. Dafür hatte ich ja eine ganz andere Waffe. Das hast du wunderbar erledigt. Schönen Dank dafür.« Sie zog mit einer großen Wellenbewegung der linken Hand einen imaginären Hut, ohne dabei die rechte mit der Pistole sinken zu lassen.

Clara sah sie entsetzt an. Was sollte das alles bedeuten? Was sagte diese Frau da? Die war ihr Freund mit dem Orang-Utan-Bild? Ihre Knie drohten nachzugeben und sie griff haltsuchend nach der Schrankkante.

Birte Habben fuhr unbarmherzig fort: »Meine Aktionen mit den Nägeln und Schrauben auf der Hofeinfahrt waren ja ganz witzig, um Poppinga zu ärgern. Aber viel zu viel Aufwand. Doch dein Einsatz – großartig. Der kleine Pflanzenretter ist aus dem Spiel, dem kauft von seinem Giftgemüse keiner mehr etwas ab. Und wenn er mit seiner Arche Noah keine Landwirtschaft mehr betreiben kann, stehen ihm auch der Hof und das Land nicht mehr zu. Dass sein Zweig der Familie den bekommen und vor allem behalten hat, war eine himmelschreiende Ungerechtigkeit. Meine Großmutter hätte ihn bestimmt ebenso gut geführt wie ihr Schwager, aber sie wurde rausgedrängt. Ihren Nachkommen blieb nur der Name Habbo, der von einer Generation zur nächsten weitergereicht wurde, als Vorname oder als Zwischenname. Aber jetzt ist Schluss damit. Dass Brunkes Frau, die alte Hexe, ihren Tee tatsächlich immer noch mit dem eigenen Brunnenwasser aufbrüht, hätte ich ja nicht gedacht. Aber die alte Theda hielt nun mal auf Traditionen.« Sie lachte boshaft. »Geplant war das eigentlich nicht. Aber ich hatte es gehofft. Und es passt mir ganz gut.«

Clara zitterte am ganzen Leib und ihre Stimme klang in ihren eigenen Ohren fremd. »Oma Theda hatte doch einen Herzanfall!« Etwas anderes war für sie nie in Betracht gekommen. Ein Herzanfall oder einfach Altersschwäche. Danach gefragt hatte sie Noah nicht. Dazu war alles viel zu hektisch gewesen, als dieses aufgeblasene Erbschleicherpaar auf einmal im Treppenhaus gestanden und sie angepöbelt hatte.

»Glaubst du?«, kommentierte Birte Habben spöttisch.

»Na, wenn du meinst. Ich habe da was anderes gehört, aber was weiß denn die Polizei schon von so was?«

Claras Atem ging stoßweise. Was konnte sie überhaupt noch glauben? Wochenlang war sie überzeugt, mit ihrem besten Freund Nachrichten auszutauschen. Sie hatten gemeinsame Ziele gehabt, Pläne geschmiedet. Und er hatte immer gute Ratschläge parat gehabt. Der Tipp, die Kanister mit dem Steinreiniger in die Zisterne und den Brunnen zu leeren, kam von Powerpongo. Nein, korrigierte Clara sich innerlich. Er kam von Birte Habben Bargholt, die ihre Naivität, ihre Blödheit ausgenutzt hatte, um ihre eigenen Pläne umzusetzen.

Was hatte sie bloß angerichtet?

»Und Dennis?«, fragte sie mit erstickter Stimme. »Was hat er mit meinem Sohn gemacht?«

Birte Habben schüttelte den Kopf, als könnte sie Claras Dummheit nicht begreifen. »Gar nichts. Ich habe keinen blassen Schimmer, wo dein Sohn ist. Wenn einer das wissen sollte, dann doch wohl du. Ich habe übrigens auch gar nicht behauptet, dass Mulder ihn entführt hat. Das hast du dir wunderbar selber zusammengereimt. Ich habe nur ein paar falsche Fährten gelegt mit Fotos, die ich auf deinem Account geklaut habe. Der Drecksack hat mich gefeuert und mir mit seinem Scheißzeugnis die Zukunft verbaut, dafür musste er bezahlen.« Sie hob die Waffe ein Stück höher.

Mit verzweifelter Entschlossenheit richtete Clara sich auf und streckte den Rücken. »Wem hilft es, wenn du mich jetzt erschießt?«, wandte sie ein. »Ich habe damit doch gar nichts zu tun, ich wohne und arbeite nur auf dem Poppinga-Hof!«

»Wieso sollte ich dich erschießen?«, fragte Birte Habben verwundert. »Das mache ich nur, wenn es gar nicht anders geht. Dieses schöne Restaurant ist Schauplatz eines traurigen Beziehungsdramas.« Sie nahm ein paar Geschirrtücher vom Regal über der Spüle und warf sie auf den Herd. Sofort züngelte die Gasflamme, auf der noch kein Topf stand, hungrig auf und leckte am Stoff.

»So, Dschungelprinzesschen, jetzt mal hurtig da rüber zu deinem Tofuklops.« Sie warf einen Blick in Richtung Kühlhaus. Dort war ein Poltern zu hören.

»Keine Bange, das hört gleich auf«, sagte sie achselzuckend und zeigte mit der Pistole in den hinteren Teil der Küche. Clara sah sich entsetzt nach einem Ausweg um. Die Handtücher brannten jetzt mit kräftiger Flamme, offenbar war ein Teil in der Pfanne gelandet, in der Dennis bereits Palmöl zum Braten seiner Sojaschnitzel bereitgestellt hatte. Der Sog der Esse fachte das Feuer an.

Birte Habben sah sie mit spöttisch verzerrtem Gesicht an. »Du wusstest ja schon immer, dass Soja und Palmöl schuld an ganz vielen Feuern sind. In Borneo, Brasilien und jetzt eben auch in Ostfriesland.«

Im nächsten Augenblick krachte es und Clara sah mit schreckgeweiteten Augen, wie Birte Habben nach vorne stolperte, als die große Schwingtür der Küche sie mit Wucht im Rücken traf.

Birte Habbens Pistole war verschwunden, dafür starrte Clara jetzt in die Mündung von Lükka Tammlings Dienstwaffe.

55.

Die Uferpromenade lag noch still und verlassen da, nur ein paar schläfrige Enten quakten missgelaunt, als sie vor ihren Schritten von den Badeplattformen der Jachten ins glatte Wasser des Hafenbeckens glitten.

Als sie an der breiten Freitreppe ankamen, die von dem schiffsförmigen Gebäude der Tourist-Information hinunter zum Ufer der Leda führte, ließ Roman Sturm sich auf eine der weißen Stufen sinken. Der Stein hatte die Kälte der Nacht gespeichert, aber er spürte es kaum. Breitbeinig saß er da, die Ellenbogen auf die Oberschenkel gestützt. Sein gesenktes Gesicht war hinter den langen schwarzen Haaren verborgen wie hinter einem Vorhang, der wenigstens für einige Augenblicke die Welt aussperrte.

Dirk Baukloh legte ihm die Hand auf die Schulter und reichte ihm wortlos eine stämmige braune Glasflasche. Dann ließ er sich neben ihm auf die Stufe fallen. »Verdammte Kacke, ist das kalt«, schimpfte er, blieb aber ebenfalls sitzen und öffnete den Bügelverschluss seiner eigenen Flasche.

Die modernen Häuser auf der anderen Seite des Hafens und das historische Dampfschiff jenseits der Fußgängerbrücke, die das Becken überspannte, bekamen allmählich Konturen, während das Blaugrau des Himmels fast unmerklich zu einem zarten Schwefelgelb wurde.

»Ist es nicht ein bisschen zu früh für Bier?«, gab Lükka Tammling zu bedenken, als sie sich an Romans andere Seite setzte.

»Alles eine Frage der Perspektive«, befand Dixi. »Wir haben nach dem Einsatz nicht geschlafen, also ist streng genommen noch Abend. Und ich hatte mich mit Roman auf ein Bierchen nach Feierabend verabredet.« Er nahm einen tiefen Zug und schüttelte sich.

»Außerdem ist dieses Landbier so dunkel, das geht glatt als Kaffee durch«, verkündete Roman und trank.

Lükka zuckte die Achseln und schnippte mit dem Daumen die dritte Flasche auf, die Noah Poppinga ihnen nach seiner nächtlichen Rückkehr auf den Hof als Wegzehrung aufgenötigt hatte, weil sie vor der Heimfahrt nicht mit ihm anstoßen konnten.

»Ich hätte dem Bruns gar nicht so viel Weitsicht zugetraut«, gestand Dirk Baukloh und kratzte sich an dem dicken weißen Verband, den der Sanitäter um seinen Kopf gewickelt hatte. »Dass er Markus Hagedoorn erstochen hat, weil der seine Hanfplantage entdeckt hat und ihn erpressen wollte, ist ja noch ziemlich eins zu eins, wenn ihr versteht, was ich meine. Aber danach hat er sich richtig was einfallen lassen.«

»Findest du?« Lükka runzelte die Stirn. »Da stand ein Lieferwagen rum, für den er den Schlüssel hatte. Der Leiche die Papiere abzunehmen, sie auf die Ladefläche unter eine Siloplane zu packen und im nahen Strom zu versenken, war doch recht naheliegend.«

»Tja, aber dann stand er da mit dem dicken Wagen des Vertreters«, gab nun auch Roman zu bedenken. »Ich habe mich die ganze Zeit über gefragt, wo das Auto geblieben sein kann. Der Bauernhof liegt so weit draußen, zu Fuß oder mit dem Rad wäre Hagedoorn da nicht hingelangt.«

»Warum hat Bruns nicht einfach Leiche und Auto gemeinsam versenkt?«, fragte Lükka.

Dixi winkte ab. »Ganz schlechte Idee. Frag mal die Kollegen von der Wasserschutzpolizei. So ein Auto fällt gerade wegen der ständigen Baggerungen wesentlich schneller auf als ein toter Mensch. Der wäre ja fast für einen Seehund durchgegangen, wenn der Kollege Sturm nicht so scharfe Augen hätte.«

»Du meinst, wenn der Kollege Sturm nicht ständig nützliche Sachen wie zum Beispiel ein Fernglas mit sich rumschleppen würde, obwohl ihr alle immer darüber lästert«, korrigierte Roman ihn.

»Oder so. Aber die Karre ganz nach Mecklenburg-Vorpommern zu schaffen und ruck, zuck an einen der vielen Autohändler an der polnischen Grenze zu verscherbeln, solange noch keiner den Besitzer vermisst – darauf muss man erst mal kommen.« Dixi klang anerkennend. »Andererseits, sich unterwegs mit der Karre blitzen zu lassen, war wiederum eher dämlich, aber auf diese Weise haben wir ein gestochen scharfes Beweisfoto. Zusammen mit Hagedoorns Sachen, von denen Bruns sich nicht trennen konnte, sollte das zumindest für eine Anklage reichen. Bis dahin ist er mit seiner Fleischwunde im Gefängniskrankenhaus gut aufgehoben.«

Eine Weile schwiegen alle drei und sahen zu, wie der Himmel sich lachsrosa färbte. Die Dohlen erwachten in den nahen Bäumen und kreisten laut zankend über den Häusern.

Roman war den Kollegen dankbar, dass sie das Thema noch mieden, das ihn am meisten quälte.

Wie konnte seine Schwester sich so als Werkzeug missbrauchen lassen, dermaßen in ihrer Filterblase aufgehen, dass sie blind einem wildfremden Menschen folgte, der ihr Anschlagspläne einflüsterte?

Vielleicht würde man es zu ihren Gunsten auslegen, dass sie keine Ahnung von Oma Thedas Marotte hatte, den Tee mit Brunnenwasser aufzubrühen. Sie hatte auch keine Ahnung von Chemie, das wusste Roman. Deswegen glaubte er ihren Beteuerungen, sie hätte den Steinreiniger für ein ganz normales, wirksames Putzmittel gehalten, das man halt nur nicht auf Pflanzen sprühen durfte.

Es war ja auch unvorstellbar, dass Unkraut-Ex, das der Arzt als Schwiegermuttergift bezeichnet hatte, nicht mehr zur Unkrautbekämpfung eingesetzt werden durfte, aber als Reinigungsmittel für bemooste Einfahrten und Terrassen verkauft wurde. Auf dem Kanister stand »ohne Glyphosat« und »biologisch abbaubar«. Mehr hatte Clara offenbar nicht gebraucht, um es für vergleichsweise harmlos zu halten. Sie hatte es mit Begeisterung auf den Pflastersteinen vor dem Laden eingesetzt und genug übrig behalten, um auf Anweisung von Birte Habben Bargholt das Wasser zu vergiften und das Ganze wie einen Anschlag der Pestizidhersteller aussehen zu lassen.

Die gewissenlose Anstifterin hatte beim Kampf mit Lükka Tammling in der Restaurantküche zwar einige Beulen und böse Brandwunden davongetragen, aber zum Glück nichts, was einen Aufenthalt im Untersuchungsgefängnis unmöglich machte.

»Mach dir keine Vorwürfe«, sagte Lükka, als sie das Schweigen nicht länger aushielt. »Ich bin oft in solchen Gruppen im Internet unterwegs. Ob das Verschwörungstheoretiker oder Impfgegner sind, Naturmedizinfreaks oder politische Aktivisten, macht dabei keinen großen Unterschied. Wer sich lange genug von anderen Meinungen und Einflüssen abschottet, hinterfragt irgendwann nichts mehr, was in seiner Blase geschieht. Und wenn doch jemand kritische Fragen stellt oder objektive Beweise fordert, wird er von den Administratoren schnell aus den Gruppen rausgeworfen. Ich habe selber immer wieder versucht, Clara zu erreichen. Wenn sich jemand Vorwürfe machen sollte, dann bin ich das, weil ich die Gefahr nicht rechtzeitig erkannt habe. Erst als es schon fast zu spät war, habe ich begriffen, was diese Birte Habben mit verschiedenen Identitäten für ein mieses Spiel spielte. Mal gab sie bei ›No Soy‹ den Clown und postete alberne Witzchen gegen Veganer, mal war sie der Kämpfer für Regenwald und Menschenrechte und brachte mit diesem Wechselspiel immer wieder die Diskussionen in Schwung. Es hat eine Weile gedauert, bis ich die gemeinsamen Muster in ihrer Sprache bei den verschiedenen Accounts erkannt habe. Auf Dauer kann sich beim Schreiben niemand verstellen. Sie hat es raffiniert eingefädelt. Auf den Smartphones von Clara und Birte Habben sind viele private Nachrichten gespeichert. Habben hat sie an einer ganz kurzen Leine geführt. Für Clara war sie in ihrer Rolle als Powerpongo zuletzt der einzige Vertraute.«

Roman sah seine Kollegin an. »Aber dieser Vertraute hätte ich sein sollen, verdammt noch mal. Ich bin ihr

Bruder! Oder wenigstens ihr Freund Dennis Mulder. Wie konnte sie ihm das antun?«

Lükka zuckte unbehaglich die Schultern. »Familie kann nicht alles leisten. Ich hoffe, sie bekommt in der Vollzugsanstalt eine gute Therapie.« Sie nahm einen letzten Schluck aus ihrer Bierflasche. »Wie geht es Mulder überhaupt? Kommt er durch?«

»Soweit ich weiß, ist er immer noch im OP. Du bist rechtzeitig ins Restaurant gekommen, ehe er verblutet ist, aber er ist sehr schwer verletzt. Wir müssen abwarten.«

»Nimmst du den kleinen Hosenscheißer jetzt eigentlich zu dir?«, fragte Dirk Baukloh. »Von wegen: Familie hält zusammen und so?«

Roman zögerte. Einerseits fühlte er sich verpflichtet, sich um Claras Sohn zu kümmern. Aber sein Lebensentwurf war ein ganz anderer, ein Kind hatte darin zumindest vorläufig keinen dauerhaften Platz. Er hatte stundenlang darüber gegrübelt, aber jetzt, als der Kollege es ansprach, sah er klar. Deswegen sagte er mit fester Stimme: »Für den Kleinen ist es das Beste, wenn er bei seinem Vater bleibt. Der hat eine neue Frau und ein Kind und Djure besucht ihn sowieso regelmäßig. Er wird sich schnell eingewöhnen.« Er rieb sich mit dem Fingerknöchel über die Nasenlöcher. »Ich hoffe, ich bekomme ihn ab und zu mal zu sehen.«

»Ich schätze, das liegt ganz bei dir«, stellte Dixi nüchtern fest. »Wenn man sich kümmern will, dann tut man das auch.« Er stöhnte und streckte sich. »Leute, mir schläft hier der Hintern ein. Wird Zeit, dass der Rest von mir auch Schlaf bekommt. Ich werde mich jetzt mal trollen.« Er stand auf und streckte Lükka galant die Hand hin.

Sie war müde genug, um sich von ihm auf die Füße helfen zu lassen.

Auch Roman erhob sich. Zum Glück hatte er es nicht weit bis nach Hause. Von ihrem Platz aus konnten sie die Polizeiinspektion sehen und gegenüber des hässlichen Kastens wartete seine Wohnung auf ihn. Als sie gemeinsam über die Holzplanken der Uferpromenade in Richtung Hafenkopf liefen, drehte sich Roman zu seiner Kollegin um: »Mit welchem Pseudonym warst du eigentlich in der No-Soy-Gruppe unterwegs?«

Lükka Tammling grinste ihn geheimnisvoll an: »Das kann ich euch leider nicht sagen. Im Netz warten noch viele Trolle darauf, gejagt zu werden.«

Nütztscha nix.
Da sachste wat.
Hou.
Bis annermal.

ENDE

OSTFRIESLAND: SPRACHE UND BESONDERHEITEN

Endje van de Welt nennen die Rheiderländer das Fischerdorf Ditzum auf der westlichen Seite der Ems.

Mien Tüüt ist ein plattdeutsches Kosewort, das meist für Kinder verwendet wird

Keen Tied – Keine Zeit

Updrögt Bohnen – Frische Bohnen werden auf dünnen Bindfaden (Bohntjeband) gefädelt und als Vorrat getrocknet. Mit Speck, Räucherwurst und Kartoffeln gekocht, gibt es einen deftigen, leckeren Eintopf, der auch »dörstampt Eeten« genannt wird.

Holl up mit dumm Tüüg – Hör mit dem dummen Zeug auf.

Ollerwelsch – altmodisch

Vanavend hebb ik keen Tied för di. – Heute Abend habe ich keine Zeit für dich.

Wat is dat för'n Gedrüüs hier? Hest dat Schild neet seihn? – Was ist das hier für eine Unruhe? Hast du das Schild nicht gesehen?

De Fent is mall. – Der Bursche ist verrückt.

Tööv man eben, mien Jung. – Warte mal, mein Junge.

Kreier sind Schlickschlitten, die früher von den Dollartfischern bei Niedrigwasser in der Mündung der Ems zur Kontrolle der Reusen und Stellnetze eingesetzt wurden. Heute werden Kreier bei Rennveranstaltungen verwendet.

Peekhaken – Im niederdeutschen Sprachgebrauch wird der Bootshaken auch »Peekhaken« (peek = Piek/Spitze, also »Haken mit einer Spitze«) genannt.

all up Stee – alles in Ordnung

Is dar een Wicht up Visiet bi di? – Ist ein Mädchen bei dir zu Besuch?

Kumm man later up bi mi in de Stuuv. – Komm später zu mir nach oben ins Wohnzimmer.

Harrjasses, de Wicht gifft de Hann as een doden Fisk! – Herrgott, das Mädchen gibt die Hand wie ein toter Fisch!

Sien Süster – Seine Schwester

Ik harr hoopt, de lüttje Vergeet-mi-neet is van diene Fründ. Denn is he doch dien Leev? – Ich hatte gehofft, das kleine Vergissmeinnicht ist von deinem Freund. Dann ist er doch dein Liebhaber?

Mi flüggt so licht nix an. – Ich werde nicht so leicht krank.

Kumm man binnen, Döör is open! – Komm nur rein, die Tür ist offen!

Sett di man daal. – Setz dich hin.

Wat hest du da för mi? – Was hast du da für mich?

tüdelig – zerstreut

De oll Daag kummt! – Ich werde alt!

Dat lüttje Wicht is up Stee. – Das kleine Mädchen ist in Ordnung.

Wullt du dien Tüüg ofhalen? – Willst du dein Zeug abholen?

een Packje Hau – eine Tracht Prügel

De is kött, de hest du ja in Plöttjes hauen. – Die ist kaputt, die hast du ja in Stücke geschlagen.

Dat glöv ik neet. – Das glaube ich nicht.

Ik mutt allweer an't Waark. – Ich muss wieder an die Arbeit.

Ik bün glieks bi di, Oma Theda. Ik gah man nett de Tuffels un de anner Kraam van beneden halen. – Ich bin gleich bei dir. Ich hole eben die Kartoffeln und den anderen Kram von unten.

Dat was de Naam, de mi annerdaags neet infallen wullt! – Das war der Name, der mir neulich nicht einfallen wollte.

De ist dood bleven? – Der ist tot?

Wat een Malöör. – Was für ein Unglück.

För hum tominnst. Na, ik bün hum quiet. – Für ihn jedenfalls. Na, ich bin ihn los.

Weitere Titel finden Sie auf den folgenden Seiten und im Internet:

WWW.GMEINER-VERLAG.DE